Science Fiction

D1146567

Science Fiction
Ullstein Buch Nr. 31035
im Verlag Ullstein GmbH,
Frankfurt/M – Berlin – Wien
Titel der Originalausgabe:
NAIL DOWN THE STARS

Deutsche Erstausgabe

Aus dem Amerikanischen übersetzt
von Klaus Weidemann
Umschlagillustration: Blair Wilkins
Alle Rechte vorbehalten
Copyright © 1973 by John Morressy
Printed in Germany 1982
Gesamtherstellung: Mohndruck
Graphische Betriebe GmbH, Gütersloh
ISBN 3 548 31035 4

März 1982

Vom selben Autor
in der Reihe der
Ullstein Bücher:

Labyrinth zwischen den Sternen (31018)
Kind der Sterne (31032)

CIP-Kurztitelaufnahme
der Deutschen Bibliothek

Morressy, John:
Söldner des Alls: Roman/John Morressy.
Hrsg. von Walter Spiegl. [Aus d. Amerikan.
übers. von Klaus Weidemann]. Dt. Erstausg. –
Frankfurt/M; Berlin; Wien: Ullstein, 1982.
    (Ullstein-Buch; Nr. 31035: Ullstein 2000:
    Science-fiction)
    Einheitssacht.: Nail down the stars ›dt.‹
    ISBN 3-548-31035-4
NE: GT

John Morressy   Söldner des Alls

Roman

Herausgegeben
von Walter Spiegl

Science Fiction

Für
Barbara und Dick Power

1 DER ARTISTEN-LEHRLING

Jolon Kyn Gallamor verbrachte seinen zehnten Geburtstag damit, zwei alten Männern zuzusehen, die über seine Zukunft entschieden. Der eine war sein Großvater Faxon Gallamor, ein stämmiger Mann mit kurzgeschorenem weißen Haar, zerschrammten, stummelfingrigen Händen, in deren Rillen schwarzes Fett saß, und einer ewig bekümmerten Miene, die selbst ein Lächeln nicht aufzuhellen vermochte. »Tüftler« nannten ihn alle. Er war der beste Raumschiffsmechaniker in ihrem Heimatsystem.

Der andere Mann war Jolon fremd, doch Tüftler unterhielt sich mit ihm wie mit einem alten Bekannten. Er trug einen Reisemantel, den er wie vor Kälte immer wieder fest um sich schlang, obwohl es im Hinterzimmer von Tüftlers kleinem Laden stickig und warm war.

»Weißt du, Tüftler, wenn der Junge mit mir kommt, siehst du ihn nie wieder«, sagte der Fremde.

»Mir bleibt keine Wahl. Ich habe überall herumerzählt, er sei mit Jolonne abgereist. Bleibt er hier, kommt das irgendwie heraus, und dann sind wir alle erledigt.«

»Ich bin froh, daß du dieses Gerücht ausgestreut hast. Ich mag's nicht, von neugierigen Leuten mit Fragen belästigt zu werden«, meinte der Fremde. »Sag mal, hat Kynon dem Jungen etwas beigebracht?«

Tüftler schüttelte den Kopf. »Ein paar Tricks. Nicht der Rede wert. Er hatte nicht viel Interesse an seinem Sohn.«

Jolon machte den Mund auf, um zu widersprechen, überlegte es sich aber. Er wußte, daß sein Vater ihn gemocht hatte. Der alte Tüftler hatte das nie verstanden. Jeden Tag ging er zum Raumhafen, machte sich die Hände schmutzig und roch immer nach Arbeit und Schweiß, wenn er heimkam. Kynon Fax Gallamor dagegen hatte sich gekleidet wie ein König und geredet, als ob die Sterne dort oben ihm gehörten, als seien sie dort ausgestellt zum Trost der armen kleinen Leute in der ganzen Galaxis, die niemals hoffen durften, eigene Sterne zu besitzen. »In dieser Galaxis, mein Sohn«, pflegte er Jolon zu sagen, »gibt es zwei Sorten Eigentum: unseres und ihres. Und alles, was nicht festgenagelt ist, gehört uns. Merk dir das.« Als der Junge lernte, das nachzusprechen, hatte Kynon gelacht und ihn an sich gedrückt, und Dolo und Jixx, die beiden großen Männer, die Kynon nie von der Seite wichen, hatten stolz gelächelt. Aber das war jetzt vorbei. Sie waren alle tot.

»Das freut mich zu hören«, sagte der Fremde. »Je weniger er über das Gewerbe seines Vaters weiß, desto besser.«

»Versuch, etwas Besseres aus ihm zu machen, als sein Vater war. Ich habe mir mit Kynon alle Mühe gegeben, aber umsonst.«

»Wenn er fleißig lernt und arbeitet, kann er bleiben, solange er will.« Der Fremde stand auf und wandte sich an Jolon. »Hast du das gehört, Junge? Sei fleißig und tu, was man dir sagt, dann kannst du es zu etwas bringen. Du bekommst eine Stelle in dem großen Handelsunternehmen –« Er verstummte, zog seinen Mantel enger und blickte mißtrauisch um sich. »Ich behalte den Namen lieber für mich, bis wir sicher im Raum sind.« Er wandte sich wieder an Tüftler. »Ich komme morgen abend um die gleiche Zeit. Sprich mit niemandem darüber. Und sorg dafür, daß er reisefertig ist.«

Als der Fremde gegangen war, fragte Jolon seinen Großvater: »Muß ich mit dem Mann fort, Tüftler?«

»Ja, du mußt. Das ist zu deinem eigenen Wohl.«

»Ich mag ihn aber nicht.«

»Er ist ein anständiger Mensch, Jolon«, sagte Tüftler leicht gereizt. »Tu, was er dir sagt, dann wirst du eines Tages Erfolg haben. Du sollst nicht wie dein Vater dein Leben lang auf der Flucht sein und dich verstecken müssen.«

»Kynon hat sich nicht versteckt«, widersprach der Junge.

»Hätte er aber tun sollen. Er wäre heute noch am Leben, wenn er einen Funken Verstand besessen hätte.« Tüftler schwieg einen Moment, dann winkte er den Jungen zu sich und legte seine großen Hände auf die schmächtigen Schultern. »Wir wollen jetzt nicht streiten, Jolon. Du bist müde und müßtest schon längst im Bett sein. Morgen backt dir deine Großmutter deinen Lieblingskuchen, und wir feiern ein kleines Abschiedsfest. Wir wollen doch nur dein Bestes.«

»Warum kann ich nicht zu meiner Mutter?«

»Wir wissen nicht, wo sie ist, Jolon. Dein Vater wollte niemandem sagen, wohin er sie geschickt hat.«

»Ich will nicht mit dem Mann gehen, Tüftler. Laß mich hierbleiben«, bat der Junge.

»Das kann ich nicht. Du wärst hier nicht sicher. Und wir ebensowenig. Geh jetzt zu Bett, Jolon.«

Gehorsam ging der Junge zu Bett. Aber statt zu schlafen, lag er wach und machte sich sorgenvolle Gedanken. Er hatte den mitangehörten Gesprächen entnommen, daß die Leute, die seinen Vater verfolgt hatten, nun ihn suchten und er deshalb fort mußte. Damit fand er sich ab. Bei Tüftler gefiel es ihm ohnehin nicht besonders. Aber den Mann in dem Mantel mochte er nicht. Jolon wollte kein Kaufmann werden, auch kein erfolgreicher. Kynon hatte immer gelacht, wenn jemand Kaufleute erwähnte, als wären das Leute, die er nicht ernst nehmen konnte, und der Junge wollte nicht zu solchen Menschen gehören. Stundenlang kämpfte er gegen die Müdigkeit an und versuchte sich darüber klarzuwerden, was Kynon in seiner Lage getan hätte. Kurz nach Mitternacht faßte er einen Entschluß. Er schlich aus seinem Zimmer und machte sich mit den wenigen Habseligkeiten, die ihm sein Vater hinterlassen hatte, auf den Weg zum Raumhafen.

Sechs Schiffe standen auf dem Landeringeplatz: ein kleines, spitz zulaufendes Erkundungsschiff, ein schwerer Frachter der Dritten Phase, drei verdreckte und verbeulte Passagierschiffe der Zweiten Phase und auf dem fernsten Ring ein gedrungener Einmann-Forschungskreuzer. Eines davon mußte dem Mann in dem Mantel gehören, und das mußte er meiden. Aber welches? Er ballte zornig die Fäuste, blickte wild von einem Schiff zum anderen und suchte vergeblich nach einem Anhaltspunkt. Er mußte auf sein Glück vertrauen.

Der Frachter war ihm am nächsten. Er war fast fertig beladen und würde sicher bald abheben. Die Leute, die darum herumstanden, hatten keinerlei Ähnlichkeit mit dem fremden Mann. Sie waren bunt gekleidet und schienen allen möglichen Rassen der Galaxis anzugehören. Das gab für Jolon den Ausschlag. Er richtete sich zur vollen Größe auf und ging geradewegs auf die Rampe zu, sich eines Ratschlags seines Vaters entsinnend: »Zeig nie Unsicherheit, mein Sohn. Tritt immer selbstbewußt auf, als hättest du ein Recht auf alles.« An Bord schlüpfte er in die erste leere Kabine, die er fand, rollte sich auf dem Boden eines Einbauschrankes zusammen und war innerhalb von Minuten fest eingeschlafen. Als der Frachter den Sprung zu Sternengeschwindigkeit machte, bewegte er sich unruhig und schlug die Augen auf, aber das merkwürdige Gefühl der Körperlosigkeit hielt nur einen Sekundenbruchteil an, und er schlief wieder ein.

Der Mann, der Jolon entdeckte, behandelte ihn nicht übermäßig grob. Er packte den blinden Passagier lediglich fest am Arm und führte ihn ohne ein Wort zur Brücke.

Dort wurde er vor zwei Männer gestellt. Der eine hatte eine Art Uniform an. Sein Kopf war völlig kahl, und ein dichter brauner

Bart bedeckte seine untere Gesichtspartie und einen ansehnlichen Teil seiner Jacke. Die dunklen buschigen Augenbrauen verliehen ihm ein finsteres Aussehen, aber sein Verhalten war beinahe freundlich.

»Soso, wir haben also einen überraschenden Passagier, wie?«

Er beugte sich zu Jolon herab, legte die großen Hände auf die Knie und sah dem Jungen in die Augen. »Na, immerhin ist es ein kleiner. Was hast du hier zu suchen, Bürschchen?«

»Ich kam an Bord, als verladen wurde.«

»Das hatte ich mir zwar gedacht, trotzdem danke für die Erleuchtung«, brummte der Mann. Er richtete sich wieder auf, trat ein paar Schritte zurück und musterte Jolon von Kopf bis Fuß. »Bist ausgerissen, weil du zum Zirkus wolltest, stimmt's«

»Nein. Ich bin nur ausgerissen.«

Der Bärtige lachte daraufhin lauthals und sah zu dem älteren Mann in dem Sessel neben sich. Dieser war schlank und ebenfalls bärtig, aber sein Bart war schneeweiß und wellig, genau wie sein langes Haar. Er trug ein Kleidungsstück, wie der Junge noch keines gesehen hatte: ein langes Gewand von solcher Schwärze, daß es das Licht aufzusaugen und zu verschlingen schien, mit breiten Streifen aus einem glänzenden Material um die Ärmelaufschläge, den Kragen und den unteren Saum. Dazu war das ganze Gewand mit seltsamen Symbolen bedeckt, die auf dem Schwarz leuchteten, schimmerten und aufblitzten, wenn der alte Mann sich bewegte. Seine Stimme war sanft, und er hatte jenen milden, abgeklärten Gesichtsausdruck, den der Junge nur bei ganz alten Menschen gesehen hatte.

»Genug gewitzelt, Commander«, sagte er lächelnd zu dem Kahlköpfigen. »Stört es Sie, wenn ich mich mit unserem jungen blinden Passagier ein wenig unterhalte?« Er sprach langsam und sehr würdevoll.

»Ich bin kein blinder Passagier«, behauptete der Junge.

»So?« Der Mann sah ihn mit einem Lächeln an. »In dem Fall bitte ich um Verzeihung, werter Herr, und heiße Sie auf der *Triboulet* willkommen. Dies ist Commander Vogler, und ich bin Porrex Prospero, Miteigentümer dieses herrlichen Schiffes und alleiniger Besitzer des Zirkus Galaxis Originale, eine Welt der Wunder und Freuden, welche den Intellekt, Gaumen und restlichen Sinnesapparat von Menschen und Humanoiden gleichermaßen bestürmen, verführen, blenden und umschmeicheln. Und wer sind Sie?«

»Jolon, der Sohn von Kynon Gallamor«, verkündete der Junge.

Die beiden Männer sahen einander betroffen an, und Jolon bekam sofort das Gefühl, daß er seinen Namen lieber hätte verschweigen sollen. Jetzt saß er in der Klemme. Commander Vogler beobachtete verstohlen die Diensthabenden auf der Brücke, dann sagte er leise zu Prospero: »Ich glaube nicht, daß ihn jemand gehört hat. Aber bringen Sie ihn zur Sicherheit in Ihre Kabine. Ich komme gleich nach.«

Der ältere Mann erhob sich und bedeutete dem Jungen, ihm zu folgen. Da er anscheinend keine Wahl hatte, kam Jolon der Aufforderung nach. Prospero schien kein böser und grausamer Mensch zu sein wie etwa die, von denen Tüftler nach dem Unfall seines Vaters gesprochen hatte. Er wirkte freundlich und hatte ein einnehmendes Wesen. Trotzdem durfte er ihm nicht trauen. Sein Vater hatte ihm böse Menschen gezeigt, die sogar noch freundlicher aussahen als Prospero. »Bei Menschen weiß man nie, mein Sohn«, hatte er gesagt. »Da kann man nur vorsichtig sein.«

Sie gingen nur ein kurzes Stück, dann blieb Prospero stehen, sperrte eine Tür auf und bedeutete dem Jungen hineinzugehen. Der Raum war viel kleiner als irgendeiner in Tüftlers Haus, wirkte aber sehr gemütlich.

»Setz dich, mein Junge«, sagte Prospero. Jolon setzte sich in einen tiefen Sessel, sein Gastgeber nahm ihm gegenüber Platz. »Sag mir zunächst eins: Bist du wirklich der Sohn von Kynon und Jolonne Gallamor, den ehemaligen Besitzern des Pleiades-Palasts?«

Nach kurzem Zögern nickte der Junge.

»Gut. Hast du irgend jemandem an Bord deinen Namen gesagt?«

»Nein.«

»Wirklich niemandem? Nicht einmal dem Mann, der dich zu mir brachte?«

»Niemandem.«

»Dann bist du vielleicht sicher. Ich glaube nicht, daß dich auf der Brücke jemand gehört hat. Vogler prüft das gerade nach. Ich weiß, wie es deinem Vater ergangen ist, und kann mir vorstellen, was du durchgemacht hast. Orculls Männer sind skrupellos.«

»Sind das die Männer, die mich suchen?«

»Allerdings. Und nur wenige entkommen ihnen.«

»Gehört der Mann in dem Mantel auch zu ihnen?«

Prospero schien verwirrt. »Ich weiß nicht, Jolon. Kannst du mir mehr von ihm erzählen?«

Der Junge beschloß, Prospero ein klein wenig zu vertrauen. Er wollte wissen, ob er nicht vielleicht doch auf dem Handelsschiff gelandet war – das erschien ihm unwahrscheinlich, aber er wollte Gewißheit –, und so schilderte er das Geheimtreffen in Tüftlers Laden. Während er davon berichtete, trat Commander Vogler ein, nahm auf ein Zeichen von Prospero wortlos Platz, so daß Jolon seine Geschichte ungestört zu Ende erzählen konnte.

»Ich glaube, der Herr in dem Mantel befand sich an Bord des Kreuzers, der auf dem benachbarten Ring beladen wurde«, sagte Prospero schließlich.

»Das Handelsschiff von Triandal. Heute morgen ist es explodiert«, sagte Vogler zu dem Jungen.

Jolon blickte mit geweiteten Augen von einem zum anderen.

»Ja«, bestätigte Prospero nickend. »Kurz nachdem es beladen war, flog es in die Luft. Keine Überlebenden. Ich bin erstaunt, daß die Explosion dich nicht geweckt hat.«

»Orcull wird jetzt glauben, der Junge sei tot«, meinte Vogler.

»Das wollen wir hoffen.« Prospero schwieg eine Zeitlang, dann sagte er seufzend: »Ich habe deinen Vater gekannt, Jolon. Er stieß vor langer Zeit zu uns, auf Meriton. Das war noch vor der *Triboulet*.«

»Und vor Porrex Prospero«, ergänzte Vogler grinsend.

»Ein erfolgreicher Mann hat das Recht, einen ihm angemessen erscheinenden Namen zu wählen, Vogler. Das wird sogar von ihm erwartet«, sagte Prospero mit sanftem Nachdruck. Er wandte sich an Jolon. »Merk dir das, mein Junge. Wenn die Umstände es erfordern, muß man bereit sein, seinen Namen zu ändern. Womit wir zum Thema kommen. Wir können dich nicht mehr Jolon Gallamor nennen.«

»Warum nicht? Das ist mein Name.«

»Eben deshalb müssen wir ihn ändern. Orcull glaubt vermutlich, daß du bei der Explosion umgekommen bist, und um deiner und unserer Sicherheit willen müssen wir ihn in diesem Glauben belassen. Wenn jemand deinen Namen hörte und Orcull davon erführe, würde er dich wieder jagen.«

»Warum?«

»Weil das seine Art ist. Aber wir wollen nicht auf dieses Thema eingehen, es beunruhigt mich. Wichtig ist, daß wir einen neuen Namen für dich finden.«

»Kynon und Jolonne haben mich immer Sohn genannt.«

»Ich hätte ein bißchen mehr Einfallsreichtum von ihnen erwartet«, bemerkte Prospero trocken. »Wie wäre es, wenn wir dich Lon nennen? Gefällt dir der Name?«

Der Junge überlegte kurz und bejahte dann.

Prospero wirkte zufrieden. »Wir geben dir auch einen Familiennamen«, sagte er. »Irgendwelche Vorschläge, Vogler?«

Der Kommandant grinste den alten Mann an. »Wie wär's mit Krimmer? Paßt zur Familie.«

»Ein bißchen durchsichtig, meine ich, aber der Klang gefällt mir. Machen wir Rimmer daraus. Lon Rimmer. Was sagst du zu dem Namen, mein Junge?«

»Das ist ein guter Name.«

»Dann benutze ihn von jetzt an, damit du und wir keinen Ärger bekommen. Versprichst du mir das?«

»Wenn Sie es wollen.«

»Allerdings, denn ich will dir helfen. Dein Vater war mir beinahe wie ein Sohn. Er half mir, in den Besitz dieses prachtvollen Raumschiffs zu gelangen. Ich habe ihm vieles beigebracht, und er –«

»Er hat Ihnen auch ein paar Dinge beigebracht, wenn mich nicht alles täuscht«, warf der Kommandant ein.

»Sie nehmen mir die Worte aus dem Mund, Vogler. Nun zu unserer Geschichte. Weshalb ist Lon Rimmer im Schiff?«

»Er ist ausgerissen, um zum Zirkus zu kommen«, sagte Vogler. »Das tun viele Kinder.«

»Ich betreibe dieses Gewerbe mein Leben lang, Vogler, und mir ist noch nie ein Kind begegnet, das weglief, weil es zum Zirkus wollte. Nicht eins, in all den Jahren.«

»Und Kynon?«

Prospero lachte in sich hinein und schüttelte den Kopf. »Kynon war kein Kind, Vogler, und er hat nicht darum gebeten, bei uns mitzumachen, vielmehr habe ich es ihm angeboten.« Er wandte sich dem Jungen zu. »Sag mir, Lon, hat dein Vater dir etwas beigebracht?«

»Er hat mir ein paar Karten- und Zahlwürfeltricks gezeigt. Aber er sagte, meine Hände wären noch zu klein für die Karten.«

»Ich meine, Kartenspiele in verschiedenen Größen zu haben. Vielleicht finden wir ein passendes für dich, dann kannst du ein paar Wochen damit üben, bevor wir landen. Was hältst du davon, wenn wir dich in den Zirkus Galaxis Originale aufnehmen, damit du deine Reise abarbeiten kannst?«

»Bekomme ich denn keinen Lohn?«

Vogler lachte schallend. Prospero wandte sich ab, schwieg einen Moment und sagte dann: »Über Geld reden wir nach unserem ersten Aufenthalt. Einverstanden?«

»Einverstanden.«

»Gut. Du bist jetzt Lon Rimmer, ein Ausreißer. Bald bist du in der ganzen bewohnten Galaxis bekannt als der Unglaubliche Gaukler, das Wunderkind der Neun Sektoren, der Frühreife Taschenspieler von –« Prospero schnalzte ärgerlich mit den Fingern und sagte schließlich: »Such du einen Planeten aus, Lon.«

»Skyx!«

»Phantastisch!« rief Prospero und klatschte in die Hände. »Ein Volltreffer!«

»Und wenn jemand fragt, wie er nach Skyx gelangt ist?« gab Vogler zu bedenken. »Das ist ein Quarantäneplanet.«

»Erinnern Sie sich an Gburrux? An Gespenster-Gburrux von Gfor?« Prospero stand auf, streckte die Hände vor und rezitierte mit hohler, unheilvoller Stimme: »Einmal in tausend Jahren darf die verlorene Weisheit der schreienden Geister, die den Wind reiten, welcher ewig zwischen den Welten bläst, in einem Sterblichen zur Ruhe kommen . . .! Und so fort. Gburrux hatte damit Erfolg.«

»Er sah aber auch gespenstisch aus.«

»Nun, wir könnten bei Lon die umgekehrte Masche aufziehen. Sehen Sie sich dieses junge, offene, unschuldige Gesicht an.«

Vogler zuckte die Achseln. »Die Show ist Ihre Sache, Propero. Ich leite nur das Schiff.«

Der neugetaufte Lon Rimmer hatte eine Frage. »Könnten Sie mich nach unserem ersten Aufenthalt zu meiner Mutter bringen?«

»Das kommt darauf an, Lon. Wo ist sie denn?«

»Sie ist – in Sicherheit. Mein Vater hat sie an einen sicheren Ort geschickt.«

»Und kennst du ihn?« fragte Prospero.

»Sie ist zu Hause. Heimgekehrt mit meiner kleinen Schwester.«

»Jolonnes Zuhause könnte ein beliebiger Ort in der Galaxis sein, Lon, und die Galaxis ist groß. Aber sei geduldig. Wir versuchen, deine Mutter zu finden, und bringen dich zu ihr. Inzwischen bist du bei uns sicher. Wie ich Kynon kenne, hat er dir gesagt, keinem über den Weg zu trauen, und vermutlich traust du weder dem Commander noch mir. Nun, ich werde dich nicht bitten, mir zu vertrauen. Ich warte, bis du von selbst dazu bereit bist. Aber du mußt tun, was ich sage. Erwähne nie den Namen deines Vaters oder deiner Mutter und sag niemandem, wie du wirklich heißt. Übe jeden Tag deine Tricks, bis du meinst, daß du sie perfekt beherrschst, und dann übe doppelt soviel.«

»Das mache ich«, versprach der Junge.

»Gut, dann bist du sicher, und wir werden miteinander auskommen. Auf der *Triboulet* herrscht der galaktische Standardtag. Vor- und nachmittags trainieren die Ensemblemitglieder, nachts kann schlafen, wer keinen Dienst hat. Es ist die einzige Möglichkeit, in Form zu bleiben. Du hast dich im Nu daran gewöhnt. Jeder wird dir helfen, so gut er kann. Du wirst uns Zirkusleute bestimmt mögen, Lon. Hast du schon einmal quiplidische Akrobaten oder einen quespodonischen Gewichtheber gesehen?«

»Ich hatte einen Onkel, der war ein Quespodon. Er war sehr stark.«

»Hieß er vielleicht Jixx?« fragte Prospero.

»Ja! Kannten Sie meinen Onkel Jixx?«

»Sogar sehr gut, Lon, Er und dein Vater lernten sich auf diesem Schiff kennen und beschlossen, sich zusammenzutun. Aber ›beschließen‹ ist vielleicht nicht das richtige Wort in Zusammenhang mit Jixx«, meinte Prospero nachdenklich. »Große Geistesgaben waren ihm nicht beschieden. Aber sehr stark war er.«

»Kannten Sie auch Brita? Die qreddnische Frau, die mir immer Geschichten erzählte?«

Prospero zog die Brauen hoch. »Du hattest wirklich eine eigene qreddnische Rezitatorin?« Als der Junge bejahte, fuhr er fort: »Kynon hat früher damit geprahlt, daß es seinen Kindern an nichts mangeln würde, aber das hätte ich mir nicht träumen lassen. Die qreddnischen Rezitatoren arbeiten für Könige und Kaiser, nicht für – für Leute in Kynons Geschäftszweig. Er muß großen Erfolg gehabt haben.«

»Kynon war reich«, sagte der Junge schlicht.

»Damit hat er dir zu einem guten Start ins Leben verholfen. Mit den Geschichten einer Qreddnanerin im Gedächtnis wird es dir nicht schwerfallen, ein weiteres Talent zu entwickeln. Wir machen einen Meisterartisten aus dir, Lon Rimmer. Morgen fangen wir an.«

Es dauerte nicht lange, und Lon Rimmer hatte jeden an Bord der *Triboulet* kennengelernt. Die Schiffsbesatzung bewunderte seine Findigkeit und seinen Mut, und das Ensemble von Prosperos Zirkus Galaxis Originale zeigte sich von seiner Geschicklichkeit beeindruckt. Er war ein aufgeweckter, hübscher kleiner Junge, der wußte, wann er etwas sagen, wann er zuhören oder eine kluge Bemerkung machen, und vor allem, wann er ein Lob aussprechen mußte. Kynon hatte seinen Sohn gut erzogen.

Es lag nicht allein an Lons Charaktereigenschaften, daß er so schnell freundliche Anerkennung fand, und auch nicht an einer besonders großen Leutseligkeit seiner neuen Gefährten. Diese waren im Grund Einzelgänger, und sie schätzten an Lon weniger den Menschen als vielmehr das Sinnbild für Unschuld, Reinheit und Fröhlichkeit. Besatzung als auch Ensemble sahen in ihm etwas, das sie alle selbst einmal besessen hatten, und sie mochten ihn wegen dieses Stücks von sich, das er in verklärter Form widerspiegelte. In ihren Augen war Lon nicht einfach ein Ausreißer, sondern jemand, dem es in seiner Umgebung zu eng geworden war, der nach Neuem suchte, einer von jenem Schlag, den es vom Bauernhof in die Stadt zog, vom Land aufs Meer, von den Planeten zu den Sternen. Jeder auf der *Triboulet* zählte sich mit Abstufungen zu diesem Schlag, und das galt für nahezu jedermann im Weltall. Denn wie sich herausgestellt hatte, entsprach das All ganz und gar nicht den Erwartungen der Menschheit. Die erste Auswanderungswelle von der Alten Erde war eine Massenflucht von einem sterbenden Planeten gewesen und hatte die Pioniere vor gewaltige Probleme gestellt. Sie sahen sich Zerreißproben gegenüber, welche die Sternenakademie nicht vorhergesehen hatte und denen die disziplinierten Offiziere in ihren adretten Uniformen nicht gewachsen waren. Ein anderer Menschenschlag übernahm daraufhin das Kommando, aber auch für diesen war das Weltall ein schwerer Prüfstein. Die Kluft zwischen den Lichtpunkten in der schwarzen Leere war zu gewaltig, zu beklemmend und erschreckend für alle bis auf ein paar ganz wenige: die Einzelgänger, Abenteurer und Sucher, Männer wie Kynon Fax Gallamor, Vogler und Prospero und alle anderen auf der *Triboulet*. Es mußten drei Generationen vergehen, bis das planetarische Siedlerleben die Erinnerung an die Schrecken der ersten Auswanderungswelle soweit überdeckt hatte, daß sich die neuen Sucher zu regen begannen.

Das Zirkusvolk gehörte zur harmlosen Minderheit unter den Sternfahrern. Die meisten Schiffe, die mit unvorstellbarer Geschwindigkeit auf Schleichwegen zwischen den verstreuten Systemen kreuzten, hatten andere Missionen, als abgeschnittenen Siedlerwelten abwechslungsreiche Unterhaltung zu bringen. Sie gehörten ruhelosen, gierigen Menschen und Humanoiden: Piraten, Sklavenjägern und Kriegern, die Beute, Sklaven, Schlachten und Ruhm suchten. Der ehrliche Händler, Prospektor oder Reisende war im Raum die Ausnahme.

Für die Milliarden Seelen, die es auf Planeten festhielt und die nicht im Traum daran dachten, jemals wieder beide Füße gleichzeitig vom Erdboden zu erheben, lag die Sicherheit im Verborgenen und dem tröstlichen Gedanken, daß eine Zufallsentdeckung mathematisch so gut wie ausgeschlossen war. Die Handvoll ehrlicher Sternfahrer mußte sich auf bewaffnete Wachen verlassen, und wirkliche Sicherheit lag nur in der Geschwindigkeit. Voglers Untergebene waren sämtlich mit Schußwaffen ausgerüstet, die sie, wenn nötig, auch gebrauchen würden; allerdings wußte jeder im Schiff, daß der Aufruf, Angreifer abzuwehren, gleichbedeutend mit dem bevorstehenden Ende war. Flucht war die beste Verteidigung, und was das anging, war die *Triboulet* sicher.

Das Schiff war während des letzten großen Zeitalters der Raumschiffsproduktion entstanden. Es konnte mit einem Vielfachen der Lichtgeschwindigkeit die halbe Galaxis durchqueren, ohne seine Antriebsspulen zu überhitzen. Darin lag seine Sicherheit, denn solange ein Schiff schneller als das Licht war, konnte es nicht geortet und angegriffen werden; bei Unterlichtgeschwindigkeit war es dagegen sicht- und verwundbar. Sämtliche Schiffe der Ersten und die meisten Modelle der Zweiten Phase mußten ihrer Antriebsspulen wegen periodische Ruhepausen einlegen, während denen sie antrieblos im Normaluniversum trieben und jederzeit angegriffen werden konnten. Aber die *Triboulet* brauchte sich dieser Gefahr nicht auszusetzen; sie konnte ohne Unterbrechung von System zu System reisen.

Das Schiff war eine kleine Welt für sich, die Besatzung, Passagiere und Fracht auf sparsamstem Raum unterbrachte, ohne ihren Bewohnern jedoch übermäßigen Verzicht auf Annehmlichkeiten und Komfort bei langen Intersystemreisen abzuverlangen. Es besaß eine siebenundzwanzigköpfige Besatzung, ein einundsechzigköpfiges Ensemble, eine kleine aber kostbare Menagerie, reichlichen Lagerraum für die Vorräte und geräumige Trainingshallen. Lon brauchte eine Weile, um sich in der *Triboulet* zurechtzufinden, aber er erforschte das Schiff gründlich während der wenigen Freizeit, über die er verfügte.

Als Neuling wurde er den ganzen Tag über beschäftigt und schlief nachts fest, erschöpft von langen Trainings- und Übungsstunden und den meist anstrengenden und widerwärtigen Schiffsarbeiten, die automatisch ihm als dem neusten und jüngsten Mitglied der Truppe zufielen, das seine Befähigung zum Artisten erst noch unter Beweis stellen mußte. Aber er arbeitete hart an sich, übte pflichtbewußt und verfolgte jede Unterrichtsstunde mit gespannter Aufmerksamkeit. Bei seiner ersten Vorstellung trat der Unglaubliche Gaukler und Frühreife Taschenspieler von Skyx mit einer kühlen Gelassenheit auf, die selbst die alten Routiniers beeindruckte. Am ersten Abend nach dem Start wurde Lon gemäß den Gepflogenheiten der *Triboulet* von der Truppe gefeiert und als flügge gewordener Artistenlehrling aufgenommen. Er war jetzt ein vollwertiges Mitglied des Zirkus Galaxis Originale, kein bloßer Ausreißer mehr, der sich seine Fahrt verdienen mußte. Die widerwärtigen Arbeiten hatte selbstverständlich immer noch er zu machen, aber er erledigte sie jetzt mit einem neuen Geist, und sie wurden, wenn auch nicht angenehm, so doch immerhin erträglich.

Lon lernte seine Kollegen von da an besser kennen und bemühte sich, flüchtige Bekanntschaften zu Freundschaften auszubauen. Er hatte wenig Erfolg. Seine ersten Bekannten waren die Quipliden gewesen, diese flinken, kleinen, gelenkigen, pelzigen Humanoiden, die das Akrobatenteam der Truppe stellten. Aber Lon und die Zwerg-Akrobaten erkannten bald, daß sie nur eines, ihre Statur, miteinander verband – der größte Quiplide, Numple, ihr Anführer, reichte Lon gerade bis an die Taille –, und beide Seiten gingen ohne Groll wieder auseinander.

Danach versuchte Lon sich mit Jespoxx, dem Gewichtheber, anzufreunden, einem einzelgängerischen Quespodon, der ihn ein wenig an den Freund und Beschützer seines Vaters, Jixx, erinnerte. Jespoxx war selbst für einen Quespodon ungewöhnlich stark. Seine gefleckte Haut spannte und bauschte sich unter gewaltigen Muskelpaketen. Er konnte bei 1,00 g Standard in jeder Hand das Doppelte seines eigenen Körpergewichts stemmen. Aber Jespoxx' Geistesgaben standen in keinem Verhältnis zu seinen Körperkräften. Er war eindrucksvoll anzuschauen, aber ein ungemein langweiliger Gesprächspartner. Lon suchte immer noch einen Freund.

Er fand ihn in Poldo-Simbassi, einer schlanken Threskillianerin mit scharfen Zügen, deren Jonglierkünste eine der Attraktionen des Zirkus waren. Sie besaß die schnellsten und flinksten Hände, die Lon je gesehen hatte. Sie überragte mit ihrer Geschicklichkeit selbst Kynon, was dem Jungen natürlich Ehrfurcht einflößte. Die Existenzberechtigung von Frauen, so hatte er bis jetzt geglaubt, lag entweder in ihrer Schönheit, wie bei seiner Mutter, oder ihrer Unterhaltsamkeit, wie bei Brita. Es beeindruckte ihn zutiefst, eine Frau kennenzulernen, die nicht nur schön und unterhaltsam war, sondern auch noch eine Fähigkeit besaß, mit der kein Mann sich messen konnte. Er verehrte Poldo-Simbassi, seit er ihren ersten Auftritt gesehen hatte.

Lon bemerkte nicht sogleich, daß sie den anderen Artisten gegenüber einen besonderen Vorteil genoß. Poldo-Simbassi besaß wie alle Threskillianerinnen ein Paar schlanke, blaugrüne Tentakel, die von beiden Schultern ausgingen und sie zusammen mit ihren Händen zu artistischen Meisterleistungen befähigten, die ein Publikum nach dem anderen vor Verblüffung erstarren ließen. Der Junge sah nur, daß sie großartig war.

Die Jongleurin war eine liebenswürdige Frau in den mittleren Jahren und sehr einsam in einem Schiff, in dem sie die einzige Angehörige ihres Volkes war. Sie freute sich über die Verehrung des Jungen und wurde zu seiner Beraterin und Vertrauten in allen Fragen, die den Zirkus betrafen. Sie erkannte Lons natürliche Begabung und erbot sich, ihm einige Kunststücke beizubringen, die wenige Nicht-Threskillianer je zu Gesicht bekommen hatten. Er befolgte eifrig ihre Anweisungen und bewies seine Dankbarkeit, indem er noch vor ihrer nächsten Landung drei schwierige Nummern meisterte. Auf ihren Rat übte er heimlich und behielt seine neuen Fertigkeiten vorläufig für sich.

Nicht jeder auf der *Triboulet* war so zugänglich und freundlich zu einem neugierigem Kind. Einige Mitglieder des Ensembles waren Sonderlinge, manche unfreundlich, und ein paar ausgesprochen feindselig, und das nicht nur zu Lon, sondern zu jedermann, Prospero und Vogler nicht ausgenommen.

Der größte Sonderling von allen war, selbst beim Essen im überfüllten Speisesaal, der Lixianer, jedem als Longshank bekannt. Er war auf eigenen Wunsch in einer kleinen Kabine nahe der Lagerraumgegend untergebracht, saß beim Essen im Schneidersitz in einer Ecke der Messe und verzehrte schweigend seine Mahlzeit. Wenn er etwas sagte, dann nur Dinge, die mit dringlichen Problemen des Zirkus zu tun hatten. Er grüßte niemanden, plauderte mit keinem seiner Kollegen, enthielt sich bei allen Darbietungen jeglichen Kommentars, übte, wenn die anderen schliefen, und hielt sich meistens in seiner Kabine auf, um zu meditieren.

Lon war von ihm fasziniert. Longshank hatte wie alle Lixianer einen gewaltigen Brustkasten, massive Schultern, lange, schlanke Arme und Beine, die trotz ihrer augenscheinlichen Gebrechlichkeit fast so kräftig waren wie die eines Quespodons, und einen kleinen, keilförmigen Kopf. Er war nicht weniger als drei Meter groß, und wenn er sich in der *Triboulet* fortbewegen wollte, mußte er ständig geduckt gehen. Bei seinem Auftritt, wenn er sich zur vollen Größe aufrichtete, mit den langen Armen wirbelte und mit atemberaubendem Geschick aufblitzende Finger-Messer durch die Luft schwirren ließ, war Longshank majestätisch. Aber kaum daß seine Vorstellung vorbei war und er in die Abgeschiedenheit seiner Kabine zurückeilte, schien er in sich zusammenzusacken und zu schrumpfen. Lon brannte darauf, ihn näher kennenzulernen, aber er traute sich nicht, ihn unaufgefordert anzusprechen. Die Reserviertheit, die Longshank wie einen Eiswall zwischen sich und dem restlichen Universum aufgebaut hatte, machte das unmöglich.

Lons Neugier blieb beträchtliche Zeit ungestillt, bis er und Poldo-Simbassi eines Abends zusammen trainierten. Sie ließ die Bemerkung fallen, daß Lon die Tricks leichter beherrschen würde, wenn nur seine Arme etwas länger wären, und der Junge ergriff die Gelegenheit beim Schopf.

»Du meinst, wie die von Longshank?« fragte er.

»So lang nun auch wieder nicht«, lachte sie. »Da sähest du ziemlich komisch aus.«

»Er ist immer so traurig. Sind alle Lixianer so, Poldo?«

»Viele. Die Lixianer leben nach einem strengen Kodex. Sie sind kein sehr glückliches Volk, Lon.«

»Warum leben sie dann so?«

»Weil sie das immer schon getan haben. Sie sind nicht die einzigen. Die Threskillianer –«

Als sie nicht weitersprach, fragte Lon: »Ist dein Volk auch nicht glücklich, Poldo?«

Einen Moment lang wirkte sie betrübt, aber dann lächelte sie, zog den Jungen zu sich und strich ihm mit einem Tentakel sanft durchs Haar, während sie mit ihren Händen die seinen hielt. »Thresk ist eine schöne Welt, Lon, und ich hätte sie nie freiwillig verlassen. Aber mein Volk hat strenge Sitten. Als meine Familie gegen eine davon verstieß, gab es für uns keinen Platz mehr auf Thresk. Wir wurden jeder einzeln ins Exil geschickt. Ich glaube, Longshank könnte etwas Ähnliches zugestoßen sein.«

»Glaubst du, er hat etwas Schlimmes getan?«

»Das habe ich nicht gesagt, Lon«, sagte sie streng. »Ich habe nichts dergleichen gesagt.«

»Könnten wir ihn nicht fragen?« drängte der Junge.

»Das wäre grausam. Wir warten ab. Vielleicht sagt er es uns eines Tages von selbst, vielleicht auch nicht. Das ist seine Sache, Lon, und geht uns nichts an.«

»Aber vielleicht können wir ihm helfen.«

»Nein. Es sei denn, er bittet uns darum.«

Der Junge schüttelte den Kopf. »Ich habe ihm schon einmal geholfen, ohne daß er mich darum gebeten hätte. Er kam vom Training, und auf der Treppe zu den Kabinen fiel ihm ein Gurt mit Finger-Messern hin. Ich half ihm, sie aufzuheben, und er bedankte sich. Ich sagte ihm, wir würden ihm gern helfen –«

»Wir?« fragte Poldo.

»Ich dachte, es würde dir nichts ausmachen.«

»Es macht mir nichts aus, Lon, aber ich wünschte, du hättest – Ich will nicht, daß Longshank glaubt, wir drängen uns ihm auf. So etwas tun wir auf der *Triboulet* nicht. Nur darum kommen wir miteinander aus. Verstehst du?«

»Aber er wirkte gar nicht verärgert. Glaubst du, er wird uns von sich erzählen, Poldo?«

Poldo glaubte nicht im entferntesten daran, daß der Sonderling Longshank sich urplötzlich in einen Geselligkeitstyp verwandeln würde, und das sagte sie Lon auch. Während der restlichen Reise erwies sich ihre Einschätzung als richtig, aber als die *Triboulet* nach der nächsten Aufführung wieder im All war, kam es zu einer überraschenden Wende. Eines Tages, als Lon sich auf den Weg machte, um seinen Pflichten in der Messe nachzugehen, hielt Longshank ihn auf der Treppe an.

»Ich brauche dich«, sagte der Lixianer mit seiner dröhnenden Baßstimme. »Willst du mir immer noch helfen?«

»Ja«, antwortete Lon, ohne zu zögern.

»Es muß auch eine Frau dabei sein. Wird die Threskillianerin mit dir kommen?«

»Ich denke schon. Ja, ganz bestimmt.«

»Dann kommt heute abend gleich nach dem Essen in meine Kabine«, sagte Longshank und war verschwunden, bevor der verblüffte Lon auch nur eine Frage stellen konnte.

Nach dem Abendessen gingen Poldo und Lon durch die wenig benützten Gänge, die zu Longshanks Quartier führten. Er war an diesem Abend nicht zum Essen erschienen, und Poldo kamen allmählich Bedenken wegen des Besuchs.

»Bist du sicher, er will uns beide bei sich haben, Lon?« fragte sie zum zweitenmal, als sie sich der Kabine näherten.

»Ja. Er sagte, es müßte auch eine Frau dabei sein, und bat mich, dich mitzubringen. Wirklich, Poldo.«

»Ich kann mir nicht vorstellen, warum er so plötzlich –« Sie verstärkte den Griff um Lons Hand, blieb abrupt stehen und zwang ihn, ebenfalls anzuhalten. »Glaubst du, er hat bei unserem letzten Aufenthalt jemanden kennengelernt und erfahren, daß sich die Situation verändert hat?«

»Wie soll ich das wissen?« fragte Lon, riß seine Hand los und rieb sich die Schulter.

»Vielleicht hat er einen Weg gefunden heimzukehren«, meinte Poldo nachdenklich.

»Fragen wir ihn doch«, sagte Lon und ging weiter.

Der Lixianer saß mit gekreuzten Beinen auf dem Kabinenboden. Ein kurzes, prachtvoll verziertes Cape bedeckte seine breiten Schultern, und vor ihm lag ein kleines Sortiment von Gegenständen. Er stand nicht auf, um seine Besucher zu begrüßen, sondern bedeutete ihnen, sich auf den Fußboden zu setzen. Nach einer kurzen Pause begann er zu sprechen. Seine Stimme war gedämpft und monoton.

»Die Zeit ist gekommen, da ich mein Leben beenden muß. Nach dem zeitlosen Gesetz von Lixis kann ich das nur im Beisein meiner Familie tun. Da der Junge mir einst seine Freundschaft anbot und die Frau seine Künstler-Mutter ist und aus einem Volk kommt, welches Ehre kennt, bitte ich sie nun, meine Familie zu werden, damit ich frei sein kann. Seid ihr dazu bereit?« fragte er und hob den gesenkten Kopf, um ihnen ins Gesicht zu sehen.

Als sie beide bejaht hatten, wandte sich Longshank den Gegenständen auf dem Fußboden zu. Er nahm sie, während er sprach, der Reihe nach in die Hand und steckte sie einen nach dem anderen in eine kleine, weiche Tasche.

»In dieser Phiole ist Blut aus meinen Adern. Mindestens ein Tropfen davon muß auf dem Erdboden von Lixis vergossen werden. Auf dieser Scheibe steht in der uralten Schrift mein wahrer Name geschrieben; sie muß in den Turm der Anerkennung auf Lixis gebracht werden. Diese Klinge muß den Waffenschmieden des regierenden Landaufsehers des Weißen Tals übergeben werden.« Er tat sie in die Tasche, die er dann schloß und verschnürte und beiseite legte. Zwei Gegenstände blieben übrig. »Den Halsring gebe ich der Frau, die alle Frauen meiner Familie ist«, sagte er und hielt Poldo einen mit funkelnden Steinen besetzten Halsring entgegen. Sie nahm ihn an und zog ihn sich über den Kopf. »Das Messer gebe ich dem Jungen, der alle Männer meiner Familie ist.« Lon nahm die wunderschön gearbeitete, kurze Klinge und steckte sie in seinen Gürtel. »Nun sind wir vereint.«

Longshank schwieg dann eine Weile. Lon und Poldo blieben reglos sitzen und warteten, daß er das Ritual fortsetzte. Sie waren verwirrt von dem Geschehen und auch ein wenig beunruhigt bei dem Gedanken, was diesen Vorbereitungen folgen mochte. Aber sie konnten nicht mehr zurück, sie hatten ihr Wort gegeben. Neugier hatte sie hierher gebracht, Ehre zwang sie, bis zum Ende auszuharren.

Der Lixianer begann unvermittelt zu sprechen. »Ich bin ein Verbannter, entehrt und in Ungnade gefallen. Mein Brutname und meine Tatentitel sind allesamt verwirkt, und ich höre auf die Spottbezeichnung Longshank, weil ich nichts Besseres verdiene.

Auf Lixis diente ich nacheinander zwei Landaufsehern, zwei Königen und einem Kaiser. Ich diente ihnen gut und gewann solche Ehre, daß der Oberste Herrscher mich für eine königliche Mission von größter Bedeutung erwählte.

Drei Klingen wurden benötigt. Zum Stolz meiner Familie wählte ich zwei enge Brutgefährten aus. Als wir unseren Bestimmungsort erreichten, kam der Verrat. Einer meiner Gefährten erschlug den anderen und floh.«

An dieser Stelle legte er eine längere Pause ein. Lon platzte fast vor Neugier und Aufregung, aber er wagte sich nicht zu rühren. Poldo-Simbassi saß wie versteinert. Endlich fuhr der Lixianer fort: »Verwundet durch den Verräter und mit nur einer Klinge konnte ich die Mission nicht erfüllen. Gesetz und Tradition verpflichteten mich, meinen erschlagenen Brutgefährten zu rächen, aber dasselbe Gesetz und dieselbe Tradition geboten mir, seinen Mörder zu schützen. Mir waren die Hände gebunden, ich war entehrt. Ich ging ins Exil.

Jetzt habe ich erfahren, daß der Mörder tot ist. Meine Ehre ist wiederhergestellt, wenn ich im Beisein meiner Familie mein Leben beende. Ihr seid hier.« Er schwieg und senkte den Kopf »Es wird bald beginnen«, sagte er, um dann wieder zu schweigen.

Nach einiger Zeit versuchte er erneut zu sprechen, stockend und mit brüchiger Stimme, als bereite es ihm große Mühe. »Es beginnt«, sagte er. Er fing an zu zittern. Die gekreuzten Beine blieben starr und unbeweglich, aber der Rumpf wurde viele Male von so schweren Krämpfen geschüttelt, daß man Knochen krachen hörte. Nach dem letzten und heftigsten dieser Anfälle seufzte der Lixianer laut und anhaltend, als würde er sämtliche Luft aus seinem Körper ausstoßen. Er schien kleiner und schmaler zu werden. Dann wurde er ganz still.

Während der Nacht saß er völlig reglos, und seine beiden Zeugen saßen bei ihm. Als die ersten Weckglocken schrillten, zuckte er noch einmal kurz zusammen, dann sank sein Kopf nach vorn.

Poldo stand steif auf und untersuchte mit einem Tentakel beide Halsseiten des Lixianers. »Er ist tot, Lon«, sagte sie.

»Was sollen wir jetzt tun?« fragte der Junge, der plötzlich die physische Belastung seiner Nachtwache spürte und mutlos an die Konsequenzen des Erlebten dachte.

»Wir sagen Vogler und Prospero Bescheid. Sonst keinem.« Poldo bückte sich nach der Tasche, die neben dem Lixianer lag. »Wir müssen dafür sorgen, daß diese Sachen eines Tages nach Lixis gelangen.«

»Kommen wir denn dort vorbei?«

»Einer von uns muß hin. Als seine Familie sind wir ihm das schuldig.«

Lon wünschte, er wäre nicht so neugierig auf Longshank gewesen. Nach diesem Erlebnis suchte er nicht mehr so eifrig neue Freunde auf der *Triboulet.*

Gegen Ende seines zweiten Jahres beim Zirkus begann Lon immer mehr Zeit bei Prospero zu verbringen. Das kam auf Umwegen zustande. Der alte Mann hatte sich von Anfang an lebhaft für die beruflichen Fortschritte des Jungen interessiert und ihn häufig und ausgiebig gelobt. Lon brauchte eine Weile, um zu erkennen, daß Lob anscheinend das einzige war, was er von Prospero erhielt. Der versprochene Lohn ließ weiterhin auf sich warten.

Nach einer ernsthaften Beratung mit Poldo-Simbassi (die ihm Geduld empfahl) und einer ausgedehnten Sitzung einsamen Vorsichhinbrütens (die ihn verwirrte), fragte Lon rundheraus, wie es um seinen überfälligen Lohn stehe. Prospero reagierte mit empörtem Erstaunen und verwies auf seine unbezweifelbare Großzügigkeit. Er führte eine lange Liste von horrenden Ausgaben für Lon an und murmelte etwas von der grausamen Hartnäckigkeit skrupelloser Gläubiger. Er sprach von Undankbarkeit, und die Stimme versagte ihm beinahe, als das Wort über seine Lippen kam. Und dann machte Prospero dem Jungen ein Angebot: Statt ihn mit schmutzigen Zahlwürfeln abzuspeisen, wollte er ihm das Schachspiel beibringen. Das sei auf lange Sicht viel mehr wert als eine lumpige Handvoll Zahlwürfel. Schach verhelfe zu geistiger Wendigkeit, einem guten Gedächtnis, zu größerem Urteilsvermögen und einem messerscharfen Verstand, behauptete er. Außerdem war Prospero im Moment nicht bei Kasse.

Lon war damit keineswegs zufrieden, aber er entsann sich eines Ausspruches seines Vaters: »Nimm, was du kriegen kannst. Wenn's nicht reicht, komm später zurück und hol dir den Rest, wenn keiner zusieht.« Er nahm Prosperos Angebot an.

Er lernte das Spiel schnell und fand großen Spaß daran. Eine Folge davon war, daß sich sein Terminkalender noch mehr füllte.

Seinen täglichen Schiffsarbeiten, Trainingsstunden und Lektionen hatte er bereits besondere Übungsstunden hinzugefügt, in denen er sich mit Poldos Techniken befaßte; nun mußte er zusätzlich Zeit für Schachprobleme aufbringen und Prospero abends in dessen Kabine zu einer Partie aufsuchen.

Eine weitere Folge seines vermehrten Kontakts mit Prospero war, daß Lon sich zum erstenmal jemanden aus der Truppe zum Feind machte. Eines Abends, als sie beim Essen saßen und er eifrig seine jüngste Entdeckung in Endspielstrategie darlegte – ein Thema, das Poldo zum Gähnen reizte –, trat ein stämmiger, grimmig dreinblickender Mann an ihren Tisch. Er verschränkte die Arme, musterte Lon kurz und sprach dann Poldo an.

»Sei stolz auf deinen adoptierten Bettlerjungen«, sagte er. »Er steht mit unserem Herrn und Meister auf gutem Fuß.«

»Lon kann tun, was ihm gefällt, Kredak«, erwiderte Poldo kühl. »Es ist ja wohl kein Verbrechen, mit Prospero befreundet zu sein, oder?«

Kredak ging nicht darauf ein, sondern sagte: »Ich möchte bloß wissen, was Prospero an ihm findet. An einen Nachfolger denkt der alte Raffzahn bestimmt nicht.« Er bedachte Lon mit einem verächtlichen Blick. »Sag uns, Kleiner, was machst du jeden Abend in der Kabine des Halsabschneiders? Was bringt er dir bei?«

»Wir spielen Schach«, antwortete Lon. Er kannte Kredak nicht näher, aber was er über ihn gehört hatte, war beunruhigend.

»Schach?« Kredak lachte höhnisch und ließ den Blick über die Gruppe im Speisesaal schweifen. »Komm einen Abend mal zu mir runter und besuch meine kleinen Freunde, so zur Fütterungszeit. Wir zeigen dir dann ein Spielchen, das du dem Alten beibringen kannst.«

Er stolzierte mit einem häßlichen Lachen davon, und Lon war froh, daß er ging. »Was hat er damit gemeint, Poldo?« fragte er, als Kredak außer Hörweite war.

»Achte nicht auf ihn«, sagte sie. »Er redet immer so.«

»Er ist eine Sternenbrut, und ihr wißt ja, was das heißt«, bemerkte Jespoxx, der am Nebentisch saß. Er drehte ihnen seinen kleinen Kopf zu und nickte bedächtig.

»Was heißt es denn?« wollte Lon wissen.

Jespoxx stierte ihn dumpf an und sah sich dann hilfesuchend um. Thig, Thog und Thid, die quiplidischen Brüder, die bei Kredaks Näherkommen unter den Tisch gekrochen waren, hüpften nun auf die Tischplatte und ließen sich nahe der Kante nieder.

Thid, ihr Sprecher, sagte:»Jeder, der im Weltraum geboren wird, ist böse und gemein und meistens auch gewalttätig. Das sagt man von Sternenbrut. Stimmt's?«

»Stimmt!« riefen Thig und Thog im Chor.

»Immer sticheln sie und beschimpfen einen. Beleidigen Leute, nur weil sie klein sind.«

»Schlagen sie manchmal auch«, ergänzten Thig und Thog und strichen sich über ehemalige Prellungen.

Jespoxx setzte eine finstere Miene auf.»Wenn er euch schlägt, sagt ihr mir Bescheid.«

Das Hilfsangebot eines Champions ermunterte die Quipliden zu einem ausgelassenen Schattengefecht mitten auf dem Tisch. Poldo machte einen halbherzigen Versuch, Kredaks Benehmen zu entschuldigen, der aber niemanden überzeugte.

»Wir dürfen nicht vergessen, daß er Tierbändiger ist«, meinte sie. »Er arbeitet schon sein Leben lang mit *Snargraxen.*«

»Hoffentlich fressen sie ihn!« rief ein Quiplide.

Jespoxx zwinkerte schlau.»Ihr wißt ja, was man von Leuten sagt, die mit wilden Tieren arbeiten.«

»Ich weiß, was ich von ihnen sage«, tönte es aus dem Knäuel der verspielten Quipliden.

»Er hat sein ganzes Leben mit den gefährlichsten Raubtieren der Galaxis gearbeitet«, appellierte Poldo erneut. »Da könnt ihr nicht erwarten, daß er sanftmütig und freundlich ist.«

»Wir sind keine *Snargraxen,* wir sind Menschen«, gab Thig frech zurück, und Jespoxx und die anderen Quipliden bekräftigten diese Aussage.

In den folgenden Tagen dachte Lon lange über den Zwischenfall nach und fand ihn immer beunruhigender. Wenn Prosperos Interesse an ihm die anderen verwunderte, würde sich vielleicht jemand fragen, warum die Eigentümer der *Triboulet* ihn so bereitwillig aufgenommen hatten, und sich Gedanken über seine Herkunft machen. Lon war klar, daß er Prosperos Fürsorglichkeit nicht erklären konnte, ohne mehr von sich preiszugeben, als sicher erschien. Schließlich kam er zu dem Entschluß, so weiterzumachen wie bisher und sich nicht unterkriegen zu lassen. Wenn er bei Prospero, dem Zirkusdirektor, nicht sicher war, dann war er es nirgends, überlegte er. Dann konnte er Kredaks Vorschlag, in den *Snargraxen*käfig zu springen, jetzt gleich nachkommen und sich dadurch eine Menge Ärger ersparen.

Das Schachspielen zwischen Lon und Prospero wurde mit der Zeit zu einem allabendlichen Ritual. Lon war dadurch nicht mehr so oft mit seinen Artistenkollegen zusammen, aber die Besuche, die er zu seinem eigenen Schutz fortgesetzt hatte, hatten ihren eigenen Reiz gewonnen. Er lernte den Zirkusdirektor gut kennen und entdeckte Charakterzüge an ihm, die ihm bisher entgangen waren. Von beiden unbemerkt, wuchs der Junge langsam heran.

Eines Abends fragte Lon den alten Mann während einer Partie beiläufig: »Welchen Namen hattest du eigentlich vor Prospero, Prospero?«

Prospero blickte stirnrunzelnd vom Schachbrett auf und sagte streng: »Den habe ich vergessen, und ich empfehle jedem, der seinen Namen ändert, dasselbe zu tun.«

»Du brauchst nicht gleich böse zu werden.«

»Ich bin nicht böse, mich ärgert deine Unvorsichtigkeit. Wir sind hier zwar sicher, aber es ist äußerst unklug, daß ausgerechnet du die Frage nach früheren Namen aufwirfst.«

»Ich wollte doch nur wissen, warum du *Prospero* ausgesucht hast«, erwiderte der Junge und schob eine Figur vor. »Dame auf B3.«

Der Alte betrachtete die Stellung, berechnete Lons unerwarteten Zug, lächelte dann und sagte: »So leicht bekommst du meinen Turm nicht.«

»Wenn ich ihn kriege, sagst du mir dann, warum du Prospero ausgesucht hast, Prospero?« fragte Lon schnell.

»Ich sage es dir sofort, wenn du dich dann wieder auf das Spiel konzentrierst«, seufzte Prospero und lehnte sich ungehalten, aber resigniert wirkend in seinem Sessel zurück. »Die Sache ist kein Geheimnis. Prospero ist der Name eines großen Zauberers und Magiers in einem Buch von Lord William Shakespeare, dem berühmten Dichter und Dramatiker von der Alten Erde. Ich bekam das Buch zufällig in die Hände, stieß auf den Namen, der mir passend erschien, und nahm ihn mir. Das ist alles. Können wir jetzt weitermachen?«

»Hast du richtige Bücher, Prospero?«

»Ja, allerdings. Ich bilde mir sogar ein, eine recht eindrucksvolle Sammlung zu besitzen. Vier echte Bücher, alle aus Papier. Zwei davon sind noch auf der Alten Erde gedruckt worden, bevor die Massenflucht begann.«

»Darf ich sie sehen?«

»Ein andermal, Lon. Wir spielen jetzt Schach. Dame schlägt Bauern.«

»Turm auf D1«, konterte Lon beinahe sofort und fragte: »Wann kann ich sie sehen?«

»Was denn?« fragte Prospero gereizt, der sich das Ergebnis des Zuges besah. »Du hast meine Dame gefesselt, du kleiner Taschendieb«, murmelte er.

»Ich sage matt in drei Zügen an. Die Bücher, Prospero, wann kann ich die Bücher sehen?«

»Morgen, wenn du aufhörst zu quengeln. Hast du denn noch nie ein Buch gesehen?«

»Noch nie. Wir hatten keine.«

»Und kannst du lesen, Lon?«

»Nein. Mein Vater war dagegen. Er sagte, Lesen beeinträchtige die Intelligenz und ruiniere das Gedächtnis.«

Prospero nickte gedankenvoll. »Das sieht ihm ähnlich. Ich weiß noch, wie abfällig er sich äußerte, als ich zum erstenmal vom Lesen sprach. Dein Vater hat sich nie für intellektuelle Dinge interessiert. Merkwürdig, wenn man bedenkt, wie umsichtig er auf allen anderen Gebieten vorging. Aber so war er nun einmal.« Er beugte sich über das Schachbrett und studierte ärgerlich die Stellung.

»Stimmt das?« fragte der Junge nach kurzem Schweigen.

»Was?«

»Stimmt es, daß Lesen die Intelligenz beeinträchtigt und das Gedächtnis ruiniert?«

»Nicht halb soviel wie –« Prospero brach ab, schaute auf und funkelte den Jungen eine ganze Weile an. Dann sagte er streng: »Wir spielen jetzt die Partie zu Ende. Ich will kein Wort mehr von dir hören, bis wir fertig sind. Danach unterhalten wir uns vielleicht über die Vor- und Nachteile der Literatur. Kein Wort mehr, Lon, verstehst du? Nicht eine Silbe!« Er hob mahnend den Zeigefinger, während der Junge ihn mit offenem Mund anstarrte.

Prospero machte drei langsame, bedächtige, wohlüberlegte Züge, die Lon jeweils mit einem raschen Gegenzug beantwortete, dann war die Partie zu Ende und Prosperos König mattgesetzt. Unmittelbar nach seinem letzten Zug sprang der Junge aus dem Sessel, trat an Prosperos Seite, riß ihn am Ärmel und sagte: »Komm, zeig mir die Bücher, Prospero.«

»Du kannst doch gar nicht lesen, Lon.«

»Das lerne ich. Komm, du hast es versprochen.«

»Ich habe versprochen, sie dir morgen zu zeigen, *vorausgesetzt*, du würdest aufhören zu quengeln.«

»Morgen habe ich keine Zeit. Ich muß den ganzen Vormittag trainieren, und danach habe ich Küchendienst. Zeig sie mir jetzt«, drängte der Junge.

»Und wie willst du lesen lernen?«

»Das lerne ich schon. Zeig mir die Bücher.«

»Morgen, Lon. Du kannst das Training vorzeitig abbrechen und dann hierher kommen. Vielleicht habe ich sogar eine Überraschung für dich.«

»Gibst du mir meinen Lohn?«

Prospero machte ein schiefes Gesicht. »Nun übertreib mal nicht, Lon. Du bekommst deinen Lohn, wenn es an der Zeit ist. Wozu brauchst du jetzt Geld?«

»Was für eine Überraschung ist es dann?«

»Komm morgen hierher, dann wirst du sehen.«

Lon ging vergnügt zu seiner Unterkunft; er freute sich auf einen angenehmen Tag: ein verkürztes Training, die Gelegenheit, sich echte Bücher anzuschauen, und eine Überraschung. Prospero hatte immer tolle Überraschungen auf Lager. Und am meisten freute ihn, daß er den alten Mann nun zum neuntenmal hintereinander beim Schach geschlagen hatte.

Der Morgen schien endlos. Lon schlang sein Frühstück hinunter und eilte zum Übungsraum. Er und die anderen Jungartisten mußten unter den scharfen, strengen Augen ihres Ausbilders zunächst eine Reihe von Vorübungen machen und dann die ganze Palette von Fingerübungen durchgehen. Danach hatte jeder seine Spezialität vor der versammelten Gruppe aufzuführen, einer sehr kritischen Jury, die gespannt auf die kleinste Ungeschicklichkeit achtete. Lon war an diesem Morgen als letzter an der Reihe, und als er seinen Auftritt beendet hatte, setzten sie sich alle mit Krügen voll heißen *Skoofs* zu einer kurzen Pause hin.

Der Ausbilder, ein runzliger Karrapade namens Hotor-tor-Mitibi-i-Doandep-dep-Eloevorr, jedem im Schiff als Tib bekannt, saß für sich und stimmte die neunzehnsaitige Linlovar, die für die nächste Übung vorgesehen war. Lon ging zu ihm.

»Ich weiß, was du mich fragen willst. Ob du heute früher wegkannst«, sagte der Karrapade, als Lon sich neben ihn auf die Bank setzte.

»Woher weißt du das?«

»Ich bin Prospero begegnet.«

»Und darf ich, Tib? Ich hole die Übungen heute abend nach.«

»Du kannst gehen, wenn du die Übung auf der Linlovar gemacht hast. Ich lasse dich diesmal als erster spielen.«

»Was gibt es denn heute?« fragte Lon.

Tib legte das Instrument beiseite und hob seinen Krug hoch, der in seiner siebenfingrigen Hand verschwand. »*Das Lied vom*

Drachen. Da sind schwierige Akkorde für die linke Hand drin.«
Er trank einen Schluck heißen, süßen *Skoof.*
»Das über die Alte Erde gefiel mir nicht. Das war traurig.«
»Mir gefällt es auch nicht besonders, aber ich suche diese
Stücke nicht zum Spaß aus. Ich bringe euch nicht bloß das Singen
bei, ihr sollt eure Hände gebrauchen lernen. Du hast nur vier Finger und einen Daumen, Lon. Du mußt sie zur Perfektion entwik-
keln. Und für Fingerfertigkeit ist die Linlovar das beste Übungsinstrument. Mein Volk spielt sie viel.« Er leerte den Krug und stellte
ihn ab. Dann nahm er die Linlovar in die Hände, schlug einen
rauhen, fesselnden Akkord an und rief laut: »An die Arbeit, ihr
krummfingrigen Stümper. Ihr müßt noch eine Menge lernen, ehe
ihr euch den Armreif verdient habt. Versammelt euch jetzt um
mich. Ich trage das Lied einmal vor, dann noch einmal ohne Text.
Achtet genau auf meine linke Hand.«
Die Jungartisten bildeten einen Halbkreis um den Ausbilder.
Dieser setzte sich mit gekreuzten Beinen auf den Fußboden,
klemmte die Schalldose zwischen eine Kniekehle und begann zu
spielen. Er sang mit hoher und deutlicher Stimme, die harmonisch
mit den hohen Noten verschmolz und einen lebhaften Kontrast zu
den lauten, schrillen Akkorden bildete, mit denen jeder Teil des
Liedes ausklang.

»Dem Fluch des Geizigen gleich zusammengerollt
Um einen verstaubten Schatz von Gold
Schlief tief in einer großen Höhle
Tag für Tag für Tag der Drache.
   Und weit unten an der Bergesflanke
Lebten und starben die Bauersleute,
Voll Angst vor einem alten Freund.
Sie wußten, daß all ihr Schaffen
Abhing vom Schlaf eines ruhelosen Drachen.

Die Jahre vergingen,
   Und der Drache gehörte zum Leben wie Regen und Kälte.
   Jahrhunderte vergingen . . .

Und für sie, die seine Schuppen nicht gesehen
   (Groß wie Felsplatten, matt schimmernd,
   Von Moos begraben, doch am Leben),
   Den heißen Atem nicht gefühlt und nicht gerochen,
   Den zackigen Schwanz um den gehüteten Schatz

Nicht hatten schleifen und scharren hören,
Wurde der Drache zur Legende.
Eine wundersame Geschichte . . .
Ein Scherz der Toten für die Toten . . .
Ohne Bedeutung für die Lebenden.

Und die Leute im Dorf am Bergesrand
   Lachten und vergaßen die Angst.
Die Neugierigen kamen, zu schnuppern den Rauch,
Und tranken lachend Wein in der Stadt,
Die im Schatten des Drachen erblühte.
Und der Drache schlief, Jahr für Jahr für Jahr.

Die Neugierigen kommen noch immer
   In die Stadt, die nun in Asche liegt.
   Sie nehmen ein Stück verkohltes Holz als Souvenir
   Und spähen verstohlen in eine leere Höhle.
   Wenn sie gehen, schaun sie zum Himmel
   Und lauschen auf das Schlagen von ledernen Schwingen.«

Die Jungartisten gönnten sich ein paar Augenblicke, um *Das Lied vom Drachen* zu diskutieren, und Lon steuerte einige unlustige Bemerkungen bei. Er verglich das Lied kritisch mit einer Geschichte, die Brita ihm einst erzählt hatte, einer alten skeggjattischen Legende von einem großen blonden Helden, der stark und wild war wie ein Bär, ein Bergsee-Ungeheuer besiegte und schließlich als alternder König im Kampf mit einem Feuerdrachen fiel, vor dem er sein Volk retten wollte. Brita war beim Erzählen der Sage selbst zu dem tapferen Helden geworden, zu seinem zischenden Gegner und dem wütenden Feueratmer, und der Junge hatte die Kälte des Bergsees spüren und den erstickenden Schwefelatem des Drachen riechen können. *Das Lied vom Drachen* hatte ihn trotz Tibs großem Geschick nicht so beeindruckt wie Britas Erzählung.

»Dann schreib uns doch ein besseres Lied«, meinte Tib amüsiert.

»Das mache ich auch. Eines Tages lerne ich, wie man große Lieder macht«, erwiderte Lon trotzig.

Tib war nicht beeindruckt. Er hatte in seinem Leben schon zu viele Jungartisten prahlen hören. »Gratuliere, Lon. Aber jetzt lern erst einmal zu spielen.«

Lon trug *Das Lied vom Drachen* fehlerfrei vor, und Tib ließ ihn gehen. Er eilte zu Prosperos Kabine, klopfte an und wurde hereingerufen.

Lon trat ein, machte die Tür zu und blieb dann wie angewurzelt stehen, als er den Mann bei Prospero sah. Die Anwesenheit einer dritten Person war an sich nichts Ungewöhnliches – Prospero führte oft geschäftliche Gespräche, wenn Lon ihn aufsuchte –, aber dieser Mann war eine bemerkenswerte Erscheinung. Bis auf Longshank war er der größte Mensch oder Humanoide, den Lon bis jetzt auf der *Triboulet* gesehen hatte, und dazu spindeldürr. Seine Haut wirkte blaß und trocken, seine Haare waren lang und schwarz, und seine glänzenden Augen lagen tief in ihren Höhlen unter buschigen Brauen.

»Komm herein, Lon. Du störst nicht«, sagte Prospero freundlich und deutete auf einen Sitz.

»Die Bücher –« begann Lon unsicher.

»Du bekommst sie zu sehen. Aber erst habe ich eine Überraschung für dich. Dieser Herr heißt Drufe. Er stieß während unseres Aufenthalts auf Velodon zu uns und möchte eine Weile bei uns bleiben. Als ich ihm heute morgen von deinem Interesse an Büchern erzählte, erklärte er sich bereit, dir das Lesen beizubringen.«

Der dünne Mann machte nicht den Eindruck, als hätte er sich zu so etwas bereiterklärt. Er sah Lon nur ausdruckslos an, als Prospero ihn vorstellte, und beachtete ihn dann nicht mehr.

»Drufe interessiert sich ebenfalls für Bücher, Lon«, sagte Prospero. »Aus diesem Grund hat er sich uns auch angeschlossen.«

»Ich ›grübelte, krank und müde, über so manchen wundersamen und rätselhaften Band vergessener Lehren‹«, sagte Drufe mit monotoner Baßstimme, den Blick starr auf etwas hinter den Kabinenwänden gerichtet.

»Drufe war einmal Textausleger bei den Poeisten«, erklärte Prospero. »Ein sehr angesehener sogar.«

»Doch mein Name ist verpönt unter ihnen, zu Recht. ›Die meisten Menschen werden unrein nach und nach. Von mir fiel alle Tugend ab in einem Augenblick, wie ein Mantel‹«, leierte Drufe. »›Oh, verlassenster Ausgestoßener aller Ausgestoßenen!‹«

»Drufe ist kein Poeist mehr, Lon, aber er interessiert sich immer noch für die Schriften. Deshalb dachte ich, er wäre – ein guter Lehrer.« Prospero schwieg und musterte die geistesabwesende Gestalt neben sich ein wenig unsicher. Nach einer Weile sagte er: »Vielleicht sollten Sie sich ein bißchen ausruhen. Lon meldet sich dann wegen des Unterrichts heute abend in Ihrer Kabine.«

Der hochgewachsene Mann neigte respektvoll den Kopf vor

Prospero und bedachte Lon erstaunlicherweise mit derselben Geste. Dann verließ er wortlos die Kabine.

»Drufe hat seine Eigenheiten, aber du kannst viel von ihm lernen, Lon. Ich möchte vor allem, daß du lesen und schreiben lernst.«

»In Ordnung. Wenn du es so haben willst.«

»Tu es für uns beide«, sagte Prospero und legte dem Jungen väterlich die Hand auf die Schulter. »Vielleicht glaubst du, daß ich dir zuviel abverlange, aber ich habe Pläne mit dir. Seit du bei uns bist, muß ich immer häufiger daran denken, wie sehr mir dein Vater ein Sohn war, und jetzt du – Mir bleiben vielleicht noch acht oder zehn Jahre, in denen ich dieses Leben führen kann, und wenn ich mich zur Ruhe setze – Arbeite an dir, Lon, lern, soviel du kannst.«

»Aber was ist heute, Prospero? Warum gibst du mir nie meinen Lohn? Du bezahlst doch die anderen.«

»Das sind alles nur geschäftliche Mitarbeiter. Aber du gehörst fast schon zu meiner Familie. Zwischen Verwandten braucht man nicht über Geld zu reden, mein Junge.«

»Dann gib mir welches, und ich lasse dich in Ruhe.«

»Bald, bald«, sagte Prospero beschwichtigend und gebot Lon mit erhobener Hand zu schweigen.

»Zeigst du mir wenigstens die Bücher?«

»Ach, ja. Ich hatte ganz vergessen, daß du ja deswegen gekommen bist. Es ist das Alter, Lon. Mein Gedächtnis –« Prospero schüttelte betrübt den Kopf, ging zur hinteren Wand und stieß sie leicht an, worauf ein Teil davon herumschwenkte und eine in drei Regalen untergebrachte Trophäensammlung enthüllte. Auf dem obersten Regal standen vier Gegenstände, die Lon fremd waren. Prospero nahm sie sehr vorsichtig heraus, trug sie zum Tisch und verteilte sie darauf. Alle hatten die Form eines rechteckigen Kastens, aber sie waren verschieden groß und dick und anders gefärbt. Die Oberseiten waren mit Zeichen versehen, die aber bei jedem anders waren.

»Das sind Bücher, Lon«, sagte Prospero andächtig. Er nahm eines in die Hände, schlug es auf und hielt es so, daß Lon es zwar nicht anfassen, aber die dicht gedrängten Zeichen auf jeder Seite sehen konnte. »Auf der Alten Erde hatten die meisten Menschen so viele Bücher, selbst während der Blutigen Jahrhunderte. Manche hatten sogar ein ganzes Regal voll«, sagte Prospero mit ehrfürchtiger Stimme. »Jeder, der so viele Bücher besaß, wurde *Bibliothekar* genannt.«

»Und was hat man mit ihnen gemacht?«

»Nun, gewöhnlich las man sie.«

»Nein, ich meine, was hat man mit den vielen Büchern gemacht? Was ist aus ihnen geworden?«

Prospero hob unschlüssig die Schultern und streckte die Handflächen vor. »Das weiß keiner genau. Die meisten sind vermutlich noch auf der Alten Erde und verfaulen. Es gab nur wenige Pioniere, die Bücher mitnahmen. Die meisten glaubten, sie brauchten keine, und gaben sich mit Tonbändern und Visiprismen zufrieden. Während des ersten Jahrhunderts der Kolonisierung ist die Buchdruckerkunst auf einigen Planeten anscheinend wiederbelebt worden, aber damit war es schnell vorbei. Heute stellt niemand mehr Bücher her.«

»Warum soll ich dann lesen lernen? Wozu soll das gut sein?«

»Macht.« Der Junge sah überrascht auf, und Prospero wiederholte: »Macht, Lon. Seit der großen Massenflucht von der Alten Erde sind mehr als fünf Jahrhunderte vergangen, und die Menschheit hat sich über die ganze Galaxis ausgebreitet und mit fremden Rassen und Kulturen vermischt. Das Wissen der Alten Erde ist Stück für Stück verloren gegangen und heute fast völlig vergessen. Aber es existiert noch, Lon, da bin ich mir sicher.« Prospero nahm eines der Bücher in die Hand und fuhr fort: »Wenn man dieses alte Wissen jemals wiederentdecken will, dann nur, indem man diese alten Bücher liest. Denn darin legten unsere Vorväter alle ihre Kenntnisse nieder. Kannst du dir vorstellen, welche Macht ein Mensch erlangen könnte, der über dieses Wissen verfügte?«

Lon war etwas skeptisch. »Drufe kann lesen. Warum ist er dann nicht mächtig?«

»Lesen zu können ist nur der erste Schritt. Man braucht die richtigen Bücher, muß ihre wahre Bedeutung entschlüsseln und dann herausfinden, wie man diese Kenntnisse richtig anwendet.«

»Und sind das hier die richtigen Bücher?«

»Ich weiß es nicht, Lon«, bekannte Prospero. »Ich kann recht gut lesen, trotzdem ist mir vieles schleierhaft. Wenn ich alles verstehen würde, dann, glaube ich, würden diese Bücher sehr Bedeutsames enthüllen, zumindest einige. Dieses hier, zum Beispiel«, sagte er und nahm ein dunkelgrünes Buch in die Hand, das er Lon zur Ansicht hinhielt. »Drufe glaubt, es könnte ein prophetisches Buch sein, wie die Schriften von Poe.«

Hat es einen Namen?«

»Es heißt *Finnegans Totenwache*.«

»Woher weißt du das?«

Prospero wies auf den Buchdeckel. »Hier steht der Name. Wie jeder Mensch hat auch jedes Buch einen Namen.«

»Glaubst du auch, daß es ein prophetisches Buch ist, Prospero?«

»Ich weiß nicht, was ich davon halten soll, Lon. Es könnte alles mögliche sein. Es übersteigt mein Begriffsvermögen.« Prospero machte eine hilflose Gebärde.

»Und die andern? Sind sie auch Prophezeiungen?«

»Wir wissen es nicht genau. Bei *Abriß der Geschichte planetarischer Expeditionen* von Vaslov meine ich, ja, aber Drufe ist anderer Meinung. Das schwarze hier sollen die Memoiren von Moran sein, dem Diktator des einundzwanzigsten Jahrhunderts, und mehr ist es vermutlich tatsächlich nicht.«

Lon zeigte auf den langen Titel, der in Gold auf den schwarzen Buchdeckel aufgedruckt war. »Es hat einen längeren Namen als *Finnegans Totenwache*«, stellte er fest. »Hat das etwas zu bedeuten?«

»*Geboren um zu herrschen: Leben und Schicksal von Bordon Moran, Herrscher der zivilisierten Welt und Befreier der Menschheit*«, las Prospero vor. »Ich glaube, es bedeutet nur, daß Moran sehr eitel war.«

»Und das große? Das hat auch einen langen Namen«, sagte Lon und wies auf ein dickes, roteingebundenes Buch.

»Ach das«, sagte Prospero warm und betrachtete das Buch liebevoll wie einen alten Freund. »*Die Gesammelten Werke von Lord Willliam Shakespeare*. Das ist ein wahrer Schatz, Lon. Es ist auf der Alten Erde gedruckt, wo Lord Shakespeare geboren wurde. Eine Rarität. Die einzige Ausgabe seiner Werke, von der ich je gehört habe.«

»Sind es Prophezeiungen?«

»Unserer vorläufigen Einschätzung nach sind es teils Prophezeiungen und teils Geschichte, aber auch hier gibt es Leute, die anderer Meinung sind. Sie nehmen sich solche Geschichten – Theaterstücke nennt man sie – und tun so, als seien sie die darin beschriebenen Personen. Diese Leute nennen sich Schauspieler, und sie spielen so eine Geschichte immer wieder nach und lassen andere Leute dabei zusehen. Damit verdienen sie sich ihren Lebensunterhalt.« Prospero sagte das ein wenig abfällig. »Wenn man sie reden hört, könnte man sie für Künstler halten, aber sie haben nicht unser Niveau.«

»Ist das das Buch, aus dem du deinen Namen hast, Prospero?«

fragte Lon.

»Ja, das ist es. Er findet sich in einer Geschichte, die *Der Sturm* heißt und von einem Magier handelt, der Stürme herbeizaubern und sich unsichtbar machen kann.«

»Wie bringt er das fertig?«

»Er hat es aus Büchern gelernt«, antwortete Prospero. »Seine Bücher waren ihm wertvoller als ein Herzogtum.«

»Ist ein Herzogtum wertvoll?« fragte Lon. »Ich habe noch nie eines gesehen.«

»Sehr wertvoll. Das ist beinahe, als ob man ein König wäre.«

Diese Auskunft gab Lon zu denken. Schließlich sagte er: »Ich lerne das Lesen, Prospero. Wenn Bücher so wertvoll sind, will ich wissen, was darin steht.«

Nach dem Abendessen machte Lon sich auf den Weg zu seiner ersten Unterrichtsstunde. Die Erinnerung an Drufes Benehmen und seine finstere Erscheinung dämpften seinen Eifer ein wenig, und als er die Kabine betrat, stellte er überrascht und erleichtert fest, daß sein Lehrer sachlicher und auch weniger unnahbar wirkte. Selbst sein Tonfall war verändert, als er seinen Schüler begrüßte.

»Komm herein, Lon. Betritt meine trostlose Zelle und bereite dich auf eine anstrengende und offenkundig sinnlose Arbeitsstunde vor. Wir beginnen mit dem Alphabet. Kennst du das Alphabet?« Er sagte alles in einem Atemzug.

»Ein paar Buchstaben. Mein Name ist L-O-N, und –«

»Vergiß, was du zu wissen glaubst. Wir fangen am Anfang an, wie es sich gehört, und trichtern dir das verflixte Ding so ein, daß du es auch behältst. Ich sage das Alphabet einmal auf, dann spreche ich dir die Buchstaben einzeln vor, und du sagst sie nach. Wenn du nachher gehst, kannst du es auswendig. Fertig? E-A-O-I-D-H-N-R-S-T-U-Y-C-F-G-L-M-W-B-K-P-Q-X-Z-J-V, wie es in *Das Buch vom Goldkäfer* steht, nur geringfügig abgewandelt, um gewisse Formen einzubeziehen, die der Meister aus Gründen, die uns im Moment nicht zu kümmern brauchen, weglieβ. Jetzt sprich mir nach, Lon: E.«

Und so wurde Lon ohne lange Vorreden in die Literatur eingeführt. Sein unter Tibs Anleitung geschultes Gedächtnis erwies sich als so vorzüglich, daß er das Alphabet nach einer knappen halben Stunde beherrschte und es sogar rückwärts und von einem beliebigen Buchstaben an aufsagen konnte.

Drufe war beeindruckt. »Du lernst schnell und gut, Lon. Morgen bringe ich dir bei, wie man die Buchstaben schreibt. Am Ende

der Woche kannst du lesen.«
»Wann kann ich *Der Sturm* lesen?«
»Das dauert seine Zeit, Lon. Du kannst nicht erwarten, alles in ein paar Unterrichtsstunden zu lernen.«
»Ich will aber, Drufe. Prospero sagte, die Bücher können mir beibringen –« Der Junge verstummte nachdenklich. Wenn man durch Bücher wirklich Macht erlangen konnte, warum sollte er das anderen auf die Nase binden? Vielleicht wußte Drufe darüber Bescheid, aber wenn nicht, dann war es klüger, ihn im dunkeln zu belassen, weil er sich sonst möglicherweise sträuben würde, ihn zu unterrichten.
»Sprich weiter. Was können sie dir beibringen?« fragte Drufe.
»Neue Tricks. Bessere.«
»Möglich.« Drufe lachte. »Aber soviel ich gehört habe, kennst du schon mehr Tricks als genug, und du bist – wie viele Jahre alt, Lon, nach dem Galaktischen Kalender?«
»Ungefähr vierzehn, glaube ich.«
»Und wie viele davon beim Zirkus?«
»Vier.«
Drufe schürzte die Lippen, betrachtete Lon einen Moment nachdenklich und fragte: »An was glaubst du?«
Lon brauchte eine Weile, um eine Antwort zu finden. »An das Schiff. An meine Geschicklichkeit.«
»Und an was weiter?«
»Was gibt es denn noch weiter?«
»Ein ganzes Universum mit Milliarden von Menschen, Lon! Sterne und Planeten, Sonnensysteme und die unvorstellbaren Weiten des Alls, in denen alles treibt. Warum gibt es sie? Wohin gehen sie?« Er streckte einen mageren Finger aus, dem Jungen beinahe ins Gesicht. »Wohin gehst *du* – weißt du es?«
»Nach Nereus. In zwölf Tagen kommen wir an.«
Drufe lachte; es war ein müdes und gequältes Lachen, dem jeglicher Humor abging. »Nach Nereus. Sicher. Wenn du Lesen und Schreiben gelernt hast, diktiere ich dir einige Passagen des Meisters, Lon. Ich weiß sie auswendig. Wir besprechen sie dann. Bis dahin – fliegen wir nach Nereus.«
»Sie machen das nicht gern, stimmt's?« Lons Tonfall machte deutlich, daß er die Frage als Feststellung betrachtete.
»Du meinst, dich zu unterrichten?«
»Ja. Es gefällt Ihnen nicht. Ich habe es schon heute morgen in Prosperos Kabine bemerkt.«
Drufes Miene verfinsterte sich. »Das war etwas anderes. Da

war ich nicht ich selbst. Es kann vorkommen, daß du mich noch öfter so siehst. Achte nicht darauf.«

»Wenn Sie es sagen.«

»Ich sage es ganz entschieden. Und jetzt wollen wir das Alphabet noch einmal hören, von E bis V, und dann rückwärts. Danach kannst du gehen.«

Lon arbeitete angestrengt und lernte schnell. Der Aufenthalt auf Nereus – dreiunddreißig planetarische Tage, nahezu einundfünfzig nach galaktischer Zeitrechnung – setzte dem Unterricht zwischenzeitlich ein Ende, aber als der Zirkus sich wieder auf der *Triboulet* eingerichtet hatte und das Leben im All wieder seinen gewohnten Gang nahm, setzte Lon seine Studien mit unvermindertem Eifer fort. Es schien sogar, als habe die lange Unterbrechung seine ersten Lektionen nur um so fester in seinem Gedächtnis verankert und seine Lerngeschwindigkeit noch erhöht. Nach kurzer Zeit konnte er ein seitenlanges Diktat fehlerfrei zu Papier bringen, und um seinen fünfzehnten Geburtstag arbeitete er an der handschriftlichen Aufzeichnung von Poes Gesamtwerk, das Drufe aus dem Gedächtnis diktierte. Er konnte auch gedruckte Passagen unbekannten Lesestoffes flüssig und korrekt vorlesen.

Seine neue Fertigkeit begann ihm zu Kopf zu steigen. Er erschien nicht mehr so häufig zu den Übungsstunden, und wenn er sich einmal zur Teilnahme herabließ, sonderte er sich demonstrativ von den anderen Artisten ab, die er nicht mehr als ebenbürtig betrachtete. Diese taten sein Verhalten zunächst achselzuckend ab und bemühten sich, ihn zu ignorieren. Doch Lon strapazierte ihre Geduld aufs äußerste mit seinen ständigen Anspielungen auf ihre Unbelesenheit und angebliche Minderwertigkeit. Lesen und Schreiben galt für einen Artisten als überflüssig, wenn nicht gar schädlich, aber Lon gab mit seinen Bemerkungen zu verstehen, daß er sich für den einzigen wahren Artisten an Bord hielt.

Die Situation wurde noch dadurch kompliziert, daß Lon nun nicht mehr das jüngste Mitglied der Truppe war und sich zunehmend für das andere Geschlecht interessierte. Es gab keine jungen Mädchen in seinem Alter in den Reihen des Ensembles, und überhaupt nur wenige ungebundene Frauen, gleich welchen Alters. Der Wettstreit um die Gunst dieser Damen war daher groß, und neue Bewerber waren stets unerwünscht, insbesondere Lon, von dem man in der Truppe allgemein annahm, daß er eines Tages Prosperos Nachfolger werden würde. Trotzdem bemühten sich die meisten Ensemblemitglieder, den eingebildeten jungen

Mann zu ignorieren. Die restlichen beneideten ihn entweder, fürchteten ihn oder konnten ihn einfach nicht leiden. Hätte Kredak seine Bemerkungen zu diesem Zeitpunkt gemacht, wäre er vermutlich zum Sprecher einer ganzen Reihe Artisten geworden. Lons eigensinniges Verhalten führte zu allgemeinem Unmut, der sich zu wachsendem Groll verstärkte und den Zusammenhalt der ganzen Truppe zu gefährden drohte.

Nichts – oder fast nichts – war Prospero wichtiger, als den Bordfrieden zu bewahren. Sechs Tage nach der Abreise aus dem Farr-System und viele Tage vor der Ankunft im nächsten System spürte er eine heraufkommende Krise und traf unverzüglich Gegenmaßnahmen. Er ließ die Truppe zusammenkommen und unterrichtete sie von einigen geplanten Personalveränderungen.

Manche davon wurden erwartet und ohne besonderes Interesse aufgenommen. Tib, der Chef-Ausbilder der Artisten, war auf Farr III zurückgeblieben, und ein anderer Karrapade, der einen ähnlich verschnörkelten Namen besaß und deshalb Max getauft wurde, sollte an seine Stelle treten. Zwei quiplidische Akrobaten waren zur Truppe gestoßen, um Numple zu ersetzen, der schon altersweiße Pelzhaut besaß und allmählich seine Gelenkigkeit verlor. Prospero stellte die Neuen der Truppe vor.

Dann folgte die Nachricht, daß Lon Rimmer, bekannt als der Unglaubliche Gaukler, fortan nicht mehr öffentlich auftreten und Prosperos persönlicher Assistent werden sollte.

Lon versuchte Prospero sofort zur Rede zu stellen, aber der alte Mann war schon verschwunden. Als der Junge am Abend zur gewohnten Zeit Drufes Kabine betrat, ohne daß es ihm gelungen wäre, Prospero zu sprechen, erwarteten ihn gleich zwei Überraschungen. Die erste waren *Die Gesammelten Werke von Lord William Shakespeare*, die auf Drufes Schreibtisch lagen. Das Buch war eine von Prosperos Kostbarkeiten, und Lon wußte, daß er es von niemandem anfassen ließ, geschweige denn es jemandem ausborgte. Aber da lag es und war nicht gestohlen, denn Drufe hätte sich nie zu einer solchen Tat erdreistet.

Die zweite und weit größere Überraschung war, daß Drufe nach einer kurzen Begrüßung auf das Buch deutete und sagte: »Prospero will, daß du dieses Buch an dich nimmst. Du sollst dich von jetzt an eingehend damit befassen.«

»Er schenkt es mir?« fragte Lon ungläubig.

»Du kannst es vorläufig behalten.«

»Ich verstehe«, sagte Lon schroff. »Er schenkt es mir also nicht.«

»Welche Rolle spielt es, ob du es jetzt oder später bekommst, Lon? Wenn Prospero beschließt, sich zur Ruhe zu setzen, gehören die *Triboulet* und der Zirkus dir, das weiß jeder«, sagte Drufe leicht gereizt.

»Das Gerücht kenne ich, aber von Prospero habe ich diese Worte noch nie gehört. Er macht Andeutungen, aber legt sich nicht fest.«

Drufe runzelte die Stirn und wandte sich brüsk ab. »Du hast kein Recht, so zu reden. Der alte Mann behandelt dich wie sein eigen Fleisch und Blut. Du solltest ihm dankbar sein.«

»Dankbar? Ich bin seit sechs oder sieben Jahren, vielleicht noch länger bei der Truppe, habe immer schwer gearbeitet, und nie hat er mich entlohnt. Er spricht von der Zukunft, aber hier und heute gibt er mir nichts«, sagte Lon erbittert.

»Ich habe dich noch nie ohne einen ansehnlichen Stapel Zahlwürfel gesehen.«

»Das sind Gewinne, kein Lohn.«

Drufe betrachtete ihn einen Moment forschend. »Alles Gewinne? Du mußt außergewöhnliches Glück haben. Und sehr beständiges.«

Lon zuckte die Achseln, ohne zu antworten. Er sah keine Veranlassung, Drufe mitzuteilen, wie er sein Geschick zur Verbesserung seiner Gewinnchancen einsetzte. Kynon hatte ihn einmal ein Sprichwort von der Alten Erde gelehrt: »Ein Narr und sein Geld sollten so schnell wie möglich voneinander getrennt werden« und dazu erklärt, das sei in der Galaxis ein ungeschriebenes Gesetz. Lon gehorchte dem Gesetz.

»Sieh dich vor, Lon«, riet ihm Drufe. »Man sollte hin und wieder auch einmal verlieren.«

»Ich muß gewinnen. Anders bekomme ich keinen Lohn.«

»Du bist auf andere Weise gut belohnt worden«, wandte Drufe ein. »Du hast lesen und schreiben gelernt, und das sind unbezahlbare Fähigkeiten.«

»Das sagst du mir immerzu. Es hängt mir zum Hals raus.«

»Lesen und Schreiben hat dir immer Spaß gemacht. Du hast dich noch nie darüber beklagt. Warum dieser plötzliche Sinneswandel?«

»Weil es mir trotz meiner Bemühungen nichts einbringt.«

»Das kommt noch, Lon. Und wenn nicht, bist du immerhin ein guter Artist, ein perfekter Linlovarspieler, ein Meister –«

»Ich kann nichts als Tricks, Drufe«, unterbrach ihn der Junge. »Wenn ich den Zirkus verlassen wollte, wohin könnte ich schon gehen? Alle reden, als würde Prospero, wer weiß was, für mich tun, dabei hält er mich bloß gefangen.«

»Du bist sehr, sehr undankbar.«

»Bin ich nicht. Du hast gehört, was er heute sagte. Ich soll sein persönlicher Assistent werden. Er will mich nicht einmal mehr auftreten lassen. Als ich ihn zur Rede stellen und fragen wollte, warum –« Lon unterbrach sich, denn er hatte das Gefühl, zuviel preiszugeben. Er unterdrückte seinen Unmut und sprach ruhiger weiter. »Das ist, als hätte er mich vor der ganzen Truppe als Versager hingestellt, der nicht mehr auftreten darf, weil er nicht gut genug ist. Das werden die anderen jetzt alle glauben, und dabei bin ich zehnmal besser als der beste von ihnen und kann außerdem lesen und schreiben. Das war unfair von Prospero, Drufe.«

»Weißt du, warum er dich zu seinem Assistenten gemacht hat?«

»Ich weiß nur, was die anderen darüber denken werden.«

Drufe machte eine wegwerfende Handbewegung. »Was kümmern dich die anderen? Du *bist* zehnmal besser als sie, Lon, und Prospero weiß das. Würde er einem von ihnen eins seiner Bücher anvertrauen?«

Der Junge mußte zugeben, daß an diesem Argument nicht zu rütteln war. Drufe setzte daraufhin eine selbstgefällige Miene auf, winkte Lon auf einen Stuhl und erklärte: »Jetzt beginnt der schwierigste Teil deiner Ausbildung, Lon, und der alte Mann will nicht, daß du abgelenkt wirst. Du trainierst nur noch soviel, wie nötig ist, um fit zu bleiben. Die restliche Zeit wird auf dieses Buch verwendet. Wir gehen Shakespeare Zeile für Zeile, Wort für Wort durch, bis du ihn wie ein Meister interpretieren kannst. Das ist der eigentliche Grund, warum dir das Lesen beigebracht wurde.«

»Und worauf soll ich achten?« erkundigte sich Lon.

Drufe schüttelte lachend den Kopf. »Wenn ich dir das sagen würde, wäre die Sache sinnlos. Achte auf alles.«

»Wozu?«

»Weil Bücher dazu da sind, daß man in ihnen sucht«, erklärte Drufe leicht gereizt. Er schlug mit der flachen Hand auf das dicke, roteingebundene Buch. »Dieser Band enthält neununddreißig Stücke von Shakespeare, und acht, die man ihm zurechnet. Viele davon sind, was sie zu sein scheinen, aber manche Stücke beschreiben in verschlüsselter Form tatsächliche historische Ereignisse, oder sind als Schauspiele verkleidete philosophische oder wissenschaftliche Lehren.«

»Das verstehe ich nicht. Warum sind sie als Schauspiele verkleidet?«

»Shakespeare war ein Genie, Lon. Wie alle Genies wollte er sein Wissen nicht dem gemeinen Volk zugänglich machen, deshalb hat er es in scheinbar ganz gewöhnlichen Geschichten versteckt.«

»Aber wenn es nun niemand entdeckt hätte, Drufe. Dann wäre sein ganzes Wissen doch verloren gegangen.«

Drufe lächelte herablassend und schüttelte den Kopf. »Ein Interpretierer entdeckt alles, Lon. Ein guter findet sogar Dinge, von denen nicht einmal der Autor weiß, daß er sie gesagt hat. Nein, uns entgeht nichts.«

»Und du willst mir das Interpretieren beibringen.«

»Genau. Wenn du Shakespeare auslegen kannst – nun, Prospero wird dir schon sagen, was als nächstes kommt«, erklärte Drufe. »Und jetzt an die Arbeit. Wir beginnen mit einer Rache-Tragödie. Erinnerst du dich an den Ausspruch: ›Nemo me impune lacessit‹?«

»Ja. Der stammt von Poe.«

»Wo bei Poe? Was bedeutet er?«

»In dem cäsarisch-etruskischen Dialekt der Alten Erde heißt das: ›Niemand kränkt mich ungestraft‹.«

»Und wo benutzt Poe ihn?« drängte Drufe.

»In *Das Buch vom Faß von Amontillado*. Was hat das mit Shakespeare und Rache-Tragödien zu tun, Drufe?«

»*Das Buch vom Faß von Amontillado* ist beispielhaft für viele poetische Lehren, einschließlich der über Rache. Da wir uns genauestens mit einer Rache-Tragödie befassen wollen, erscheint es zweckmäßig, wenn wir uns vorher die betreffenden Grundprinzipien in Erinnerung rufen.«

Lon war verwirrt. »Aber das ist doch die Geschichte über den Schöpfer Montresor, der seine sündigen Geschöpfe bestraft.«

»Das schon, Lon, aber sie wird in Form einer Rache-Erzählung *dargestellt*. Es gibt gewisse Formverwandtschaften zwischen Shakespeares Werk und der Erzählung von Poe.«

»Shakespeare war kein Poeist. Das war schlechterdings unmöglich«, wandte Lon ein.

»Streng genommen, nein. Aber man braucht kein Poeist zu sein, um die Lehrsätze des Meisters zu verkünden.«

Lon runzelte die Stirn. »Ich habe gehört, daß die Lovecrafter –«

»Lovecraft! Er war ein Scharlatan, kein echter Schüler Poes!« brauste Drufe auf. »Vergiß seine Werke und seine Anhänger. Die

Wahrheit findet sich nur bei Poe. Komm, an die Arbeit.«

In den vergangenen Monaten war Lons Interesse und auch sein Urteilsvermögen gewachsen und sein Unterricht daraufhin ausgedehnt worden. So konnte er dem vierwörtigen Sinnspruch unter Drufes Anleitung genug Stoff entreißen, um den ganzen Unterricht damit auszufüllen, so daß sie während dieser Sitzung nicht eine Zeile des Schauspiels besprachen. Aber obgleich er zungenfertig in einem fort redete, war er in Gedanken woanders.

Er ließ es sich nicht anmerken, aber er war tief beunruhigt. Zum erstenmal in all den Jahren hatte er Zweifel an der Weisheit seines Lehrers, ja, ihm kam sogar der Gedanke – den er unbewußt zu unterdrücken versuchte –, daß Drufe sich völlig irrte. Lon kannte die Kontroversen unter den Poeisten in ihren verwickelten Einzelheiten nicht gut genug, um die Auslassungen in Drufes Erklärungen zu bemerken, trotzdem drängte sich ihm jetzt der Eindruck auf, daß Drufe eine Frage deshalb verwarf, weil er keine Antwort darauf wußte und auch nicht wissen wollte.

Als die Sitzung vorüber war, klappte Drufe das Buch zu und schob es seinem Schüler hin. »Nimm es, Lon«, sagte er. »Lies *Othello*, die Tragödie des Mohrs von Venedig. Morgen beginnen wir mit der Besprechung.« Während er das sagte, griff er nach dem sorgfältig verstöpselten Gefäß am Rand seines Schreibtisches.

»Das ist viel für einen Tag.«

»Du hast jetzt Zeit. Du bist Prosperos persönlicher Assistent, erinnerst du dich? Er will, daß du dich hiermit befaßt. Die Übungen und Schiffsarbeiten sind für dich ein- für allemal erledigt.«

»Ich soll von jetzt an nur noch lesen und studieren?« Lon war erstaunt über diese Eröffnung.

»Du mußt sehr viel lernen, bevor wir Basraan erreichen. Und nun geh. Der Unterricht ist vorbei.«

»Sag mir eins, Drufe.«

Drufe hatte das Gefäß mittlerweile vor sich gestellt und entstöpselt und atmete verträumt den süßlich-schweren Duft ein, der aus der Öffnung strömte. Das Gefäß enthielt *Zaff*blätter, die in einer salzigen Kräuterlösung schwammen und so ihre volle Wirkung entfalteten. Drufe hatte die Angewohnheit, allabendlich nach Lons Unterricht den Blättern zu frönen, und er ließ sich von nichts und niemandem bei diesem Ritual stören. Lon wiederholte seine Aufforderung zweimal und wurde langsam ungeduldig, als Drufe nicht reagierte und statt dessen ein Blatt vorbereitete. Schließlich packte er den dünnen Unterarm seines Lehrers mit festem Griff. Lon war ein kräftiger Junge, und Drufe kam nicht umhin, ihm nun Beachtung zu schenken.

»Der Unterricht ist vorbei, Lon. Laß mich allein.«

»Dann sag mir, was ich wissen will.« Lon ließ ihn los.

»Morgen.« Drufe schüttelte den letzten Tropfen Flüssigkeit von einem handgroßen Blatt, faltete es zu einem kleinen Klumpen zusammen und steckte es in den Mund.

»Ich will es jetzt wissen. Warum hat Prospero mich zu seinem Assistenten gemacht und mir dieses Buch gegeben?«

Drufe zerbiß das Blatt langsam mit den Backenzähnen und preßte genießerisch den Saft heraus, den er voll auskostete, bevor er ihn langsam hinunterschluckte. Dann sagte er: »Prospero erklärt mir seine Entscheidungen nicht.«

»Und warum dehnst du meinen Unterricht aus? Diese Frage kannst du doch bestimmt beantworten, oder?«

»Anweisung von Prospero. Er will, daß du bereit bist, wenn wir auf Basraan landen.«

»Bereit wofür?«

Drufe antwortete nicht sogleich. Erst nach einer Weile sagte er geistesabwesend und mit monotoner Baßstimme: »Die Bücher – Macht und Stolz.«

»Was?«

»›Ich sprach zu ihr von Stolz und Macht/ – Doch versteckt und rätselhaft/ Und es ward ihr schleierhaft/ Das kurze Gespräch –‹« Drufe geriet ins Stocken. »›Die Bücher der Rätsel – bald kommen sie in durchschaubarer Maske –‹«

Drufes Komas erfaßten ihn jetzt schneller und hielten länger an. Er schloß lächelnd die Augen, und sein mageres Gesicht nahm einen zufriedenen Ausdruck an, als er sich entspannte und tiefer in den Sessel sank. Lon kannte die Anzeichen inzwischen genau. Eines Tages würde Drufe sein letztes Koma erleben, das nie endete; er würde dahinsiechen und sterben und dabei noch selig lächeln. So war das in solchen Fällen. Lon nahm das Buch und ging.

Am nächsten Tag stellte er die Fragen, die Drufe so unzureichend beantwortet hatte, Prospero. Der alte Mann zeigte sich zunächst auch nicht auskunftsfreudiger und machte Ausflüchte, aber Lon ließ nicht locker und bedrängte ihn, bis er schließlich nachgab. Prospero gestand, er habe erfahren, daß auf Basraan, ihrem nächsten Reiseziel, ein ganzer Stapel von Büchern – zehn, wenn nicht noch mehr – zu finden sei. Soviel er wußte, stammten sie aus einem Schiffswrack der Ersten Phase. Sie waren auf der Alten Erde gedruckt worden und hatten zu den Sternen gelangen sollen. Prospero bekam leuchtende Augen, als er von ihnen sprach.

»Das sind die Bücher, die ich in all den Jahren gesucht habe, Lon, ganz bestimmt! Sie werden endlich alles offenbaren!«

»Was werden sie offenbaren, Prospero?«

Der alte Mann sah sich vorsichtig in der Kabine um. Er ging zur Tür, spähte hinaus, machte sie wieder zu und sperrte ab. Dann führte er Lon zur hinteren Wand und sagte mit gesenkter Stimme: »Dinge, welche die Galaxis das Fürchten lehren und mich – und nach mir, dich – zum mächtigsten lebenden Menschen machen werden. Ich sage dir mehr, Lon, aber du mußt erst schwören, es niemandem weiterzusagen.«

»Nicht einmal Drufe?«

»Ihm schon gar nicht. Schwörst du?«

»Ich schwöre es, Prospero.«

»Schwör auf das Andenken an deine Eltern. Leg die Hand auf dein Herz und schwöre«, wies der alte Mann ihn an. Lon tat, wie ihm geheißen, worauf Prospero nach einem letzten verstohlenen Rundumblick weitersprach. »Die Rasse der Alten Erde besaß Waffen, mit denen man Städte von der zehnfachen Größe der Kuppelstädte auf Barbary vernichten konnte. Sie konnten in einem Sekundenbruchteil eine ganze Flotte von Raumschiffen auslöschen. Das klingt unglaublich, ich weiß, aber es ist die Wahrheit. Es ist in dem Buch über Morangnan beschrieben. Lon, du kennst die *Triboulet* wie deine Hosentasche. Was für Waffen haben wir an Bord?«

»Die Mannschaften tragen Pistolen und Schwerter, die Mitglieder der Truppe zumeist Dolche; ein paar haben Pistolen. Skaalder hat in seiner Kabine eine große Axt.« Lon kniff die Brauen zusammen und überlegte angestrengt. »Soviel ich weiß, ist das alles.«

»Das ist auch alles. Was sind nun die mächtigsten Waffen an Bord?«

»Die Pistolen, glaube ich.«

»Richtig. Auf jedem Raumschiff sind Pistolen die mächtigsten Waffen. Nun stell dir einmal vor, ich könnte lernen, eine dieser alten irdischen Waffen herzustellen, Lon. Wer könnte sich mir in den Weg stellen? Wer würde das wagen, mit Schwertern und Pistolen?«

»Niemand«, antwortete der Junge leise und voll Ehrfurcht vor dem Traum des alten Mannes.

»Ich würde die Galaxis beherrschen.« Prospero schwieg, verzückt von seinen eigenen Worten. Dann wandte er sich wieder an Lon: »Deshalb muß ich diese Bücher bekommen. Und du mußt mir helfen, ihnen das verborgene Wissen zu entreißen. Es ist da, das weiß ich. Es muß da sein.«

Sollte man nicht lieber versuchen, eine der alten Waffen zu finden?«

Prospero sah ihn mißbilligend an. »Ja, glaubst du, daran hätte ich nicht schon gedacht? Das wäre natürlich viel einfacher. Aber in den ganzen Jahrhunderten seit der Massenflucht hat nie jemand auch nur eine Spur von ihnen entdeckt. Es gibt nicht einmal Gerüchte über sie. Aus irgendeinem Grund ließen die ersten Auswanderer ihre Waffen zu Hause.«

»Vielleicht waren sie zu groß«, meinte Lon, bemüht, dem alten Mann zu helfen.

»Möglich. Obwohl manche Hinweise bei Moran – Ich möchte, daß du dieses Buch liest, bevor wir landen, und mir deine Meinung darüber sagst. Aus welchem Grund nun auch immer, die Siedler haben ihre Waffen zurückgelassen, aber sie müssen die Konstruktionspläne dafür mitgenommen haben. Irgendwie gingen diese Pläne verloren, und niemand hat sie in den ganzen Jahrhunderten wiedergefunden. Entweder das, oder sie werden einfach übersehen, weil niemand sie mehr zu lesen versteht. Eine andere Möglichkeit gibt es nicht. Denn wenn die Menschen Waffen hätten, die eine Welt vernichten können, warum sollten sie dann mit Schwertern und Pistolen kämpfen?«

»Das weiß ich auch nicht, Prospero. Bestimmt hast du recht.«

»Ich habe recht, Lon, glaub mir.« Der alte Mann schwieg einen Moment und sagte dann: »Jetzt weißt du, was ich in den ganzen Jahren im Sinn hatte. Meine Pläne nähern sich ihrer Vollendung, und mit deiner Hilfe können sie nicht fehlschlagen. Dafür habe ich dich ausbilden lassen. Auf dich kommt es jetzt an. Deshalb ist Schluß mit dem Gaukler. Du wirst mein Ariel sein.«

»Was ist das?«

»Prosperos unbezahlbarer Gehilfe. Lies *Der Sturm*, Lon, dort findest du Ariel. Und denk daran, du darfst niemandem etwas von unserer Unterhaltung sagen. Du hast dein Wort gegeben.«

Nun, da seine Studien ein klar umrissenes Ziel hatten, widmete Lon sich seiner Arbeit gewissenhafter denn je. Er verbrachte ganze Tage mit Lesen und lernte lange Abschnitte aus sämtlichen Stücken auswendig. Jeden Abend ging er in Drufes Kabine und bemühte sich, aus dem Werk Shakespeares einen befriedigenden

Kommentar zu den prophetischen Weisheiten des Meisters von der Alten Erde, Poe, abzuleiten.

Je länger er das tat, desto stärker wurden seine Zweifel.

Als er später an diese Zeit zurückdachte, vermochte er nicht zu sagen, wann genau ihm zum erstenmal auffiel, daß Drufe bestimmte Dinge aus Shakespeares Zeilen herauszulesen suchte, ohne sich darum zu kümmern, ob diese nun wirklich dort zu finden waren oder nicht. Er erinnerte sich nur, daß ihn eines Abends während einer komplizierten Interpretation urplötzlich und ohne jede Vorwarnung eine eindeutige und unleugbare Erkenntnis traf: Drufe veranlaßte ihn, Lord William Shakespeare Bedeutungen unterzuschieben, die nicht in seinem Werk, sondern in der Phantasie seines Lehrers existierten. Und er erkannte gleichzeitig, daß für die Schriften Poes dasselbe gelten mochte.

Das stellte Lon vor ein Problem. Einerseits konnte er nicht die Augen vor seiner Entdeckung verschließen, die er tagtäglich aufs neue bestätigt sah; andererseits mochte er aber auch nicht die Konsequenzen daraus ziehen, die ihm unangenehm waren. Er sprach mit niemandem darüber. Er setzte seine täglichen Studien während der ganzen Reise nach Basraan fort, las und lernte auswendig, untersuchte jede Zeile auf ihren Sinngehalt und schauspielerte allabendlich vor Drufe. Er gab sich nach außen hin gelassen, aber hinter dieser Maske, die er vor langer Zeit aufzusetzen gelernt hatte, trug er einen ständigen Kampf aus.

Drufe hatte ihn vor Jahren mit seiner Weisheit und seinem Können beeindruckt. Er vollbrachte Dinge, die sonst niemand im Schiff beherrschte. Drufe konnte diese geheimnisvollen Zeichen auf den Buchseiten entziffern und sogar zügig und getreu auf einer Schreibtafel wiedergeben. Solche Fähigkeiten hatten für Lon an Zauberei gegrenzt. Einzig Prospero besaß ein ähnliches Talent, und er gab freimütig zu, daß Drufe ihm weit überlegen war.

Lon konnte diese Dinge jetzt genauso gut wie Drufe, und manchmal sogar besser und schneller. Er sah, daß Drufe durchaus kein Zauberer war. Der poetische Textausleger, von seinen Glaubensbrüdern wegen eines unbekannten Vergehens ausgestoßen, war ein *zaff*süchtiger Versager, der heute mit seinen Gaben hausieren gehen mußte, um überhaupt existieren zu können und seine tägliche Ration an Blättern zu erhalten, die ihn langsam umbrachten.

Als sich seine Einschätzung von Drufe wandelte, sah Lon auch Prospero mit anderen Augen. Der alte Mann hatte ihm in den ganzen Jahren Unterkunft gewährt, das konnte er nicht bestreiten.

Aber der Unglaubliche Gaukler hatte auf allen ihren Stationen die Massen angezogen und war nie dafür entlohnt worden. Stets hatte er nur Ausflüchte und immer großzügigere Versprechungen zu hören bekommen. Lon kam zu der Überzeugung, daß man ihn ausnutzte. Prospero brauchte einen jungen, wendigen Verstand, um den alten Büchern die machtvollen Geheimnisse der Alten Erde zu entreißen, und Drufe schulte und formte einen solchen Verstand für ihn. Lon war ein Werkzeug. Und der Traum von Macht war vielleicht nichts anderes als eine Wahnvorstellung, der Phantasie eines alten Mannes entsprungen und genährt von einem heruntergekommenen Textausleger, der einen Unterschlupf auf Dauer suchte. Vielleicht würde Lon sein ganzes Leben an die Suche nach imaginären Offenbarungen in Jahrhunderte alten Büchern verschwenden.

Als er zu dieser Überzeugung kam, überließ sich Lon ganz der bitteren Enttäuschung, die eine Desillusionierung mit sich bringt, und entwickelte einen wachsenden Zorn auf die Männer, denen er vertraut und die ihn betrogen hatten. Je länger er über diesen Betrug nachdachte, desto größer wurde sein Zorn und verwandelte sich in Haß. Weil er sich nicht darüber klarwerden konnte, wer von den zweien die größere Schuld trug, haßte er sie beide gleich und sann nach Rache.

Die Reise nach Basraan war lang, und als die *Triboulet* zur Landung ansetzte, hatte sich Lons Einstellung gewandelt. Er war in einer Beziehung weich geworden. Er empfand nun Mitleid für den irregeleiteten alten Mann und den verzweifelten, gescheiterten Textausleger und verzichtete auf Rache. Sie litten auch ohne sein Zutun; das besorgten sie selbst. Aber in einer Hinsicht war er hart geblieben. Das Schiff, der Zirkus und seine Lehrmeister waren für ihn erledigt. Er war entschlossen zu fliehen.

2   SCHAUSPIELER UND SPRACHENMACHER

Lon handelte an ihrem vierten Abend auf Basraan. Drufe war wie gewöhnlich direkt auf eine *Zaff*stube zugesteuert, um dort die Zeit bis zum Start zu verbringen. Basraan war zwar keine Freudenwelt, besaß aber zahlreiche dieser Etablissements, und nach drei Aufenthalten auf Planeten mit striktem *Zaff*verbot brannte Drufe darauf, lange und ausgiebig in der Vergessenheit der Blätter zu versinken. Lon beabsichtigte, ihn unsanft aus seinen Träumen zu reißen.

Prospero plante einen tatkräftigeren Aufenthalt. Die *Triboulet* hatte kaum den Erdboden berührt, als er Max auch schon die Verantwortung für die Entladearbeiten übertrug, Lon mit der Erledigung aller Formalitäten beauftragte, um dann in den Straßen der Stadt zu verschwinden. Vergeblich zerbrachen sich die Mitglieder des Ensembles den Kopf über seinen hastigen Aufbruch und den Grund für seine wachsende Unruhe während des letzten Teils der Reise, die niemandem entgangen war. Nur Lon wußte, daß Prospero die Bücher von der Alten Erde suchte, die ein Gerücht hier nach Basraan verpflanzt hatte. Lon seinerseits war auch nicht müßig. An den Abenden ging er seinen eigenen Interessen nach, fand, was er suchte, und legte sich einen Plan zurecht.

Prospero durchsuchte die Stadt drei Tage lang. Er brach jeden Morgen früh auf und kehrte erst spät in der Nacht zu den Quartieren des Zirkus zurück, völlig erschöpft und ausgelaugt, denn der basraanische Tag war lang, knapp vierunddreißig Stunden nach galaktischer Zeitrechnung. Aber er gab nicht auf. Gegen Abend des vierten Tages platzte er unversehens bei Lon herein und krächzte: »Ich habe sie gefunden!«

»Die Bücher?«

»Ja. Sechs Stück. Mehr sind nie dagewesen«, antwortete Prospero. Er setzte sich seufzend auf Lons Bett, gähnte und ließ sich krachend zurückfallen. »Mann, bin ich erledigt. Habe die Stadt seit der Landung durchkämmt. Aber ich hab sie gefunden.«

»Hast du sie gesehen? Die Titel?«

»*Psychologie isolierter Gruppen* von Jermolowitsch –« sagte Prospero stockend, »*Handbuch zum Überleben in fremder Umgebung* – Zwei Geschichtsbücher –«

»Irgendwas über Waffen?«

»Kann ich noch nicht sagen. Vielleicht in dem Überlebenshandbuch oder einem der Geschichtsbücher.« Er stützte sich auf einen Ellbogen und sagte: »Ich habe Angst, Lon. Wenn nun nichts da ist? Wenn es einfach nur Bücher sind?«

Lon zuckte die Achseln. »Dann mußt du eben weitersuchen. Wann bekommst du sie?«

»Am späten Abend. Komm du auch mit, Lon. Sieh sie dir genau an.«

Lon nickte zerstreut. Er dachte an die enorme Summe, die Prospero für sechs buchstäblich unbezahlbare Gegenstände, für echte Bücher von der Alten Erde auf den Tisch legen mußte, und fragte sich, woher er sie nehmen würde. Von den Löhnen und Gehältern der Mannschaft und des Ensembles? Dic *Triboulet* konnte er nicht verkaufen. Wie konnte er die Summe aufbringen?

Lon kam plötzlich ein Gedanke, bei dem ihm beinahe schlecht wurde. Er selbst war eine vorzügliche Geldquelle: ein guter Artist, jung und stark, mit einer langen Lebenserwartung, der sogar lesen und schreiben konnte und von keiner Familie, keinen Freunden, ja nicht einmal von Prospero vermißt werden würde, der ja immer noch Drufe hatte, um die Bücher zu entschlüsseln. Daltreskani-sche Sklavenhändler zahlten gut für solche Ware, und in einem so geschäftigen Raumhafen wie diesem waren ihre Mittelsmänner mit Sicherheit anzutreffen. Ein alter Mann war bestens geeignet, so ein Geschäft schnell und unauffällig abzuwickeln. Lon erin-nerte sich an einen Rat seines Vaters – »Trau keinem über den Weg« – und fand ihn überaus vernünftig. Er war zu lange zu ver-trauensselig gewesen.

»Was ist los mit dir? Du siehst ja ganz blaß aus«, meinte Pro-spero.

»Ich – mein Magen. Vertrage das Wasser nicht.«

»Laß dir ein Mittel dafür geben. Ich will, daß du mich heute abend nach der Vorstellung begleitest.«

»Das ist spät, Prospero.«

»Dann soll das Geschäft stattfinden. War nicht meine Idee.«

»Wer kommt sonst noch mit?«

»Niemand. Die Sache soll doch geheim bleiben.« Der alte Mann bedachte seinen Assistenten mit einem argwöhnischen Blick. »Warum die Fragerei, Lon?«

»Bin bloß neugierig. Warum legst du dich nicht eine Weile hin, während ich mir etwas für meinen Magen hole?«

»Gute Idee«, brummte Prospero und streckte sich wieder auf dem Bett aus. »Mach mich nicht wach, wenn du zurückkommst.«

Lon betrachtete den müden alten Mann grinsend. »Bestimmt nicht.« Leise hob er die kleine Tasche mit seinen Habseligkeiten auf und schlich davon.

Die Nacht war schon hereingebrochen, als Lon das schäbige Ge-bäude am Rand des Marktplatzes erreichte. Es war ein weiträumi-ges Bauwerk, sah aus, als könne es jeden Moment einstürzen, und roch wie die Tierställe in der *Triboulet* gegen Ende einer langen Reise. Zu beiden Seiten des Eingangs war je ein schauerliches Pla-kat angebracht. Die Aufschrift darunter sagte den wenigen, die le-sen konnten: »Heute letzte Vorstellung.« Drei Jugendliche beäug-ten das eine Plakat interessiert, während ein älteres Ehepaar das andere mit deutlichem Mißfallen betrachtete.

Lon betrat einen Saal mit langen Sitzreihen, wählte einen Platz weit hinten und beobachtete die beiden Männer auf der niedrigen Bühne. Sie führten ein hitziges, wenn auch recht einseitiges Streitgespräch. Lon konnte nicht verstehen, worum es ging. Plötzlich spürte er jemanden neben sich, drehte den Kopf und sah den alternden Kassierer, der ihn mißtrauisch betrachtete.

»Du schon wieder? Du bist heute früh dran«, sagte er.

»Ich möchte Vallandis sprechen. Später hat er meistens viel zu tun.«

»Das kann man wohl sagen«, kicherte der Kassierer, und ein lüsternes Funkeln trat in seine Augen.

»Könnte ich ihn jetzt sprechen? Es geht um eine wichtige geschäftliche Angelegenheit«, sagte Lon.

»Mach nur. Vermutlich ist ihm eine Störung sogar willkommen. Er kann den Neuen nicht ausstehen. Weiß genau, daß es Zeitverschwendung ist, dem Kerl etwas beibringen zu wollen. Geh nur zu ihm. Aber wenn die Vorstellung anfängt und du immer noch da bist, mußt du bezahlen.«

»Weiß ich, weiß ich«, erwiderte Lon. Er ging den Seitengang hinunter und setzte sich unauffällig auf die vorderste Sitzreihe, ganz am Ende. Hier konnte er verstehen, worum es bei dem Streit zwischen Vallandis, dem Intendanten des kleinen Wandertheaters, und dem jungen Schauspieler ging. Wer ihn gewinnen würde, war nicht schwer zu beurteilen.

Vallandis war von großer, breiter Gestalt, besaß einen Kopf, der selbst für seine Statur unverhältnismäßig groß wirkte, und eine Stimme, die man vielleicht einem Lixiancr, aber keinem Menschen zugetraut hätte. Trotz seines massiven Körperbaus bewegte er sich leichtfüßig und graziös wie ein Tänzer. Seine Stimme reichte vom tiefsten Baß bis zum hellsten Sopran und war in ihrer Ausdruckskraft einmalig. Seine Haut war so tiefbraun, daß sie schon fast schwarz wirkte; sein Haar und der kurze Kinnbart waren ein gelblichweiß-schimmernder, feiner, weicher Flaum, der seinen großen Kopf beinahe wie eine Aureole umgab und von allen Seiten das Licht einfing, wie um eine passende Kulisse für diese großartige Stimme zu schaffen.

Der junge Schauspieler war im Vergleich dazu eine farblose, zwergenhafte Erscheinung. Er zuckte bei jedem Wort von Vallandis zusammen, schien bei seinen weitschweifigen Gesten zu schrumpfen und brachte nicht mehr als ein Blinzeln zustande, während der Intendant ihm eine stimmgewaltige Belehrung nach der anderen erteilte.

»Ein Schauspieler beobachtet seine Rolle nicht still und leise aus sicherer Entfernung, mein Freund. Er versetzt sich hinein. Begreifst du diese einfache Tatsache? Er nimmt die Rolle an, wird zu einem anderen Menschen, handelt und spricht, ja denkt sogar wie dieser Mensch, denn solange er auf der Bühne steht, *ist* er dieser Mensch. Und was machst du? Ich will es dir zeigen, paß auf. In diesem Stück spielst du einen vielfachen Mörder.« Vallandis hörte sich an, als käme er sich bei diesen Worten selbst komisch vor, sei aber dennoch gezwungen, sie auszusprechen. Er zählte an den Fingern ab und fuhr fort: »In Akt I hast du die Familie deiner Frau erdolcht. Das sind drei. Im nächsten Akt wirfst du deine Frau von den Zinnen und erdrosselst deine kleine Tochter. Macht fünf. Im letzten Akt vergiftest du deine Mutter und deinen Bruder, und als du die Kammer deines Vaters betrittst, um ihn zu ersticken, hörst du dich so an.« Vallandis zog den Kopf ein und machte einen Buckel, erstarrte zu völliger Reglosigkeit, glotzte zu den Sitzreihen und leierte mit piepsiger Stimme:

»›Der Alte schläft. 's ist die Zeit, die Tat gescheh',
Sein Schlaf schuf Ruh', so alle ruh'n im Schlaf.
Bald hab' ich die Macht des Staats, die jetzt
Ruht schlafend . . .‹«

Unvermittelt wandte er sich dem Neuen zu. »Du plapperst diese Zeilen daher, daß sich einem der Magen undreht. Wenn ich einen Ersatzmann hätte, würde ich dich eigenhändig hinauswerfen!« donnerte er.

Lon stand auf und trat vor. »Probieren Sie's mit mir.«

»Wie? Wer bist du denn?« fragte der junge Schauspieler erschrocken.

Lon ignorierte ihn. »Ich habe die letzten zwei Vorstellungen gesehen«, sagte er zu Vallandis. »Mir war klar, daß Sie einen neuen Ricardo brauchten, um dieses Stück angemessen aufzuführen. Deshalb bin ich hier. Ich möchte die Rolle übernehmen.«

»Welche Erfahrungen hast du denn?«

»Ist das nicht egal, wenn ich die Rolle spielen kann?«

Vallandis ließ ein tiefes, polterndes Lachen hören, und seine Zähne blitzten kurz auf, ehe er abbrach. »Vielleicht. Versuch dich an den Zeilen, die ich eben vorgetragen habe.«

Lon hob eine Schulter an, legte den Kopf schräg und zog beim Gehen einen Fuß leicht nach. Seine Augen bekamen einen freudigen und selbstzufriedenen Glanz, und seine Stimme klang beinahe fröhlich, als er in die Rolle des Mörders und Usurpators Ricardo schlüpfte.

»›Der Alte schläft. Nun soll die Tat gescheh'n,
Indes der ganze Hof im Schlafe ruht.
Ist er tot, reiß' ich, Ricardo, ruhelos,
An mich die schlafend' Staatsmacht,
Die jetzt in schlaffen Händen ruht . . .‹«

Als Lon endete, standen er und Vallandis allein auf der Bühne.
Der junge Schauspieler hatte es in Anbetracht der Drohung des
Intendanten vorgezogen, den Saal umgehend zu verlassen.

»Das hast du gut gemacht«, sagte Vallandis. »Aber du hast die
Zeilen nicht wie ich vorgetragen, sondern einiges verändert.«

»Das war auch nötig. Das Wortspiel muß für jedermann durchschaubar sein.«

»Du redest, als würdest du dich mit dem Stück auskennen.«

»Allerdings. Es ist ein schwerfälliges Stück«, sagte Lon geringschätzig, »wenngleich nicht ganz ohne Höhepunkte. Es verdient
eine gewisse Beachtung.«

»Kennst du noch mehr Stücke?« Vallandis machte kein Hehl
aus seinem Interesse an diesem Fremden.

»Ein paar. Aber die sind auch nicht besonders. Das ist mit ein
Grund, warum ich hier bin. Ich kann nicht nur in allen Ihren Stücken auftreten, ich kann Ihnen neue machen – bessere, als Sie je
gesehen haben. Was wäre Ihnen das wert?«

Lon hatte seit seiner Ernüchterung in Hinblick auf Prospero
und Drufe oft über dieses Problem nachgedacht. Beim Zirkus
konnte er nicht mehr bleiben: Neben seiner wachsenden Unruhe
und der Abneigung gegen seine Lehrmeister wurden neuerdings
lästige Gerüchte über sein außergewöhnliches Glück beim Spiel
verbreitet. Es schien ratsam, die Stellung zu wechseln. Aber in seinem Beruf war eine neue Tätigkeit nicht so leicht zu finden. Jongleure und Gaukler waren in der Galaxis wenig gefragt, selbst
wenn sie ihr Handwerk meisterhaft beherrschten. Ein gutaussehender junger Mann, der sein Publikum begeisterte, konnte
durchaus bei einer neuen Truppe unterkommen; nur gab es stets
mehr gutaussehende junge Männer als freie Stellungen. Lon
wollte seine Freiheit, aber hungern wollte er nicht. Er überdachte
seine Lage und entschied, daß seine Stärke das Lesen und Schreiben war – notfalls auch die Kunst des Textauslegens.

Er fand die Lösung für seine Probleme, als er sich eine Vorstellung von *Ricardo, der Usurpator von London* ansah. Das Stück war
schlecht, aber dem Vernehmen nach das bei weitem beste von den
vieren im Repertoire dieses Ensembles, dem Wandertheater der

Zwölf Systeme. Und Vallandis' Truppe galt als die beste im Sektor. Ein Ensemble, das mit mittelmäßigen Stücken so großen Beifall fand, konnte mit erstklassigen leicht zu Ruhm gelangen, überlegte Lon. Und Lon besaß erstklassige Stücke.

William Shakespeare war seit tausend Jahren tot, aber seine Worte bewegten immer noch das menschliche Gemüt, wie Lon aus eigener Anschauung wußte. Als vor fünfhundert Jahren die ersten Raumschiffe zu den Sternen aufbrachen, waren Shakespeares Worte mit ihnen gegangen. Das war ein erstaunliches Phänomen: Die Waffen hatten die Menschen zurückgelassen, aber die Werke dieses Autors hatten sie mitgenommen. Das kam Lon gerade so vor, als hätte ein gewaltiger Albino-*Snargraxe* seine Krallen und Fangzähne gegen die Gesangskunst getauscht.

In den dazwischenliegenden Jahrhunderten waren die Stücke auf die eine oder andere Art verloren gegangen oder durch ungenaues Nachdrucken und menschliches Unvermögen zu Zerrbildern der Originale verfälscht und fast bis zur Unkenntlichkeit entstellt worden. Selbst der Name des Schöpfers war vergessen worden. Aber Lon kannte ihn. Er beherbergte einen Schatz in seinem Gedächtnis.

»Neue Stücke?« fragte Vallandis ungläubig. »Du kannst wirklich neue Stücke machen?«

»Ja. Stücke, die für das Wandertheater der Zwölf Systeme wie geschaffen sind.«

»Aber es hat kein neues Stück mehr gegeben – jedenfalls kein gutes – seit – seit –«

»Seit der Massenflucht, nehme ich an«, ergänzte Lon. »Und heute ist das für die Menschen eine verlorene Kunst. Aber ich habe sie wiederentdeckt.«

»Hast du eins parat?«

»Ich arbeite an einem.«

»Wie viele könntest du machen?«

Lon hob die Schultern. »Eines, zwei – zehn – ich weiß nicht. Nehmen Sie mich in Ihre Truppe auf, und geben Sie mir eine Chance. Sie brauchen ohnehin einen neuen Ricardo für die heutige Vorstellung.«

»Morbin könnte die Rolle notfalls übernehmen. Das hätte zwar einige Umbesetzungen zur Folge, aber wenn uns nichts anderes übrigbleibt –« Vallandis schwieg und dachte stirnrunzelnd über das Angebot nach. Er schien sich nicht festlegen zu wollen.

Lon war nicht bereit, diese Gelegenheit ungenutzt verstreichen zu lassen. »Was ist Ihr nächstes Ziel?« erkundigte er sich.

»Godric III. Nach der Vorstellung heute abend reisen wir ab.«

»Wann kommen Sie an?«

»In zweiundzwanzig Tagen, galaktische Zeit.«

»Ich mache Ihnen folgenden Vorschlag: Sie nehmen mich mit, als Mitglied der Truppe versteht sich, und bei der Landung übergebe ich Ihnen ein fertiges neues Stück.«

Vallandis überlegte. »Geht es nicht früher? Wir brauchen Zeit zum Einüben.«

»Wieviel?«

»Mindestens fünf Tage.«

»Ich verspreche Ihnen drei. In Ordnung?«

»Nicht so hastig«, wehrte Vallandis ab. »Wenn das Stück ein Reinfall wird, endest du vielleicht als Arbeitssuchender auf Godric III. Keine angenehme Aussicht.«

»Das Risiko nehme ich auf mich. Also, abgemacht?«

Vallandis streckte eine große Hand aus. »Abgemacht.«

»Gut. Wo ist mein Umkleideraum? Ich muß mich für die Vorstellung zurechtmachen.«

»Ich bringe dich hin und stelle dich den andern vor«, sagte Vallandis. »Wie heißt du überhaupt?«

Nicht mehr Lon Rimmer, soviel stand fest. Das war Prosperos Etikett für Prosperos Werkzeug, so unsinnig wie »Ariel«, wie der alte Mann ihn genannt hatte, seit der Zweck des Unterrichts deutlich geworden war. Dieses Leben lag jetzt hinter ihm. Der neue Name kam zügig über seine Lippen. »Nennen Sie mich Will«, sagte er.

»Ein guter Name. Gefällt mir.« Vallandis nickte beifällig. »Sag mir, Will, welche Erfahrungen hast du? Du bist es anscheinend gewohnt, auf einer Bühne aufzutreten.«

»Ich war eine Zeitlang beim Zirkus des alten Prospero. Bis vor kurzem war ich der Unglaubliche Gaukler und Frühreife Taschenspieler von Skyx.«

Der Intendant zog eine Augenbraue hoch. »Du? Der kleine Jongleur? Für einen Wunderknaben bist du ein bißchen groß.«

»Ja, ich mußte mich in letzter Zeit immer etwas krumm machen. Das ist einer der Gründe, warum ich den Zirkus verließ.«

»Und der andere, daß Prospero dich nie entlohnt hat. Ich kenne seinen Ruf, Will, und ich sage dir folgendes: Unser Theater ist nicht so groß wie Prosperos Unternehmen und auch nicht so erfolgreich, aber was wir haben, wird geteilt. Ich glaube, es wird dir bei uns gefallen.«

Will erfuhr bald, daß Vallandis' Behauptungen keine leeren Worte waren. Das Ensemble des Wandertheaters der Zwölf Systeme war ein kleiner und fest zusammenhaltender Haufen, der den Neuen aber dennoch freundlich aufnahm. Prospero war nicht fair gewesen, als er Schauspieler als gescheiterte Artisten abgetan hatte, die für minderwertige Darbietungen unverdienten Applaus verlangten. Diese Menschen waren engagierte Künstler und stolz auf ihren Beruf, und sie respektierten Leute, die Geschick besaßen und nach Vervollkommnung strebten. Sie gaben Will die Chance, sich zu bewähren.

Er gewann ihre Sympathie schon bei seinem ersten Auftritt – das Publikum war von dem langen Monolog, der Ricardos Mord an seinem Vater voranging, so hingerissen, daß es drei Zugaben verlangte, die Will denn auch leidenschaftlich vortrug –, und als sie auf Godric III landeten, war er als vollwertiges Mitglied der Truppe akzeptiert. Was seine Stellung festigte, war nicht seine Darstellungskunst, sondern sein Stück.

Er brachte es in etlichen Stunden während der qualvollen, neunundzwanzigtägigen Fahrt zu Papier – Vallandis, wurde ihm mitgeteilt, pflegte die Reisedauer um etwa ein Drittel zu unterschätzen. Hin und wieder konnte er auf Szenen zurückgreifen, die er zur Textinterpretation in seine Notizbücher eingetragen hatte, aber im wesentlichen war er auf sein Gedächtnis angewiesen. Dies war sein erster Versuch, und er erwies sich als schwieriger als erwartet. Es war nicht möglich, die Zeilen einfach aus dem Gedächtnis niederzuschreiben, denn dort klafften erhebliche Lükken. Eine Zeitlang befürchtete er, die Warnungen seines Vaters vor den Gefahren der Literatur könnten berechtigt gewesen sein und sein Gedächtnis sei tatsächlich ruiniert worden. Aber dann waren die Zeilen wieder da. Sie bestürmten ihn geradezu, und er beschloß, aus der plötzlichen Fülle zwei Stücke herauszugreifen, an die er sich genau erinnerte, und ein neues daraus zu machen. In starker Anlehnung an eines über einen unglückseligen Mohren und ein anderes über einen schottischen Königsmörder setzte er *Morans Untergang* zusammen, das er der Truppe als historische Tragödie präsentierte.

Sie waren hell begeistert, als er ihnen das Manuskript vorlas. Er persönlich hätte einen anderen Rahmen für seinen Vortrag gewählt, aber sein Publikum schien es nicht zu stören, daß sie antriebslos im All schwebten und nun zum viertenmal seit dem Start von Basraan die altersschwachen Antriebsspulen der *Kaiserin des Weltalls* auskühlen ließen, ihrem Schiff, das so alt war, daß es nicht einmal eine Scanner-Anlage besaß. Ein Angriff würde sie völlig unvorbereitet treffen. Hinzu kam, daß vier Pistolen, dreiundzwanzig Schuß uralte Munition und sieben Dolche ihr gesamtes Waffenarsenal ausmachten. Unter diesen Umständen hatten sie die Wahl, entweder in ständiger Angst vor der Vernichtung zu leben, oder das Leben an Bord, so gut es ging, zu genießen, und sie entschieden sich für letzteres. Im Verlauf des Vortrags gingen sie dazu über, jede Rede wild zu beklatschen und Wiederholungen zu verlangen. Will konnte kaum mehr krächzen, als er zur Schlußszene kam, aber er war genauso begeistert wie sie. Eine spannende Handlung, gelungene Dialoge, für jeden eine gute Rolle – William Shakespeare hätte es nicht besser machen können, dachte Will zufrieden.

Er hatte *Morans Untergang* auf das Ensemble zugeschnitten. Für die drei Damen hatte er die ehrgeizige Lady Moran geschaffen, die ermordete, unschuldige Desdemona und deren scharfzüngige und ergebene Dienerin Emilia; dazu die Rollen von drei alten Hellseherinnen, die Moran ständig mit falschen Siegesversprechungen köderten. Die Damen waren entzückt über die Gelegenheit, ihre Vielseitigkeit unter Beweis zu stellen.

Die Männer des Ensembles waren ebenfalls sehr zufrieden. Der Senior unter ihnen, der mürrische und finstere Morbin, war ein perfekter Bordon Moran; Vallandis spielte den Othello, den schwarzen General, der Moran zu Fall brachte, die Welt von seiner Tyrannei befreite und dann in einem Anfall von Wahnsinn seine Ehefrau erwürgte. Für die anderen Mitglieder der Truppe hatte Will Nebenrollen geschaffen, die aber auch eine kurze Szene oder ein paar Zeilen enthielten, die den Akteur in den Mittelpunkt der Aufmerksamkeit rückten. Die unbedeutenden Rollen – Bote, Page, Diener, Arzt, ein alter Mann – behielt er sich selbst vor. Diese Zurückhaltung trug ihm das herzliche Wohlwollen seiner Schauspielerkollegen und -kolleginnen ein. Jetzt war er wirklich einer von ihnen.

Morans Untergang wurde auf Godric III an zwölf Abenden hintereinander aufgeführt, und die Zuschauermenge wuchs mit jeder Vorstellung. Niemand wollte *Ricardo, der Usurpator von London* sehen, oder *Die Gattenmörderin*, die zum Standardrepertoire der Truppe gehörten. Das Publikum wollte Moran, und es erhielt Moran.

Vallandis war sprachlos vor Ehrfurcht über sein Glück, aber nicht so sprachlos, daß er seinem wertvollen neuen Stückeschreiber nicht ein paar zweckdienliche Hinweise gegeben hätte. Bei der nächsten Station der Truppe wurde *Morans Untergang* Teil I und II aufgeführt, jeweils an zwei aufeinanderfolgenden Abenden. Das Publikum war größer als auf Godric.

Will arbeitete angestrengter denn je und stellte zu seiner Überraschung fest, daß er dabei sehr glücklich war. Neben seinem täglichem künstlerischen Schaffen (er hatte sich schnell angewöhnt, die Stücke als die *seinen* zu betrachten, und die kühle Gelassenheit des Plagiators war den Ängsten des Dichters gewichen) betrieb er mühsame Studien und Übungen. Er kam allen diesen Pflichten mit größter Gewissenhaftigkeit nach und fand dennoch ein wenig Freizeit, um sich zu zerstreuen.

Die Wandertheater dieses Zeitalters besaßen außer schauspielerischen Fähigkeiten wenig andere Hilfsmittel, und im Lauf der Generationen hatten sie diese Fähigkeiten bis an die Grenze der Perfektion entwickelt. Da sie keine Requisiten, kein Make-up und nur die einfachsten Kostüme besaßen und als Bühne benutzten, was sie gerade bekommen konnten, waren sie darauf angewiesen, ihre Illusionen mittels Stimme und Gestik zu schaffen. Ihre Ausbildung begann in der frühen Kindheit. Wills jahrelanges Training beim Zirkus kam ihm jetzt zugute. Er mußte sich schwierigen Übungen zur Muskelbeherrschung unterziehen, die für jeden, der in dieser Disziplin nicht schon in einem hohen Maß geschult war, unmöglich gewesen wären. Mit der Zeit lernte er, seine Gesichtsmuskulatur auf subtile Art zu verändern und sich so das Aussehen eines beinahe Sechzigjährigen zu geben. Desgleichen konnte er seine Körpergröße jeweils um eine Handbreit verringern oder steigern. Dazu bedurfte es einer gewaltigen Anstrengung, und die Schmerzen waren anfangs kaum auszuhalten, aber er setzte die Übungen fort, und nach einiger Zeit konnte er die physischen Merkmale eines aufbrausenden Riesen oder eines ausgezehrten Greises während einer ganzen Vorstellung beibehalten. Begleitend zu den Muskelübungen wurde auch seine Stimme geschult. Als polternder Tyrann bestürmte er sein Publikum mit ohrenbetäubendem Gebrüll; als alter Mann krächzte er mit brüchiger Stimme heisere Töne hervor. Er spielte seine Rollen überzeugend. Einmal, im Anschluß an eine Vorstellung, hörte er zufällig eine Unterhaltung zwischen mehreren erbosten Senioren im Publikum mit, die auf Vallandis schimpften. Es sei doch eine Grausamkeit, meinten sie, einen kranken alten Mann den Anstrengungen der Raumfahrt und des Theaterspielens auszusetzen. Will freute sich über seine Leistung und ließ die Kritiker sich ereifern. Es schien ihnen Spaß zu machen.

Während der Engagements hatte er keine Zeit zum Schreiben, aber in der *Kaiserin des Weltalls* fand sich ein ungestörter Winkel für ihn, wo er den ersten Teil jedes Reisetages verbrachte. Während einer langen Reise konnte er ein komplettes Stück fertigstellen; bei kürzeren Fahrten begnügte er sich mit der Überarbeitung von Szenen. Er lernte, mit seinem Vorrat hauszuhalten. Schließlich konnte er nicht wissen, wie lange sein Gedächtnis noch etwas hergab, und wenn er allzu produktiv war, weckte er nur falsche Erwartungen. Die Quelle, aus der er schöpfte, war begrenzt, und er wußte, daß für eigenes Schaffen die Zeit noch nicht reif war. Während seines ersten Jahres beim Wandertheater der Zwölf Systeme schrieb er fünf Stücke, im zweiten Jahr drei, und von da an gedachte er, nicht mehr als zwei pro Jahr fertigzustellen.

Er bemerkte, daß jene Stücke den größten Erfolg hatten, die von Mord und Gewalt und Rache handelten. Je weiter er reiste, desto mehr verblüffte ihn diese Tatsache. Wäre seine Kenntnis von der Galaxis auf Kriegerplaneten beschränkt gewesen, und hätte er nur Lixianer, Skeggjatten und Weltraumgeborene gekannt, hätte er vermutlich angenommen, daß Gewalt- und Racheakte bei den humanoiden Rassen an der Tagesordnung waren. Aber er besuchte Planeten, auf denen keiner eine Waffe trug, Worte für Gewalttaten nicht existierten und niemand im Traum daran dachte, die Hand im Zorn gegen einen anderen zu erheben. Und dennoch waren diese friedfertigen Zuschauer von seinen blutigen Tragödien nicht minder hingerissen als die waffenstarrenden Raufbolde der Kriegerwelten.

Er konnte das nicht verstehen. In der Galaxis herrschte noch Frieden. Es gab zwar gelegentliche Gefechte mit einer mysteriösen Rasse, die lediglich als die Rinn bekannt war, aber noch keine Anzeichen dafür, daß daraus ein Krieg entstehen könnte. Die Piraten, Banditen und Sklavenhändler waren zwar furchtbar grausam, aber wenige. Die Vernichtungswaffen der Alten Erde schienen für alle Zeit verloren zu sein. Dennoch ergötzten sich Menschen und Humanoiden gleichermaßen an den brutalen Morden, die ihre Artgenossen auf der Bühne inszenierten. Ausnahmen waren selten.

Will interessierte sich für dieses Paradox und rätselte eine Weile daran. Tiefschürfende Erkenntnisse kamen ihm nicht. Dafür überarbeitete er *Ricardo, der Usurpator von London* und stellte fest, daß der Tod dem alten Ladenhüter wieder zum Leben verhalf: Wenn er die Morde verdoppelte, steigerte sich die Zuschauerzahl beachtlich.

Wenn Will nicht gerade trainierte, auftrat, schrieb oder schlief, war er häufig mit einem malellanischen Mädchen namens Thenea zusammen. Sie war die jüngste der Damen des Ensembles und für Will die schönste und begehrenswerteste Frau in den Zwölf Systemen. Während der letzten Jahre auf der *Triboulet* hatte er die Zeit im All stets als die Zeit der Einsamkeit betrachtet und die nächste Landung herbeigesehnt, wo das Vergnügen auf ihn wartete. Will war ein gepflegter, gutaussehender junger Mann, und Planeten-Mädchen interessierten sich immer für einen weitgereisten Artisten. Will hatte denn auch eifrig angenehme Erinnerungen gesammelt, von denen er während der anstrengenden Übungsstunden im All und der langen Schachabende gezehrt hatte. Dank Thenea war das Schiff jetzt sein Zuhause. Es kam selten vor, daß die beiden an Bord einmal nicht zusammen waren.

Die Ensemblemitglieder hatten den festen Grundsatz, sich nicht in anderer Leute Angelegenheiten einzumischen. Sie wußten auch, daß in Fragen der Liebe Ermutigung überflüssig und Entmutigung unerwünscht ist. Will wurden keine Steine in den Weg gelegt. Jahrelang war er wie ein Kind behandelt worden, und nun fand er die Beachtung einer attraktiven Frau. Er fühlte sich geschmeichelt und kam sich sehr wichtig vor, und er übersah darüber Dinge, die er hätte bemerken sollen. Es dauerte eine Zeitlang, bevor sein Idyll ein plötzliches und niederschmetterndes Ende fand.

Sie starteten von einem Kriegerplaneten, wo *Morans Untergang*, Teil I und II, begeistert gefeiert worden war. Bei der letzten Vorstellung hatte das Duell auf Leben und Tod zwischen Moran und Othello, der Höhepunkt des Stücks, fünfmal wiederholt werden müssen, und Theneas Portraitierung der Lady Moran hatte ihr neun Heiratsanträge von ranghohen Kriegern eingetragen. Will, als der Autor, war von dem Ersten Aufseher großzügig beschenkt worden.

Nach dem Start tauschte er mit den anderen Glückwünsche aus und ging Thenea suchen. Sie war nirgends zu finden. Als die *Kaiserin des Weltalls* mit einem protestierenden Knirschen sämtlicher Platten ihres alten Rumpfes den Sprung zu Lichtgeschwindigkeit machte, trat Morbin an seine Seite und drückte ihm wortlos ein Päckchen in die Hand. Es enthielt ein kleines Filmbild, das Will Thenea bei ihrem Beschluß, eine dauerhafte Beziehung einzugehen, geschenkt hatte. Ein Brief war nicht dabei – sie konnte nicht schreiben –, aber das erübrigte sich. Die Geste war deutlich genug.

Während der langen Reise zu ihrem nächsten Ziel suchte Will die Einsamkeit, soweit das in der beengten *Kaiserin des Weltalls* möglich war. Wenn er die Gegenwart der anderen erdulden mußte, war er mürrisch und schweigsam. Er hatte kein Verlangen nach Gesellschaft. Er wollte allein sein und sein Gedächtnis nach einem Stück über vorgetäuschte Liebe und Untreue durchstöbern. Zum erstenmal sah er sich in der Hauptrolle: als den arglosen, vertrauensvollen Liebenden, der von einer scheinheiligen Frau, die nur aufs Vergnügen aus ist, ihre Liebhaber gewissenlos ausnützt und je nach Laune wechselt, zum Narren gehalten und hintergangen wird. Doch seine Partnerin in diesem Stück war fort, verheiratet mit irgendeinem narbigen, von Muskelkater geplagten Krieger. Soll er sie Tag und Nacht verprügeln, betete Will zähneknirschend, um aber sogleich einschränkend hinzuzufügen: aber nicht zu heftig.

Er trauerte und überließ sich ganz seinem Kummer. Schließlich war er von Selbstmitleid so durchtränkt, daß er die Worte, die seinen Gefühlen entsprachen, niederzuschreiben begann. Sie stammten aus einem Stück, das er nie gemocht und nie zu verwenden gedacht hatte. Es triefte vor Bitterkeit, aber jetzt kostete er jede Zeile aus und wunderte sich über seine bisherige Kurzsichtigkeit. Nach seiner Vollendung übergab er das Werk Vallandis. Zwei Tage lang rührte sich nichts. Als das gewohnte Lob auch am dritten Tag ausblieb, suchte er den Intendanten auf.

Vallandis war offen mit ihm. »Wir können dein neues Stück nicht gebrauchen, Will. Es ist zu bitter. Du hast ein schlimmes Erlebnis hinter dir und bist jetzt vermutlich um einiges klüger. Es hat dir vielleicht geholfen, dieses Stück zu schreiben, aber das Publikum interessiert sich nicht für deine Probleme. Die Leute kommen zu uns, um unterhalten zu werden.«

»Dann sind sie dumm!« fauchte Will aufgebracht und beleidigt. »Dann wird es Zeit, daß wir ihnen zeigen, wie das Leben wirklich ist.«

»Und *du* weißt es?« Vallandis wirkte belustigt.

»Ich weiß mehr darüber als *sie*«, entgegnete Will scharf.

»Vielleicht, vielleicht auch nicht. Aber wir führen keine Lehrstücke auf, sondern Stücke zur Unterhaltung. Überdies reisen wir nicht nach Bellaterra, um zu arbeiten, sondern um dort eine lange Erholungspause einzulegen. Das ist ein wunderschöner Planet, und die Menschen sind anders als alle Rassen, die ich je gesehen habe.«

»Tatsächlich? Ich habe viele Rassen gesehen, Val«, knurrte

Will mißgelaunt.

»Ich bin doppelt so alt wie du und zehnmal so weit gereist, und ich sage dir, es gibt in der Galaxis kein Volk wie die Bellaterraner. Es sind wundervolle, freundliche Menschen. Bei jedem Besuch auf dieser Welt wollte ich für immer bleiben.«

»Warum hast du's nicht gemacht, wenn es angeblich so wundervoll ist?«

Will hatte mit der Frage eine Auseinandersetzung provozieren wollen, aber Vallandis war plötzlich sichtlich gerührt. Er hob die Schultern und schüttelte hilflos den Kopf. »Ich weiß es nicht. Vielleicht muß ich einfach immerzu umherziehen. Die Vorstellung, den Rest meines Lebens vor demselben Publikum – Ich weiß nicht, Will. Ich weiß nur, daß ich bei jedem Start das Gefühl hatte, als würde ich entzweigerissen.«

Das Gespräch war zwar in mancher Hinsicht unbefriedigend verlaufen, aber es lenkte Will von seiner Enttäuschung ab und weckte seine Neugier. Da die Ankunft bevorstand, behielt er seine Frage für sich, doch als die *Kaiserin des Weltalls* auf Unterlichtgeschwindigkeit herunterging und der mit Wolkenfetzen übersäte, blaugrüne Ball sich vor ihnen ausdehnte, konnte er sich nicht mehr beherrschen. Nur waren inzwischen alle zu sehr mit den Landevorbereitungen beschäftigt, um auf ihn einzugehen. Er mußte sich gedulden, bis sie den Planeten erreichten.

Die Landung erfolgte während der letzten Nachtstunden. Bei Morgengrauen saß Will gegen einen Baumstamm gelehnt am Kamm eines hohen, sanft abfallenden Hügels. Hinter ihm stand vergessen in dem einzigen Landering auf dieser Welt die *Kaiserin des Weltalls*. Vor ihm ging die Sonne über Bellaterra auf, und er sah dem langsamen Ausbreiten des Rosas und Goldes zu und fühlte sich wie jemand, der aus bösen Träumen im Paradies erwacht.

Bellaterra hatte schon aus dem All einladend ausgesehen. Von der Planetenoberfläche aus betrachtet, war diese Welt atemberaubend. Wills Standort bot ihm einen unbehinderten Ausblick in drei Dimensionen. Hier, auf dem Kamm des Hügels hatte er das Gefühl, Zuschauer und zugleich Teilnehmer eines berauschenden Festzuges aus Farben, Klängen und Düften zu sein. Er war in seinem kurzen Leben weit gereist, aber in den gesichtslosen und grauen Dimensionen der Lichtgeschwindigkeit, die den Verstand eher abstumpften als bereicherten. Die Welten, die er gesehen hatte, waren oftmals genauso erbarmungslos und lebensfeindlich wie der Weltraum selbst. Der Begriff Jahreszeiten sagte ihm nichts. Als ein in einer überkuppelten Stadt geborenes und aufgewachsenes Kind war er noch nie über eine grüne Wiese oder durch ein Blumenfeld gewandert. Er hatte noch nie im Freien, in einem See oder Teich gebadet, noch nie einen Schneefall oder Bäume in ihrem bunten Herbstkleid gesehen, ebensowenig die angenehme Kühle im tiefen Wald an einem heißen Sommertag gespürt und nur selten frische Luft geatmet. Doch jetzt war er auf Bellaterra, und alles war anders.

In der kühlen, klaren Luft wirkten selbst die entferntesten Gegenstände gestochen scharf. Will glaubte, die Zahl der Blätter an dem entferntesten Baum bestimmen und jede Feder der farbenprächtigen Vögel zählen zu können, die mit in der aufgehenden Sonne golden glitzernden Bäuchen träge hoch oben in der Luft schwebten. Über ihnen spannte sich ein fahler blauer Himmel, übersät mit zarten Wolken, die dem Horizont entgegeneilten und dabei durcheinanderwirbelten und ineinanderflossen. Zu seinen Füßen entfaltete sich eine Landschaft in unzähligen Grünschattierungen, und in der Ferne ließ die Sonne blitzende goldene Medaillen auf einem tiefen blauen See tanzen, den riesige Bäume umzäunten. Will war überwältigt. Diese kleine Welt, dieses Staubkorn in der Unendlichkeit, schien weiter zu sein als der unermeßliche Raum zwischen den Sternen. Sie lebte, leuchtete, sprühte vor Farben.

Er atmete die kühle, liebliche Luft tief ein und stand auf. Sprachlos vor Staunen streckte er die Hände zum Himmel. Er wollte diese Schönheit, die an sein Wesen rührte, in Worte fassen, Worte, die nicht gestohlen waren, sondern aus ihm selbst, aus seiner Erfahrung kamen und seine Empfindungen ausdrückten. Er fand keine. Und sein Unvermögen machte ihn nicht zornig, sondern eher gelassen; die Schönheit war so groß, daß er wußte, die Worte würden eines Tages kommen. Er mußte nur bleiben und sie hier suchen.

»Wie gefällt dir Bellaterra, Will?«

Er hatte gar nicht bemerkt, daß Vallandis große Hand auf seiner Schulter ruhte. Jetzt war er an der Reihe, hilflos den Kopf zu schütteln. Er entsann sich nur an einen Anblick von vergleichbarer Pracht: das wandgroße Filmgemälde, das einst der kostbarste Besitz seines Vaters gewesen war. Und selbst das, das Lebenswerk von vier hochbegabten Künstlern, schien neben der Wirklichkeit von Bellaterra nicht mehr zu sein als Kindergekritzel. »Von all den Planeten – habe ich noch nie –« Will geriet ins Stocken und begnügte sich schließlich mit der lahmen Feststellung: »Es ist eine wunderschöne Welt.«

»Ja, das ist sie. Und die Bellaterraner verdienen so eine Welt. Bald lernst du sie kennen. Ihre Siedlung ist dort drüben.« Vallandis deutete auf den See.

»Der Planet scheint ja fast unbewohnt zu sein«, bemerkte Will auf dem Weg ins Dorf. »Warum gibt es auf einer so schönen Welt nicht mehr Menschen?«

»Bellaterra steht nicht in den Karten. Wenn es nach mir geht, kommt sie auch nie hinein.«

»Warum nicht?«

Val antwortete mit grollender Stimme. »Kannst du dir vorstellen, was aus dieser Welt würde, wenn eine Banditenbande hier landete? Oder die Bergwerksunternehmen von Kepler anfingen, sie zu durchlöchern? Wenn die Watsonier auf jedem freien Fleckchen Erde ihre Maschinenmonstren errichteten? Die Galaxis ist voll von häßlichen Felsbrocken, die sie und ihresgleichen meinetwegen verunstalten können. Ich will, daß es etwas gibt, das Menschen noch nicht ruiniert haben. Vielleicht habe ich zu viele Geschichten über das Geschehen auf der Alten Erde gehört, aber das ist mir egal. Solange niemand ihre Lage kennt, ist Bellaterra sicher, und ich verrate sie bestimmt keinem.«

»Wie hast du Bellaterra gefunden, Val?«

Der große Mann gab keine Antwort, und als die ersten Bellaterraner den Waldweg entlang hasteten, um die Besucher zu begrüßen, verstand Will. Es waren drei Männer, dicht gefolgt von vier Frauen, und als sie sich der Siedlung näherten, kamen immer mehr dazu, einzeln oder in kleinen Gruppen. Sie waren gutaussehende Menschen. Alle hatten das gleiche feine, goldene oder golden-gestreifte Haar und die gleichen großen, leuchtenden Augen. Die größten Erwachsenen erreichten Vallandis' Zweimeter-Statur, die kleinsten etwa Wills Schulterhöhe. Ihre Hautfarbe umfaßte ein ganzes Spektrum von Brauntönen: von einem noch dunkleren als das des Intendanten über ein Gelb-, Kupfer- und Goldbraun bis hin zu einem hellen Cremeton. Sie unterhielten sich mit jedem, sich des jedermann geläufigen Weltraum-Dialekts bedienend, den sie allerdings gebrochen sprachen. Nur Vallandis konnte sich flüssig in ihrer eigenen Sprache mit ihnen verständigen, und man sah ihm an, daß er hier zu Hause, bei seinem Volk war. Er strahlte, machte lebhafte Gebärden, und der kleinste Anlaß genügte, ihm ein fröhliches Lachen zu entlocken. Will schloß aus seinem Verhalten, daß er nicht an einen baldigen Aufbruch dachte. Zu seiner Überraschung stellte er fest, daß ihm diese Aussicht behagte.

Das Fest begann bei Einbruch der Nacht. Zum Auftakt gab es eine Mahlzeit aus unzähligen Obstsorten und kühlem Wasser, das so klar wie die Luft war. Will hatte das Gefühl, noch nie so reichhaltig oder mit soviel Freude gespeist zu haben. Vallandis fungierte während des ganzen Essens als Dolmetscher, aber auch die Bellaterraner taten ihr Bestes, die Sprachbarriere zu überwinden. Die Frauen waren schön und schlank und anmutig und bestrebt, ihre Gäste gut zu bewirten. Die jüngsten waren am eifrigsten, und eine davon hatte es anscheinend auf Will abgesehen. Sie suchte eine besonders saftige Frucht aus, schälte sie für ihn, goß Wasser in einen Becher, den sie ihm an die Lippen hielt, und legte ihm sogar ein weiches Kissen in den Rücken. Als er sich zurücklehnte, um den süßen Saft von seinen Fingern zu lecken, schlang sie ihm lachend die Arme um den Hals und begann ihm den Saft vom Gesicht zu lecken. Dann küßte sie ihn ab. Die Bellaterraner ringsum schien das nicht zu stören; sie wirkten belustigt. Will seinerseits ließ es sich nicht nehmen, die Zärtlichkeiten zu erwidern. Dann hörte er Vallandis schallend lachen, worauf das bellaterranische Mädchen aufsprang, zu ihm lief und ihn umarmte. Will erhob sich und sagte ruhiger, als er war: »Warum suchst du dir nicht selbst ein Mädchen, Val? Wir waren gerade dabei, Bekanntschaft zu schließen.«

»Das hier ist mein Mädchen«, sagte Vallandis, hob sie hoch in die Luft und setzte sie dann sanft neben Will ab. Wie ein Kind ergriff sie sofort Wills Hand.

»Das konnte ich nicht wissen.«

»Stimmt aber.« Val schwieg einen Moment, dann lächelte er stolz und verkündete: »Sie ist die Enkelin meines ersten Sohns und heißt Melimela. Glaube ich jedenfalls. Warte mal.« Er stellte dem Mädchen eine Frage. Sie gab eine lange Erklärung ab, lachte dabei immer wieder, und schließlich nickte er. »Ja, sie ist's.«

»Wie ist das möglich? Sie ist mindestens – nun, jedenfalls kein Kind mehr, und du kannst nicht älter als – nein, ausgeschlossen«, erklärte Will.

»Ich habe einen beachtlichen Teil meines Lebens mit Reisen bei Sternengeschwindigkeit verbracht, Will, und bei sowas spielt die Zeit verrückt. Ich erklär es dir später einmal. Im Moment gibt es etwas Wichtigeres zu besprechen. Wie gefällt dir Melimela?«

Will sah das schlanke Mädchen an seiner Seite an. Sie hatte leuchtendes blondes Haar, weiche Haut von der Farbe eines Sonnenuntergangs, Augen, so frisch und klar wie der Morgen. »Sie gefällt mir sehr. Sie ist das wunderschönste Geschöpf, das ich je gesehen habe.«

»Gut. Nimm ihre Hände in deine.« Will gehorchte, und Val fuhr fort: »Jetzt küß die Handrücken und dann die Handflächen. Laß sie dasselbe bei dir tun. Gut. Herzlichen Glückwunsch, ihr zwei.« Er wandte sich an die anderen, die das kurze Ritual mit sichtlichem Vergnügen verfolgt hatten, und richtete ein paar Worte an sie. Sie stimmten ein Jubelgeschrei an. »Sie gratulieren euch auch«, sagte er zu Will.

»Weswegen?«

»Ihr seid jetzt verheiratet.«

»Verheiratet?«

»Ja. Wir Bellaterraner machen nicht viel Aufhebens mit solchen Dingen, Will. Wir –«

Will war fassungslos. »Val, sie gehört zu deiner Verwandtschaft!« rief er empört. »Du weißt genau, daß ich nicht hierbleiben kann. Und selbst wenn – wie kannst du deiner Familie so etwas antun?«

»Darüber bin ich mir völlig im klaren, Will. Melimela ebenfalls. Niemand wird dich zwingen hierzubleiben. Eines der ältesten Sprichwörter der Bellaterraner lautet: ›Genieße das Glück, wann du kannst‹. Verstehst du das?«

»Ich kenne ja nicht einmal ihre Sprache!«

Vallandis betrachtete seinen Bühnenautor, als sei er von ihm enttäuscht. »Du bist ein gesunder junger Mann. Ein bißchen blaß, aber recht gutaussehend. Sie ist eine wunderschöne junge Frau. Sieh sie dir an. Spielt es da eine Rolle, ob du ihre *Sprache* kennst?«

Will erwiderte den Blick ein wenig verwirrt, dann zog er Melimela an sich. »Nun, ich kann sie ja lernen«, meinte er.

Anschließend wurde gefeiert und getanzt. Die Gäste hielten Ansprachen, die Gastgeber sangen und trugen Lieder vor, und alle hatten großen Spaß. Will wußte nicht, wann das Fest aufhörte. Nachdem er sämtliche Bellaterraner in Reichweite umarmt und beide Seiten durch unverständliches Gemurmel ihren guten Willen bekundet hatten – Melimela tat indessen bei den Mitgliedern der Truppe das gleiche –, zogen sie sich an einen stillen Winkel weitab vom Ort der Feier zurück.

Einmal, spät in der Nacht, wurde Will wach und hörte ihr leises Atmen neben sich. Sonst war alles still. Kein anderer Laut im Universum, nur ihr Atmen. Er drehte sich ihr zu und betrachtete ihre sanften, lieblichen Züge im Mondlicht. Sie war jetzt sein, ebenso wie er ihr gehörte. So geht das also, dachte er. Gestern noch habe ich mich elend gefühlt und alle gehaßt, jetzt bin ich hier in diesem Paradies mit einer wunderschönen Braut an meiner Seite. Er lag still und dachte verwundert über sein Glücksgefühl nach. Er war geflohen, hatte gekämpft, gearbeitet und studiert, die Galaxis bereist, hundert schwierige und letztlich nutzlose Dinge gelernt, war um seinen gerechten Lohn betrogen worden, und nun hatten ein paar kurze Momente seinem Leben einen Sinn gegeben. Die Mühsal hatte sich gelohnt, denn Vallandis hatte ihn hierher gebracht und ihm diese Frau zur Braut gegeben. Sie regte sich und seufzte, und er nahm sie in die Arme. Alles war in bester Ordnung.

Anfangs brauchten sie keine Wörter, abgesehen von den einfachen Kurzformeln der *lingua franca*, dem Kauderwelsch der Raumfahrer. Aber dann wollten sie Dinge voneinander wissen, die sich nicht mit Umarmungen und Lachen ausdrücken ließen, und Will machte sich daran, die Sprache der Bellaterraner zu erlernen. Melimela war eine gewissenhafte Lehrerin, aber er fand, daß sie schwer vorankamen. Bellaterranisch war im Gegensatz zu den meisten anderen Sprachen, denen er begegnet war, nicht sofort als ein von der Alten Erde stammender Dialekt erkennbar. Hin und wieder tauchte ein bekanntes Wort auf, das aber immer eine ganz andere Bedeutung hatte, als Will erwartete. Bellaterranisch – eine Schriftsprache gab es nicht – wurzelte in einer anderen Denkweise. Will saugte die Wörter zwar ohne Mühe in sich auf, und sein Gedächtnistraining half ihm, seine Aussprache rasch zu vervollkommnen, aber er war oft verwirrt, besonders wenn Melimela seine Worte genau verstand, er selbst hingegen nicht.

Will hatte sich nie gründlich mit Grammatik befaßt, aber beim Lesen waren ihm bestimmte, wiederkehrende Formen im Aufbau einer Sprache aufgefallen. In der bellaterranischen Sprache suchte er vergeblich nach solchen Formen. Sein Unvermögen, einen wirklichen Durchbruch zu erzielen, enttäuschte ihn um so mehr, wenn er daran dachte, wie leicht Melimela die Sprache der Raumfahrer beherrschen lernte. Trotzdem war er nicht unzufrieden. Immerhin konnten sie sich jetzt verständigen.

Von Zeit zu Zeit spielte er einige seiner besten Rollen, um seine Frau, ein stets aufmerksames Einpersonen-Publikum, zu unterhalten, aber auch, um in Übung zu bleiben und sein altes Können zur Schau zu stellen. Einmal, der langen Monologe müde geworden, gab er eine der Geschichten wieder, die Brita ihm vor langer

Zeit erzählt hatte. Melimela war ganz aufgeregt.

»Das ist wie die Geschichten, die der alte Mann erzählt!« rief sie.

»Welcher alte Mann?«

»Der Rezitator. Er erzählt Geschichten.«

Will entsann sich eines Gesichts, das er seit dem Fest nicht mehr gesehen hatte. Die breite Stirn und die Form der Augen hatten ihn undeutlich an jemand erinnert. den er einmal gekannt hatte, aber die Erinnerung hatte sich nicht einstellen wollen, bis Melimelas Worte den Schleier darüber jetzt zerrissen. Brita, seine alte Geschichtenerzählerin, hatte ähnliche Gesichtszüge besessen. Der Mann war ein qreddnischer Rezitator.

»Wann könnten wir ihn sprechen?« erkundigte sich Will.

»Demnächst«, erwiderte sie.

Die Ungenauigkeit ärgerte ihn. Melimela hatte das Konzept der Zeitabfolge noch nicht begriffen. Ein bellaterranisches *demnächst* bezog sich unterschiedslos auf die ganze Zukunft, vom nächsten Moment an bis ans Ende aller Zeiten. Die Auskunft war für Will wenig hilfreich, denn er wollte den Qreddnaner möglichst bald sprechen. Er versuchte ihr seinen Wunsch klarzumachen. Melimela lauschte aufmerksam, zog die Stirn kraus, dann nickte sie und sagte: »Wenn die nächste Sonne aufgeht, besuchen wir den alten Mann in seinem Heim im Dorf.«

Will war begeistert. Ein Qreddnaner war mit Sicherheit ein Meisterlinguist. Er konnte die Dinge klarstellen, über die Will und Melimela sich trotz aller Bemühungen einfach nicht zu verständigen vermochten. Vallandis wäre vielleicht auch dazu in der Lage gewesen, aber Will widerstrebte es, seine Hilfe zu erbitten. Sie hatten seit der Landung wenig voneinander gesehen, und Will genoß das Gefühl der Unabhängigkeit von der Truppe, das er als Zeichen der eigenen Männlichkeit empfand.

Am nächsten Tag gingen Melimela und Will in die Siedlung. Sie waren seit ihrer Trauung nicht mehr hier gewesen, aber zu Wills Erleichterung wurde ihrer Ankunft nicht mehr Beachtung geschenkt als ihrem Verschwinden oder ihrer langen Abwesenheit. Neugier gehörte nicht zu den Hauptcharakterzügen der Bellaterraner. Melimela hatte unterwegs einen Korb voll kleiner, schwarz-glänzender Beeren gesammelt, und als sie zu dem Haus des Qreddnaners kamen, überreichte sie sie ihm als Geschenk. Will bemühte sich vergeblich, ihrem Gespräch zu folgen, aber dann wandte sich der alte Mann an ihn in der Sprache, die er kannte.

»Mein Name ist Qballan aus dem Hause der Fourehx, Sohn einer sechs Generationen alten Dynastie von Rezitatoren. Ich heiße dich willkommen«, sagte er.

»Ich bin Will von den Gallamors. Ich bin gekommen, deine Hilfe beim Erlernen der bellaterranischen Sprache zu erbitten.«

Qballan blickte freundlich von Melimela zu Will, doch seine Miene drückte leichte Belustigung aus. »Du hast die schönste Lehrerin auf der Welt. Was brauchst du einen häßlichen alten Mann?«

»Melimela ist wunderschön, und ich liebe sie sehr, aber obwohl sie sich Mühe gibt, geht das Lernen langsam voran. Mit deiner Hilfe könnte ich schneller lernen«, erklärte Will.

»Das Leben ist lang. Eile tut nicht not.«

Will zog Melimela an sich. »Eine gemeinsame Sprache würde uns glücklich machen. Wir möchten dieses Glück genießen, so schnell es geht.«

Qballan überlegte und sagte dann: »Das klingt vernünftig. Ich erkläre mich bereit, dir zu helfen. Ihr wohnt am besten hier.« Auf Wills betroffenen Blick hin fügte er hinzu: »Ihr werdet ungestört sein.«

»Das ist wirklich nicht nötig –« protestierte Will schwach.

»Was ist schon nötig? Es wird schön sein, und wir werden viel Spaß an unserem Zusammensein haben. Abends erzähle ich denen, die sie hören wollen, Geschichten. Ich erzähle sie in der ursprünglichen Sprache und in Bellaterranisch. Das unterhält die Leute und hilft mir, mein Gedächtnis aufzufrischen. Hört euch die Geschichten an, wir besprechen sie dann am nächsten Tag. Bald wirst du so gut sprechen wie deine hübsche Braut.« Qballan nahm sie beide bei der Hand und führte sie in ein geräumiges Zimmer. »Das gehört euch, solange ihr bei mir wohnt.«

»Du bist sehr freundlich, Qballan. Wie kann ich dir das vergelten?«

»Zunächst lern erst einmal. Von Gegenleistung reden wir, wenn wir wissen, was ich gegeben habe.«

»Das ist ein fairer Vorschlag. Qballan, ich habe eine Frage: Stimmt es, daß alle qreddnischen Rezitatoren, gleichgültig wo in der Galaxis sie sich aufhalten, miteinander in Verbindung stehen?«

»In gewisser Weise, ja. Ich kann es nicht näher erklären.«

»Als Kind hatte ich eine Geschichtenerzählerin namens Brita, die immer gut zu mir war. Leider wurden wir getrennt.«

»Brita ist aus meinem Hause, dem Haus der Fourehx. Sie ist die beste aller Rezitatoren unserer Generation.« Qballan musterte Will einen Moment lang mit neuem Interesse. »Warst du ein Königssohn, daß du eine eigene Geschichtenerzählerin hattest?«

»Mein Vater war ein sehr erfolgreicher und vermögender Mann – eine Zeitlang. Kannst du mir sagen, ob Brita wohlauf ist?«

»Wäre sie es nicht, hätte ich es gespürt. Wie ich schon sagte, dieser Vorgang ist schwer zu erklären, aber die Verbindung besteht. Deiner alten Geschichtenerzählerin geht es gut«, versicherte ihm Qballan. Er schwieg wieder und starrte nachdenklich ins Leere. Schließlich lächelte er entschuldigend und sagte zu Will: »Ich muß gestehen, daß ich erstaunt bin. Wenn ich mir vorstelle, daß eine qreddnische Rezitatorin von Britas Begabung für einen reichen Mann arbeitete, wo doch einst Kaiser unsere Dienste erbaten –« Er schüttelte seufzend den Kopf. »Und ich habe es nicht einmal dazu gebracht. Ich sitze am Kamin und erzähle die Geschichten mir selbst und allen, denen es beliebt zuzuhören. Aber ich bin trotzdem glücklich. Ich habe Frieden.«

Er schaute in die grüne Ferne jenseits des Eingangs und sagte, ohne sich umzudrehen: »Man erzählt sich eine Geschichte über den letzten König von Toxxo, über Pasilans Varam, den Allmächtigen. Ihm träumte von einem herrlichen Palast, und er zwang sein Volk, ihn zu bauen. Als er ihn betrat, weinte er über die nackten Wände und befahl dem besten Maler auf dem Planeten, sie mit Szenen zu bemalen, die an die Großtaten der Varam-Dynastie erinnerten. Der Maler arbeitete lange Zeit. Am Tag, als der letzte Pinselstrich getan ward, gab Pasilans Varam dem Maler das Hundertfache des versprochenen Lohnes und ließ ihm dann die Hände abhacken, damit er sein Werk nicht kopieren konnte. Die Edlen waren darüber empört, und sie erhoben sich gegen Pasilans Varam, töteten ihn und schafften die Monarchie für alle Zeiten ab.«

»Was wurde aus dem Maler?« fragte Will.

»Er führte viele Jahre ein behagliches Leben. Er hatte Reichtum nie gekannt und war sehr stolz, daß er ihn nun besaß. Auf dem Sterbebett pries er den Namen Pasilans Varams und sagte, er habe ihn gerecht entlohnt.«

Am Abend, nach Sonnenuntergang, bat Qballan Will, ein kleines Feuer anzuzünden. Er setzte sich neben den Kamin und wartete, bis der Himmel dunkel wurde und seine kleine Gruppe von Zuhörern sich einfand. Dann begann er unvermittelt zu sprechen. »Diese Geschichte habe ich als junger Mann selbst entdeckt. Ich erzähle sie einstimmig.« Er hielt inne, und als er wieder sprach, diesmal in der galaxisweit bekannten Sprache, war seine Stimme verändert. Sie klang matt, müde und tonlos von Alter und vielen Enttäuschungen; es war die Stimme eines starken Mannes, der am Ende seiner Kräfte war.

»Niemand weiß noch, wann die Wölfe erstmals aus den fernen Bergen herabkamen. Es heißt, daß sie anfangs einzeln kamen, sich aber bald zu Rudeln zusammenschlossen, die immer größer wurden. Zu Lebzeiten unserer Großväter gab es nur noch ein gewaltiges Wolfsrudel, das Tausende von Tieren zählte und das Land durchstreifte.

Es riß erschreckend viele Schafe. Die großen Herden, die unser Volk besaß, verringerten sich mit jedem Überfall beträchtlich. Unsere Schafe vermehrten sich so fruchtbar wie zuvor, doch konnten sie mit den Verheerungen des ständig wachsenden Wolfsrudels kaum Schritt halten. Bei den ärgsten Überfällen war an Schlaf nicht zu denken, denn die gerissenen Tiere blökten herzzerreißend. Unsere Großväter mußten sich die Ohren mit Wolle zustopfen, um die Schreie zu ersticken.

Viele Methoden wurden erprobt, ohne Erfolg. Die Wölfe rührten das vergiftete Fleisch nicht an, das für sie ausgelegt ward. Sie umgingen die Fallen mit unglaublicher Schläue und schienen gegen Kugeln immun zu sein. Mit großer Mühe und großen Kosten für das Volk wurden Wildherden ins Land getrieben, um den Wölfen eine natürliche Nahrungsquelle zu bieten. Die Wölfe fielen über sie her und verschlangen sie alle in kurzer Zeit. Als das letzte Wild gerissen ward, kehrten die Wölfe, hungriger denn je, zu den Schafherden zurück.

Unserem Volk drohte der Hungertod. Alle Versuche, das Wolfsrudel abzuwehren, waren gescheitert. Manche sprachen von Auswanderung als unserem letzten Ausweg, doch viele glaubten, das Wolfsrudel würde uns in die neuen Länder einfach folgen und das Leben wäre genauso. Unsere Väter wurden apathisch. Sie gaben alle Hoffnung auf und fanden sich mit dem Untergang ab.

Und dann wurde der Vorschlag gemacht, die Schafe sollten, da ihre Herren sie nicht zu schützen vermochten, abgerichtet werden, sich selbst zu schützen. In früheren Zeiten hätte man diesen Gedanken höhnisch zurückgewiesen, doch unsere Väter wußten nicht mehr aus noch ein. Sie erhoben sich zu einem letzten Versuch des Widerstandes.

Sie begannen große und starke Schafe zu züchten. Sie suchten die größten und stärksten Tiere aus und rüsteten sie mit Stahlhörnern, Stahlspornen für die Hufe und stählernen Fangzähnen. Diese Schafe lehrten sie, die gewohnte Nahrung zu verweigern und Geschmack an Fleisch zu finden. Sie behandelten sie so, daß sie argwöhnisch und wild wurden. Die Schafe, die sich nicht ändern konnten, überließen sie den Wölfen.

Als die Verwandlung vollendet ward, wurden die Schafe auf die Wölfe losgelassen. In kurzer Zeit ward das Wolfsrudel bis auf ein paar verletzte und flüchtige Tiere vernichtet, und bald darauf fand sich keine Spur mehr von dem gewaltigen Rudel, das einst unser Land durchstreifte.

Doch nun weigern die Schafe sich, die stählernen Hörner, Sporne und Fänge abzulegen. Sie durchstreifen frei das Land und töten und fressen unser Vieh. Sie rühren das vergiftete Fleisch nicht an, das für sie ausgelegt wird. Sie umgehen die Fallen mit beinahe menschlicher Schläue und scheinen gegen Kugeln immun zu sein. Sie vermehren sich mit unglaublicher Fruchtbarkeit, und Berichte besagen, daß die Lämmer jetzt mit Hörnern, Spornen und Fangzähnen geboren werden.«

Als Qballan geendet hatte, trank er eine kleine Schale Wasser und erzählte die Geschichte dann noch einmal auf Bellaterranisch. Will lauschte aufmerksam. Er vermißte einige Feinheiten, aber dafür fiel ihm viel Neues auf. Er konnte der Geschichte leichter folgen als den meisten auf Bellaterranisch geführten Gesprächen, und bei der Diskussion am nächsten Tag erfuhr er, daß Qballan diese Erzählung eigens wegen ihres klaren Handlungsablaufes ausgesucht hatte, die einem Nicht-Bellaterraner das Verstehen erleichterte. An den folgenden Abenden erzählte Qballan schwierigere Geschichten, doch Will hörte genau zu, stellte viele Fragen und saugte alles in sich auf.

Will und Melimela wohnten fast vierzig planetarische Tage bei dem alten Geschichtenerzähler und waren viel mit ihm zusammen und die restliche Zeit mit sich allein. Gelegentlich kam ein Mitglied der Truppe zu Qballan, sich eine Geschichte anzuhören und mit Will zu reden, aber zum überwiegenden Teil hielten die Besucher sich an die bellaterranische Maxime des *laissez-faire*.

Will fühlte sich auf dieser Welt zu Hause. Er liebte Melimela, respektierte Qballan, genoß die Geschichten und freute sich auf jeden neuen Tag. Als sie Qballan schließlich verließen, fragte er den alten Mann, wie er ihn entschädigen könne.

»Arbeite an der Sprache«, sagte der Rezitator. »Vielleicht kannst du eines Tages meinen Platz einnehmen, falls du bleibst.«

»Unmöglich«, hauchte Will, von dem Vorschlag überwältigt.

»Ich kenne die Geschichten nicht, und mein Bellaterranisch – Ich täte es sehr gern, Qballan, aber ich bezweifle, daß ich es kann.«

»Du hast ein gutes Gedächtnis. Viele Geschichten kennst du schon, und du kannst noch mehr lernen. Du hast eine kräftige und ausdrucksvolle Stimme und eine deutliche Aussprache. Was dir noch fehlt, ist die Beherrschung der Sprache. Wirst du daran arbeiten?«

Will nickte eifrig, und der Rezitator fuhr fort: »Komm mich des öfteren besuchen, damit wir uns unterhalten können. Wenn du soweit bist, lehre ich dich die Geschichten.«

»Ich möchte dich um einen Gefallen bitten, Qballan. Wenn es dir nichts ausmacht, würde ich die Geschichten, die du mir erzählt hast, gern niederschreiben und bei meinen Studien verwenden.«

Der Rezitator sah ihn erstaunt an. »Kannst du Wörter so niederschreiben, daß andere sie lesen können?«

»Ja. Das war eine meiner Aufgaben bei Vallandis.«

»Dann bist du der ideale Nachfolger für mich. Du kannst alle bellaterranischen Geschichten und Legenden schriftlich festhalten, bevor sie für alle Zeit verloren gehen. Vielleicht findest du sogar einen Weg, die bellaterranische Rede in Schriftzeichen umzuwandeln, wie es sie bei deiner Sprache gibt.«

»Ich weiß nicht, ob ich das kann«, meinte Will. Die Aufgabe, die ihm da auferlegt wurde, erschien ihm ein bißchen gewaltig, aber zugleich spürte er, daß sie ihn mit unvermutetem Eifer erfüllte. Zuversichtlicher fügte er hinzu: »Doch, ich kann es. Ich mache für Bellaterra eine Schriftsprache und halte alle die Geschichten darin fest. Ich verspreche es, Qballan.«

Sein Entschluß stand jetzt eindeutig fest. Er blieb auf dieser Welt. Er hatte das Melimela schon mehrmals gesagt, aber sie hatte ihn mit Vallandis kommen sehen und erwartete, daß er auf die gleiche Weise wieder verschwand. Daran vermochten auch seine Beteuerungen nichts zu ändern. Er hatte mehreren Mitgliedern der Truppe erzählt, er wolle hierbleiben. Sie hatten nachsichtig gelächelt und ihm kein Wort geglaubt. Manchmal, wenn er allein war, hatte er sogar selbst Zweifel empfunden. Bellaterra war eine atemberaubend schöne Welt, und jeder Tag darauf ein Vergnügen. Sich unter den Sternen zu lieben, in klaren, kühlen Seen zu schwimmen, Arm in Arm in der Sonne zu liegen und süße Früchte zu knabbern, still auf dem Kamm des Hügels an dem großen See zu sitzen und den Sonnenuntergang zu beobachten: Das waren wundervolle Erlebnisse, die er ein Leben lang genießen konnte, ohne ihrer jemals überdrüssig zu werden. Wenn aber Melimela einmal nicht bei ihm war, reizten Seen und Sonnenuntergänge ihn gar nicht so sehr, und auch die Possen der niedlichen und zutraulichen kleinen Tiere, die die Ebenen und Wälder bevölkerten, fand er dann gar nicht so lustig. Dann fühlte er sich sogar gelangweilt und wünschte, er hätte etwas zu tun. Die Bellaterraner lebten in einem verträumten Dämmerzustand, aus dem sie selten erwachten. Manchmal kam es vor, daß einer von ihnen einen Sonnenaufgang, einen Baum, eine Wolke oder einen Vogel betrachtete und vor Freude laut aufschrie, als habe er ein Wunder gesehen. Bei solchen Gelegenheiten kamen Will diese Menschen eher kindisch vor. Ein Bellaterraner brachte es fertig, den ganzen Tag lang glücklich lächelnd den Possen eines fetten, pelzigen kleinen *Churruts* oder eines langschwänzigen *Grinks* zuzusehen; aber Will war kein Bellaterraner.

Jetzt waren seine Zweifel zerstreut. Er hatte eine Aufgabe, etwas Monumentales und die Zeit Überdauerndes, etwas, das von allen Menschen auf diesem Planeten nur er vollbringen konnte. Sie würde ihm Unsterblichkeit eintragen. Vielleicht kam er nie dazu, eigene Geschichten zu verfassen, wie er es sich vorgenommen hatte und immer noch zu tun hoffte, aber außer den Barden hatte das seit Jahrhunderten niemand mehr gemacht. Er konnte und wollte Qballans Geschichten und Bellaterras Legenden zu Papier bringen, und er würde dem Planeten eine eigene Schriftsprache bescheren. Als er Melimela seine Entscheidung mitteilte, wußte er, daß sie seinem Versprechen, bei ihr zu bleiben, endlich glaubte.

Das Wandertheater der Zwölf Systeme verließ Bellaterra, als die Blätter hell wurden und die Abendluft die erste Kühle brachte. Vallandis war der letzte, der Lebewohl sagte.

Will kamen die Worte schwer über die Lippen. »Leb wohl, Val, und danke für alles, was du für mich getan hast. Es war – Ich kann es dir nie vergelten –«

»Du hast es mir schon vergolten«, versicherte ihm Vallandis und brachte ihn mit einer Handbewegung zum Schweigen. »Es gibt in der Galaxis kein Theater, das sich neun guter Stücke rühmen kann. Ich wünschte nur, du würdest mitkommen und in ihnen spielen.«

Will schüttelte entschieden den Kopf. »Ich bleibe auf Bellaterra, Val. Für immer. Hier habe ich alles, was ich mir je gewünscht habe. Das verdanke ich dir.«

Vallandis winkte ab. »Reine Selbstsucht, mein Freund. Ich

wollte, daß jemand auf meine Welt und meine Familie aufpaßt, während ich zwischen den Sternen zu Ruhm gelange. Sosehr ich es gehofft hatte, Will, ich hatte wirklich nicht damit gerechnet, daß du bleiben würdest. Das sagte ich Melimela bei unserer Ankunft, als sie dich zum erstenmal sah. Es war ihr gleich. Sie wollte mit dir zusammen sein, egal für wie lange.«

»Hat sie dir gesagt, was ich tun werde?«

Vallandis grinste breit. »Sie sagte mir, was *sie* tun wird, im Frühjahr. Meinen Glückwunsch.«

»Ist das nicht wundervoll, Val? Unser Kind wird das erste sein, das Bellaterranisch lesen und schreiben lernt.«

»Der Qreddnaner hat mir von deinem Vorhaben erzählt. Ich nehme an, das ist wichtiger, als Mitglied eines Wandertheaters zu sein, aber ich bezweifle, daß es soviel Spaß machen wird. Ich wünsche dir Erfolg, Will. Ich bin froh, daß ich dich zu meinem Planeten gebracht habe.«

»Schau nicht so traurig drein, Val. Du kommst doch wieder.«

»Ich versuch's. Aber wenn der Raum uns nicht erwischt, die Zeit bestimmt. Du wirst dich kaum noch an mich erinnern. Du wirst dann ein gutes Stück älter sein.«

Will tat die Bemerkung mit einer achtlosen Geste ab. »Wir werden beide älter sein. Ein paar Jährchen können uns nicht groß verändern.«

»Doch. Dort draußen ist die Zeit anders. Wenn du mit Lichtgeschwindigkeit reist –« Er brach unsicher ab, dann sagte er abrupt: »Nimm zum Beispiel Qballan. Bei meinem letzten Besuch auf Bellaterra sah der alte Mann jünger aus als ich jetzt, und Qreddnaner altern nicht so schnell.«

»Unmöglich!«

»Es stimmt. Was glaubst du, wie alt ich bin, Will?«

»Keine Ahnung. Älter als ich, aber nicht *alt.*

»Überleg einmal: Du bist mit der Tochter der Tochter meines Sohnes verheiratet. Als ich das letztemal den Galaktischen Standardkalender überprüfte, auf Stepmann VII, hatten wir das Jahr 2604. Das heißt, ich bin ungefähr sechsundachtzig. Aber hier, wo's drauf ankommt«, sagte er und klopfte sich auf die Brust, »bin ich nicht einmal halb so alt. Mein physisches Alter weiß ich nicht genau, und es interessiert mich auch nicht sonderlich, aber ich weiß, daß ich nicht auf die Neunzig zugehe.«

Will starrte ihn sprachlos an, und Val sagte: »Manche Leute halten den GSK für ungeheuer wichtig. Sie behaupten, er sei das einzige, was die Abkömmlinge der irdischen Pioniere miteinander verbindet und eine Art Kontinuität mit der Vergangenheit herstellt. Vielleicht haben sie recht damit, aber das heißt noch lange nicht, daß ich ihm glauben muß. Mach nicht so ein Schafsgesicht, Will.«

Die Worte kamen zögernd. »Ich bin 2568 geboren. Nach dem GSK bin ich nahezu vierzig. Ich bin doppelt so alt wie meine Frau.«

Vallandis betrachtete ihn einen Moment, dann lachte er schallend. Will, in dem Glauben, er werde verhöhnt, funkelte ihn zornig an. »Das ist gar nicht komisch, Val«, sagte er erbost.

»Und ob das komisch ist! Wem glaubst du: Zahlen, die eine Maschine ausspuckt, oder deinem Körper? Du bist ein junger Mann, Melimela ist eine junge Frau, und damit basta. Du bist noch keine Zwanzig, egal was dieser verrückte Galaktische Standardkalender behauptet.«

Unschlüssig aber doch ein wenig hoffnungsvoll sagte Will: »Ich habe mir noch nie Gadanken darüber gemacht. Ich hätte mich für um die Zwanzig gehalten.«

»Dann bist du's auch, und Schluß damit! Man ist so alt, wie man sich fühlt, Will, und ich wünschte bei den flammenden Ringen, ich könnte mich noch einmal so jung fühlen.«

»Und ich wünschte, ich könnte es *verstehen*.«

»Niemand versteht es, nicht einmal die Leute auf Watson, und die behaupten, alles zu wissen. Ich hörte, sie berufen sich auf Formeln und führen Zahlen an, aber Gründe können sie nicht nennen. Und da niemand es weiß, warum soll man sich den Kopf darüber zerbrechen?«

»Ich werde mir nicht den Kopf zerbrechen, Val. Aber wenn es stimmt, werde ich dich für lange Zeit nicht wiedersehen. Vielleicht niemals mehr. Viel Glück dort draußen.«

»Mit deinen Stücken kann nichts schiefgehen. Gib meinem Volk eine Sprache, Will, und paß gut auf mein Mädchen auf.«

Vallandis umarmte Melimela, und die beiden Männer gaben sich ein letztesmal die Hand. Jeder wußte, daß der Abschied endgültig war. Das All war zu weit und die Zeit zu lang und unberechenbar, als daß Freunde auf die Zukunft hätten bauen können. Sie mußten sich mit Vergangenheit und Gegenwart begnügen.

Die Jahreszeiten vergingen wie im Flug. Will und Melimela kehrten in den letzten Herbsttagen ins Dorf zurück und wurden abermals Qballans Gäste. Will staunte, als er zum erstenmal Schnee sah, und freute sich über den Frühlingsanfang, als die ganze Bellaterra neu erblühte und Melimela einem Sohn das Leben schenkte. Sie tauften ihn Val. Er besaß die goldene Haut seiner Mutter und das braune Haar seines Vaters und war das hübscheste Kind in der Galaxis, wie Will allen versicherte, die kamen, ihn sich anzuschauen. Er war ein stolzer, glücklicher Vater.

Nach bellaterranischer Sitte mußten die Mutter und ihr Neugeborenes unter den Frauen des Dorfes leben, bis das Kind laufen konnte. Will war wenig erbaut über die erzwungene Trennung, aber er respektierte den Glauben seiner Frau und die Bräuche seiner Wahlheimatwelt. An den Vormittagen lauschte er Qballans Geschichten, nachmittags beschäftigte er sich mit ihrer Niederschrift und seinen Studien. Seine Geschichtensammlung wuchs, aber die Arbeit an der Schriftsprache wurde immer schleppender und kam schließlich zum Stillstand.

»Ich komme nicht mehr weiter, Qballan«, erklärte er seinem Lehrmeister. »Es gibt zu vieles, das ich nicht begreife. Ich bringe es einfach nicht fertig, wie ein Bellaterraner zu denken.«

»Ich wußte, das würde kommen, und es kommt zu einem günstigen Zeitpunkt«, antwortete der Rezitator ruhig. »Du mußt zu den Ruinen gehen.«

»Was für Ruinen? Wo? Ich habe nirgends welche gesehen.«

»Sie liegen in dem Hochland jenseits des großen Sees, zwanzig Tagesreisen von dort.«

»Warum sollte ich eine zwanzigtägige Reise unternehmen, nur um mir Ruinen anzusehen? Was soll mir das nützen?« fragte Will.

»In den Ruinen sind Steine mit Bildern drauf. Sie können dir helfen, die Denkweise und Sprache der Bellaterraner zu verstehen.«

»Wenn sie mir helfen können, warum hast du mir dann nicht früher von ihnen erzählt?«

Qballan schüttelte ernst den Kopf. »Bisher hätten die Ruinen dich nichts lehren können. Du warst unwissend. Jetzt hast du genug gelernt, um dir Fragen zu stellen. Du spürst, daß du Anleitung brauchst, und weißt genug, um zu erkennen, was dich in die richtige und was dich in die falsche Richtung führt. Jetzt ist die Zeit, die Ruinen zu studieren.«

Am Abend diskutierte Will Qballans Rat mit Melimela. Ihr Interesse an seinem Plan, eine Schriftsprache für ihre Nachkommen zu schaffen, war mittlerweile genauso groß wie seines, und sie drängte ihn, die Reise zu den Ruinen zu unternehmen. Begleiten konnte sie ihn nicht, denn ihre Zeit wurde von den bellaterranischen Erziehungsriten in Anspruch genommen, die der kleine Val gerade durchmachte.

Drei Tage später brach er auf. Er ritt auf einem *Haxopoden*, einem sechsbeinigen Tier, das er in ähnlicher Gestalt schon auf anderen Planeten gesehen hatte. Die bellaterranischen *Haxopoden* waren allerdings kleiner und benutzten nur vier Beine. Das vordere Beinpaar war zu kurzen Stummeln verkümmert, die wie die Hände eines Bittstellers aneinanderlagen. Die Tiere waren sehr schnell und geländegängig, und Qballan hatte Will versichert, daß ein *Haxopod* auch einen unerfahrenen Reiter bequem und mühelos zu den Ruinen befördern konnte.

Will ritt durch Wälder und Sumpfland, folgte ein paar Tage einem Flußtal und machte sich dann an den Aufstieg ins Hochland. Hier war die Luft kühler, das Gelände rauher und schwieriger. Die zarten Farben und sanften Linien der Dorflandschaft wichen einem krassen Schwarzweiß aus Licht und Schatten und Formen, die wie gemeißelt gegen den Himmel wirkten. Schließlich erreichte er ein steiniges und sandiges Plateau, über das ein kalter, stöhnender Wind hinwegfegte. Diese Umgebung hatte mit den Senken in den gemäßigten Zonen, die er kannte, nichts mehr gemein. Dennoch besaß sie eine gewisse Schönheit, etwa der sterilen Pracht des Weltalls vergleichbar. Will ritt häufig bei Nacht, um den Mondschein zu genießen. Am zwanzigsten Tag seiner Reise kam er in Sichtweite der Ruinen.

Wie krumme Zähne im eingeschrumpften Zahnfleisch eines Greises ragten sie aus dem nackten Grund. Als er näherritt, packte ihn die Verzweiflung, denn es waren ungeheuer viele. Eine ganze Lebensspanne würde nicht ausreichen, die Steinbauten zu erforschen, die sich in geordneten Reihen bis halb an den Horizont hinzogen.

Dann bemerkte er enttäuscht und erleichtert zugleich, daß viele der Steine kahl und viele andere vom Zahn der Zeit und vom Wind so stark zerfressen waren, daß man die Zeichen darauf nicht mehr erkennen konnte. Aber die restlichen waren so erstaunlich, daß er bei ihrem Anblick eine überwältigende Ehrfurcht empfand. Eigentlich waren es nur flache eingravierte Strichzeichnungen, und doch schienen sie irgendwie Tiefenschärfe zu haben und sich manchmal vor seinen Augen zu bewegen. Er hatte keine Entsprechung für diese Bilder, vermochte sie nicht mit Worten zu beschreiben. Anfangs schreckte er zurück, denn was er sah, schien seinen Verstand mit einem Würgegriff zu erdrücken, doch seine Neugier war stärker. Er blieb in den Ruinen, studierte sie, zog die Linien mit den Fingerkuppen nach und skizzierte sie grob in der

Handfläche. Nachts, wenn er allein unter dem Sternenhimmel lag, lauschte er dem Stöhnen des Windes und dachte über das Gesehene nach.

Allmählich entwickelte er ein neues Begriffsvermögen. Sein Verstand machte einen Prozeß durch, den er nicht zu erklären vermochte. Er verstand noch nicht alles, aber bestimmte Unklarheiten, die seiner Arbeit wie unüberwindliche Hindernisse im Weg gestanden hatten, lösten sich jetzt auf. Die Gleichgültigkeit der Bellaterraner gegenüber der Zeit, zum Beispiel, erschien vollkommen logisch. Will hatte es bisher für umständlich und unsinnig, wenn nicht gar für verrückt gehalten, wie peinlich genau jeder Redner die Lage von Personen und Gegenständen zueinander beschreiben mußte. Doch jetzt hatte er die Botschaft der Ruinen gesehen und verstanden, und er erkannte, daß die bellaterranische Denkweise auf einer Verzahnung von Ort, Zeit und Identität beruhte. Er spürte, daß ihm der Durchbruch gelungen war. Zum erstenmal hatte er einen Blick auf den Kern des Wesens dieser Welt und ihrer Menschen erhascht. Er glaubte, seine Aufgabe jetzt vollenden zu können.

Eines Morgens brach er auf. Nach kurzem Ritt hielt er an und wandte sich um, der Ruinenstätte einen letzten Blick zu schenken, und rief aus einem plötzlichen Impuls heraus ein einzelnes bellaterranisches Wort in die Stille, um seinen Gefühlen Ausdruck zu verleihen. Beim Weiterreiten versuchte er das Wort in seine eigene Sprache zu übertragen und fand als größtmögliche Annäherung den Satz: »Jetzt weiß ich das, von dem ich immer wußte, daß ich immer wußte, daß ich es nicht wußte.« Das klang, so gesagt, absurd, aber auf Bellaterranisch hatte es Sinn.

Er trieb den kleinen *Haxopoden* während des ganzen Rückweges zum Dorf zur Eile an, denn er brannte darauf, seine neuen Kenntnisse zu erproben und sich mit seinen Freunden und Nachbarn in ihrer Muttersprache zu unterhalten. Unterwegs übertrug er einige seiner Lieder und Geschichten ins Bellaterranische. Das fiel ihm jetzt leicht, und er stellte zufrieden fest, daß manche Stücke dadurch erheblich an Reiz gewannen.

Am Morgen des neunzehnten Tages erreichte er das Ufer des großen Sees, und ein freudiges Lächeln trat auf seine Lippen, als er die dünnen Rauchfahnen von Kochstellen in der Ferne erblickte. Die Vorbereitungen für sein Willkommensfest waren bereits im Gang. Er ritt um den See herum und drang in den Wald ein. Gegen Mittag hatte er ihn durchquert, und nun lag nur noch ein gemächlicher, einstündiger Ritt bis zum Dorf vor ihm. Er hielt an, um den aufsteigenden Rauch noch einmal zu betrachten. Irgend etwas stimmte nicht. Es brannten zuviele Feuer, selbst für ein Fest. Die dünnen Fahnen waren jetzt dicke Rauchsäulen, und auch die Farbe stimmte nicht. Er trieb sein Reittier zur Eile an, und als ihm ein Wind entgegenschlug und er den Rauch erstmals riechen konnte, grub er dem müden Tier entsetzt die Sporen in die Flanken.

Er ritt mitten ins Dorf und sprang aus dem Sattel. Er vermochte nicht zu schreien, der Anblick schnürte ihm die Kehle zu. Auf dem Festplatz hatte ein blutiges Massaker stattgefunden. Überall lagen verstümmelte und zerstückelte Leichen herum: im Freien, auf den Türschwellen ihrer Häuser, in schwelenden Aschehaufen. Einen Moment lang glaubte er, sie seien allesamt vom Wahnsinn gepackt worden, aber er sah nirgends Waffen. Dies war das Werk von anderen. Aber wer konnte den Bellaterranern so etwas angetan haben? In ihren ältesten Legenden fand sich kein Hinweis auf Feinde. Die anderen Bellaterraner führten das gleiche friedliche Leben wie einst diese Menschen, und die nächstgelegene Siedlung lag so fern von hier wie die Ruinen, in entgegengesetzter Richtung.

Schockiert und entsetzt vom Anblick und Geruch von Blut und Tod und von Brechreiz geplagt, lehnte Will sich zitternd gegen eine Mauer, bis seine Kräfte zurückkehrten. Im Haus von Qballan fand er, was er am meisten gefürchtet hatte. Seine Frau und sein Sohn waren niedergemetzelt worden.

Betäubt und stumm wiegte er die blutigen Leichen in seinen Armen, bis er ein leises Stöhnen vernahm. Sanft legte er Melimelas Körper auf den Boden, den kleinen Val an ihre Seite und deckte ihre Gesichter zu. Dann ging er das noch lebende Wesen suchen, dessen qualvolles Stöhnen der einzige Laut in der Totenstille war.

Er fand Qballan verkrümmt in einer Ecke liegen, die Beine angezogen, die Arme gegen den Bauch gepreßt. Der alte Geschichtenerzähler regte sich nicht, nur das krampfhafte Stöhnen verriet, daß er lebte. Will kniete sich neben ihn hin.

»Qballan, ich bin es, Will. Ich bin zurück«, sagte er. »Was ist geschehen, mein armer alter Freund? Wer hat euch das angetan?«

Qballans einstmals kraftvolle Stimme war schwach und brüchig. Sein Bericht von dem Massaker kam bruchstückhaft. Ein schwarzes Schiff war gelandet. Dreißig oder vierzig Menschen und Humanoiden stiegen aus. Die Bellaterraner hießen sie willkommen. Bei dem Fest fielen die Besucher plötzlich über ihre Gastgeber her. Die Jagd und das Abschlachten hatten den ganzen nächsten Tag über angedauert.

»Aber warum, Qballan?« fragte Will verzweifelt. »Warum haben sie das getan?«

»Sie lachten – als ich sie fragte – Schlitzten mir den Bauch auf – Versuchte zu überleben – bis du –« stieß der Qreddnaner hervor und verstummte.

»Du hast es geschafft, Qballan. Ich bin zurück. Ich werde dir helfen«, flüsterte Will.

Qballan starb während der Nacht. Will bettete seinen Leichnam neben Melimela und Val. Er saß schweigend vor ihnen, bis der Schlaf ihn übermannte. Weinen konnte er nicht.

Das erste Grab war für seine Frau und seinen Sohn, das zweite für seinen Freund und Lehrer. In den darauffolgenden Tagen hob er auf dem Festplatz ein großes Massengrab aus und legte die Menschen aus dem Dorf einen nach dem anderen hinein. Er zählte sie genau. Keiner war entkommen. Nachdem das Grab zugeschüttet war, setzte er die Siedlung in Brand.

3 SOLDAT BEIM STERNVEREIN

In der trostlosen Zeit danach glaubte Will oft, unter dem Widerstreit seiner Gefühle zerspringen zu müssen. Er wollte sich an jeden mit Melimela durchlebten Augenblick erinnern: an den lieblichen Duft ihres Haares, und wie es das Licht der untergehenden Sonne eingefangen hatte; an ihre weiche Haut, ihre melodische Stimme, den Geschmack ihres Kusses; an ihre ersten unbeholfenen Sprechversuche in der Sprache des anderen, seine verständnislose Verwirrung, bei der sie so oft gelacht hatte, und an ihre Liebe, mit der sie schließlich immer zu einer Verständigung gefunden hatten. Aber gleichzeitig wollte er alle diese Dinge vergessen, weil sie ihn quälten. Er wünschte, sie hätten ein Dutzend Lebensspannen miteinander verbracht, und dann wünschte er genauso heftig, er wäre Raumfahrer geblieben, hätte sie nie kennengelernt und nie von ihrer Welt gehört. Manchmal schreckte er aus dem Schlaf auf, rannte wie von Sinnen durch die Nacht, stolperte über Wurzeln und Steine, schlug dann der Länge nach hin und zog sich Prellungen und Hautabschürfungen zu. Er spürte nichts von alledem, bis er irgendwo tief im Wald mit Schmerzen, blutverschmiert und nackt erwachte und vor morgendlicher Kälte ebenso zitterte wie vor den Träumen an geschändete Leichen, deren hohle Stimmen nach Rache schrien. Er vergaß alles, was er in den

Ruinen gelernt hatte, und befaßte sich wieder mit seinen alten Kunststücken, die er seinem toten Publikum zuweilen vom Tagesanbruch bis in die tiefen Nachtstunden hinein vorführte.

Einmal versuchte er das Dorf zu verlassen, um andere Menschen auf Bellaterra zu suchen. Doch nach einigen Tagen Wanderschaft verschwand sein Wunsch nach Gesellschaft, und er kehrte zu den Gräbern seines gewählten Volkes zurück. Schließlich baute er sich auf dem Hügel nahe der Grabstätte eine Hütte, und dort blieb er. Er redete sich ein, daß er auf Vallandis' Rückkehr wartete. Das war zum Teil richtig, denn er hatte sonst kein Ziel. Er wohnte in der Hütte, wartete, ließ die Tage ungenutzt verstreichen, die zu Jahreszeiten wurden und ihrem unabänderlichen Rhythmus folgten. Zeit war für ihn ein Unding. Wenn ein Mensch zugleich zwanzig und vierzig sein konnte, oder vierzig und achtzig, wie konnten vernunftbegabte Menschen dann von Zeit reden? Die Bellaterraner hatten recht gehabt, den Zeitbegriff aus ihrer Sprache zu verbannen. Und was bedeutete schon das Weltall, dieses gewaltige, erbarmungslose Nichts, aus dem wahllos der Tod kam? Zeit und Raum und das Dasein selbst waren absurd und bedeutungslos für ihn. Es gab für nichts eine Erklärung, und wer welche suchte, war so dumm wie der, der welche zu besitzen glaubte. Sollten die Poeisten an ihren Mahlstrom glauben, die Bellaterraner auf ihren Frieden vertrauen und alle anderen glauben, was immer ihnen beliebte; er würde sie nicht daran hindern oder sich lustig machen über die Phantasiegebilde, die ihnen Trost spendeten. Aber er wußte jetzt, daß alles das sinnlos war. Ein Glaube war ein Strohhalm in einem Wind, der Bäume entwurzelte. Ein Mensch mußte sich der Tatsache stellen, daß er ein Nichts war, sein Sterben vergeblich, und sein einziger Daseinszweck das Dasein selbst. Darüber hinaus gab es nichts, absolut nichts, nirgends im Universum.

Die Verzweiflung brachte Will dazu, über den Tod nachzudenken. Er spielte mit dem Gedanken, nicht mehr zu essen, bis er verhungerte, sich von einem Berggipfel herabzustürzen oder sich mit dem lixianischen Messer, das er immer noch bei sich trug, die Schlagadern zu öffnen. Aber er war in eine emotionelle und geistige Starre verfallen. Alles war unwichtig. Wenn er starb, starb er; allein, wie er war, konnte ein Sturz, ein Beinbruch, eine Infektion sein Ende bedeuten. Es kümmerte ihn nicht. Er ging keine unnötigen Risiken ein, traf aber auch keinerlei Vorsichtsmaßnahmen. Tot zu sein war nicht besser und nicht schlechter als zu leben. Aber den Tod zu suchen war genauso dumm wie vor ihm zu fliehen. Also lebte er weiter.

Eines Tages machte er in der eingeäscherten Siedlung ein Feuer und verbrannte seine ganzen Werke: die bellaterranischen Legenden und Mythen, Qballans Erzählungen und die Geschichten, die noch in seinem Gedächtnis gehaftet hatten. Er wollte sie an diesem Ort begraben wissen, hier bei sich, wenn seine Zeit kam. Das blinde Tasten einer ausgelöschten Rasse nach Erkenntnissen hatte keine Bedeutung für das Universum. Will gab alles auf; er bewahrte sich nur die Erinnerung an Melimela und das Verlangen nach Rache.

In seiner Isolation und Verzweiflung kam ihm Drufes geliebter Ausspruch von Poe wieder in den Sinn. Der Grundsatz »Nemo me impune lacessit« konnte seinem Leben einen Sinn geben, als Vorwand für sein Weiterleben in einem sinnlosen Universum herhalten. Er würde für die Rache leben. Er richtete sein ganzes Denken auf dieses Ziel aus, ersann böse und heimtückische Pläne, und nach langem Nachdenken über dieses unerfreuliche Thema erkannte er, daß auch das sinnlos war. Solange er auf Bellaterra war, konnte er nur planen und hoffen und den unbekannten und unbeteiligten Sternen mit der Faust drohen. Selbst wenn er Gelegenheit bekam, diese Welt zu verlassen, konnte er wenig mehr tun. Er konnte die Piraten nicht allein verfolgen, und helfen würde ihm niemand. Es interessierte niemanden. Das einzige Gesetz in der Galaxis war Gewalt, und die war auf seiten der Mörder. Um Rache zu üben, müßte er sich ihrer Methoden bedienen und wie sie werden. Seine Frau, sein Sohn und seine Freunde blieben dennoch tot, und wenn es eine Art Bewußtsein unter den Toten gab, würden sie seine Taten verfolgen und sich ihrer schämen. Selbst Rache war sinnlos. Das einzige, was blieb, war, weiterzuleben und auf die Landung eines Raumschiffes zu hoffen. Mit der Zeit erkannte er, daß er das wollte. Er wollte leben und fort von Bellaterra. Und so wartete er zwei ganze planetarische Jahre.

Eines Morgens riß ihn das schrille, an- und abschwellende Heulen einer Antriebsspule aus dem Schlaf. Er richtete sich auf und saß wie gelähmt, während ds Geräusch in ein tiefes, die Erde erschütterndes Brummen überging und dann abrupt mit jenem Klingen abbrach, das anzeigte, daß sich ein Raumschiff in den Landering gesenkt hatte. Er streifte seine zerlumpte Kleidung über und lief zu seinem Aussichtsposten. Auf dem hohen Plateau an der anderen Talseite ragte der obere Teil eines weißen Schiffes auf. Es wirkte riesig, selbst aus dieser Entfernung. Das war nicht die *Kaiserin des Weltalls*, konnte auch nicht das Piratenschiff sein.

Bellaterra hatte neue Besucher bekommen.

Von dem Plateau führte ein deutlich erkennbarer Pfad in die ehemalige Siedlung, und er war sicher, daß die Fremden auf diesem Weg hierher kommen würden. Er lief den Hügel hinunter zu seinem Versteck. Wenn die Fremden in Freundschaft kamen, würde er sie bitten, ihn mitzunehmen. Waren sie Piraten oder Banditen, würde er auf Bellaterra sterben und mit seiner Frau und seinem Sohn wiedervereint sein. So oder so, die Warterei hatte heute jedenfalls ein Ende.

Die Besucher ließen nicht lang auf sich warten. Es waren zwei, die wachsam und vorsichtig die Lichtung betraten, langläufige Pistolen im Anschlag, schußbereit. Sich beim Vormarsch abwechselnd, durchquerten sie das hohe Gras, gingen um die Überreste des Dorfes herum und blieben vor den Grabhügeln stehen, wo sie sich kurz berieten. Sie waren Wills Versteck nahe, sprachen aber zu leise, als daß er sie hätte verstehen können. Der eine ging zu einer freien Stelle, die vom Plateau aus gut zu sehen war, und gestikulierte mit den Armen. Der andere blieb wachsam bei den Gräbern stehen.

Nach einer Weile kamen ein Dutzend Männer den Pfad hinunter auf die Lichtung. Sie waren wie die zwei Späher von Kopf bis Fuß in Schwarz gekleidet. Alle trugen die gleichen Pistolen, die sie in der erhobenen Hand so über die Brust hielten, daß der Lauf auf der anderen Schulter ruhte und sie in Sekundenschnelle anlegen konnten. Sie marschierten mit maschinenhafter Präzision und walzten das hohe Gestrüpp nieder, als sei dort ein Weg für sie freigemacht worden. Das Stampfen ihrer Stiefel auf dem dicht bewachsenen Boden klang wie dumpfe, rhythmische Trommelschläge, und ihre freien Arme schwangen in perfekter Übereinstimmung hin und her. Will beobachtete sie von seinem Versteck aus und war einen Moment lang ganz hingerissen von soviel Disziplin. Seine Bewunderung wich jedoch rasch einem Gefühl des Unbehagens, das von Angst nicht weit entfernt war. Sie waren zu diszipliniert. Ob Freunde oder Feinde, die Fremden waren keine friedfertigen Zeitgenossen.

Auf einen Kommandoruf des Anführers hielt der Trupp ruckartig an und ließ in Habachtstellung einen Schwall von Befehlen über sich ergehen. Will lauschte gespannt. Diesmal konnte er mühelos hören, was gesagt wurde, und die Wörter, wenngleich zu merkwürdigen Sätzen zusammengefügt, waren ihm vertraut. Diese schwarzgekleideten Männer waren keine Piraten, sondern eine Art Polizeitruppe auf der Jagd nach einem Piratenschiff.

Mehr brauchte er nicht zu wissen. Er verließ das Versteck, streckte die Arme vor, so daß seine leeren Hände zu sehen waren, und wurde vom Klicken von einem Dutzend Waffen begrüßt.

Der Ausdruck auf den Gesichtern rings um sich erinnerte ihn sofort an den seltsamen Anblick, den er bieten mußte. Seine Kleider waren nur noch Lumpen, sein Haar und sein Bart lang, schmutzig und verfilzt, in den Rillen seiner vorgestreckten Hände und unter seinen abgebrochenen Fingernägeln saß der Dreck, und seine bloßen Arme und Beine waren mit hellen Narben alter Verletzungen und dem roten Schorf frischer Hautabschürfungen übersät. Er war groß, und der Gewichtsverlust ließ ihn jetzt noch größer und schauerlich dünn wirken. Verglichen mit den sauberen und gepflegten Männern vor sich war er eine wahrhaft gespenstische Erscheinung.

»Ich grüße euch in Frieden. Seid willkommen auf Bellaterra«, sagte er und zuckte beim Klang seiner Stimme, zum erstenmal seit langem wieder an andere Menschen gerichtet, erschreckt zusammen.

»Die übrigen, wo?« fragte der Anführer in Schwarz scharf.

»Begraben«, erwiderte Will knapp und deutete mit dem Kopf auf die Grabhügel neben ihnen. »Ich bin der einzige, der noch übrig ist.«

»Und versteckst du dich warum? Spionierst du uns nach warum?«

»Um zu sehen, ob ihr die Piraten wart.«

»Und wenn Piraten wir sind, was dann tust du?«

»Wenn ihr Piraten wäret, wäre ich geflohen. Da ihr aber keine seid, heiße ich euch willkommen und biete euch Gastfreundschaft an. Als Gegenleistung möchte ich, daß ihr mich mitnehmt.«

Der Anführer, ein magerer, drahtiger Mann mit großen Händen und kurzen weißen Haarstoppeln, die seinen schmalen Kopf wie eine Kappe bedeckten, musterte ihn abschätzend, wachsam und mißtrauisch. Seine Augen waren so blaß und ausdruckslos wie zwei Kieselsteine. Schließlich sagte er: »Ein Kriegsschiff unser Schiff ist. Nicht für Passagiere.«

»Ihr könnt mich doch hier nicht zurücklassen. Seit zwei Jahren hause ich allein auf dieser Welt«, erwiderte Will, bemüht, ruhig zu sprechen.

»Mit uns zu reisen, gefährlich ist es. Dein Beruf, was?«

Während die schwarzen Soldaten unentwegt die Pistolen auf seine Brust hielten, zählte Will seine Fähigkeiten auf. Er übertrieb nur geringfügig. Als er geendet hatte, trat der Anführer dicht an ihn heran, schnupperte kurz, trat wieder zurück und verschränkte die Arme. »Ein Schriftgelehrter und ein Artist, das bist du. Und sehr schmutzig. Ein Krieger nicht. Die Besatzung der *Huntsman* aus Kriegern besteht«, sagte er.

»Ich habe Waffen wie eure noch nie gesehen, aber ich kann den Umgang erlernen.«

»Ein Schulschiff, das sind wir nicht.«

»Aber vielleicht kommt nie wieder ein Schiff vorbei, verstehen Sie nicht? Die Piraten sind rein zufällig hier gelandet«, sagte Will mit wachsendem Zorn.

»Von diesen Piraten erzähl uns.«

»Sie landeten dort, wo euer Schiff jetzt steht, und kamen genau wie ihr in die Siedlung. Die Bellaterraner waren friedliche Menschen. Sie hatten keinen Schatz, den zu stehlen sich gelohnt hätte, und auch keine Waffen zu ihrer Verteidigung. Ich bin überzeugt, sie nahmen die Piraten als Gäste auf. Und die Piraten ermordeten sie. Mehr ist dazu nicht zu sagen.« Er sah keinen Grund, von seiner Frau und seinem Sohn zu sprechen. Sie waren tot, und die Männer in Schwarz konnten nichts für sie tun. Das war aus und vorbei.

Der Anführer betrachtete ihn argwöhnisch. »Und dich haben sie verschont, diese Piraten. Warum?«

»Ich war nicht hier. Als ich zurückkam, sah ich die Leichen. Nur ein alter Mann lebte noch, und er starb kurz darauf.«

»Was hat er gesagt?«

Will schilderte Qballans Bericht. Der Anführer dachte eine Weile darüber nach, dann bedeutete er den Soldaten mit einer raschen, entschiedenen Handbewegung, die Waffen zu senken, und sagte zu Will: »Hier zwei planetarische Tage halten wir uns auf. Am zweiten Tag reisen wir ab, und du kommst mit.« Er wehrte Wills Dank mit erhobener Hand ab und fuhr fort: »Mit uns als Flüchtling kommst du, nicht als Passagier, nicht als Krieger. Du wirst dir verdienen deine Reise. Aber solange an Bord der *Huntsman* du bist, die Vorschriften mußt du kennen und ihnen gehorchen. Obersergeant Kellver wird instruieren.«

»Ich verspreche, sie zu lernen«, sagte Will ernst.

»Folgendes merke dir. Die Stärke des Sternvereins, in Drill und Disziplin liegt sie. Befehle werden ausgeführt, Fragen nicht gestellt. Wenn du kommst mit uns, diese Bedingungen mußt du akzeptieren. Die Strafen, sehr streng können sie sein.«

»Ich akzeptiere.«

Der Anführer winkte einen streng aussehenden Mann mit breiten Schultern, einem gewaltigen Brustkasten und dicken, plumpen Beinen heran. Er war einen Kopf kleiner als Will, aber ungefähr dreimal so breit. »Obersergeant Kellver, diesen Mann werden Sie unterweisen in unseren Vorschriften. Mit uns kommt er.« Zu dem Neuling sagte er: »Wie du heißt, sag.«

Will Gallamor war ein Geschöpf von Bellaterra. Es existierte nicht mehr, war genauso tot wie Lon Rimmer. Aus einem Buch kam ihm ein lange vergessener Name in den Sinn. Er nannte ihn, ohne zu zögern. »Caliban.«

»Oberst Blesser vom Sternverein Sicherheit bin ich, Kommandant des Kampfschiffes *Huntsman*. Die anderen bald lernst du kennen.«

Und damit ließ Oberst Blesser die beiden stehen, und Obersergeant Kellver unterwies den neuen Rekruten als erstes in den Reinlichkeitsvorschriften. Er führte ihn zum See, paßte auf, daß er sich gründlich abschrubbte und rasierte, kürzte ihm dann die Haare auf Fingernagellänge und staffierte ihn mit einem Overall aus, der zwar abgetragen und geflickt, aber fleckenlos sauber war.

»Jetzt bist du wieder ein Mensch«, sagte er. »Ein sauberer Soldat ist ein disziplinierter Soldat, merk dir das und kein Ärger.«

»Ich werde es mir merken.«

»Merke dir auch folgendes, Caliban.« Kellver zeigt auf die sieben roten Streifen, die diagonal über den unteren Teil seines Jakkenärmels verliefen. »Wenn du einen Mann siehst, der solche Streifen oder etwas an den Schultern trägt, wie der Oberst, ihn nennst du ›Sir‹. Verstanden?«

»Ja, Sir.«

»Gut. Jetzt noch ein paar Vorschriften bringe ich dir bei«, sagte Kellver. Er zählte dann eine ganze Liste von Verhaltensmaßregeln auf, die jede nur erdenkliche Situation zu umfassen schien. Nachdem er eine Zeitlang geredet hatte, hielt er inne und erklärte, das seien die wichtigsten Grundregeln, die Details würden nach dem Mittagessen folgen. »Irgendwelche Fragen?« meinte er zum Schluß noch.

»Ja, Sir. Was ist der Sternverein?«

»Der Sternverein ein Handelsverband ist mit der größten Schiffsflotte in der Galaxis. Von allen in Gebrauch befindlichen Raumschiffen jedes elfte gehört der weißen Flotte des Sternvereins an, sagt man. Stolz darauf, dazu zu gehören, bin ich«, antwortete Kellver.

»Sie sehen aber gar nicht wie Händler aus, Sir.«

Kellver lachte bellend und pochte auf den Knauf seiner Pistole.

»Der Sternverein Sicherheit handelt hiermit, Caliban. Wir sind die Sicherheitsstreitmacht in diesem Sektor. Für unsere Frachtschiffe die Verkehrslinien müssen sicher sein, frei von Piraten und Banditen. Das besorgen wir.« Er lachte nochmals, schüttelte den Kopf und sagte: »Nein, Händler sind wir nicht. Jetzt keine Fragen mehr. Komm und iß.«

Die Mannschaft akzeptierte den Neuen recht schnell. Nach einigen geistlosen Bemerkungen über sein verändertes Äußeres nahmen sie ihre Gespräche wieder auf und schenkten ihm keine weitere Beachtung. Bemüht, sich ein wenig anzufreunden, zeigte er ihnen einige der schmackhaftesten Früchte und Beeren, pflückte sogar ein paar und versuchte sie zu verteilen, aber die Soldaten zogen die Schiffsrationen den Früchten von Bellaterra vor. Caliban mochte sie nicht drängen.

Er lauschte ihren Unterhaltungen und bemerkte, daß einige Männer genauso merkwürdig redeten wie Blesser und manchmal auch Kellver. Er fand diese Ausdrucksweise nahezu grotesk. Doch am Sternverein Sicherheit und seinen Soldaten fand er absolut nichts Komisches. Sie mochten reden, wie sie wollten, sie waren sehr ernste Männer, die einen sehr ernsten Beruf ausübten. Es war ihre Aufgabe, alles zu verfolgen und zu vernichten, was die Handelsflotte bedrohte. Das taten sie mit Hingabe und Erfolg und wurden gut dafür bezahlt. Wenn sie von ihrer Arbeit redeten, dann mit sichtlicher Freude.

Die *Huntsman* hob genau nach Fahrplan ab, erreichte Minuten später Lichtgeschwindigkeit, und Caliban hatte die nächsten zwei Wachen dienstfrei. Er ging in sein Quartier und streckte sich auf seiner Koje aus, konnte aber nicht einschlafen. Aus Langeweile und um sich irgendwie zu beschäftigen, bis er vielleicht müde wurde, zog er den lixianischen Dolch hervor und vollführte eine komplizierte Geschicklichkeitsübung damit. Mitten in der Übung, als die Klinge bedrohlich aufblitzend durch die Luft sauste, betrat Soldat Eis die Kabine und blieb sofort wie angewurzelt stehen, anscheinend fasziniert von der Darbietung. Caliban stellte sein Künstler-Lächeln zur Schau, führte die Nummer mit einer komplizierten Drehabfolge zum Höhepunkt und beendete sie, indem er die Klinge ruhig auf einer Fingerspitze balancierte.

»Woher hast du diese Klinge?« fragte Eis sofort.

»Ein Lixianer, den ich einmal kannte, schenkte sie mir.«

»Dann warst du Zeuge seiner Lebensbeendigung. Er hat dich zu seinem Verwandten gemacht«, sagte Eis.

»Ja, das stimmt. Ich sollte alle Männer seiner Familie repräsentieren –«

»Und deine Frau die Frauen. Das geschah, wo es keine anderen Lixianer gab.«

»Woher weißt du das?« fragte Caliban.

»Ich bin selbst ein Lixianer«, erklärte Eis stolz und richtete sich zur vollen Größe auf. Er war für einen Menschen ziemlich groß, hatte eine gewölbte Brust und breite Schultern, wäre unter den überlangen Lixianern jedoch ein Zwerg gewesen.

»Ich kenne die Lixianer, Eis. Ich weiß, wie sie aussehen.«

Die Antwort war kühl, dem Tonfall nach beinahe eine Herausforderung. »Meine Eltern waren Menschen. Doch ich wuchs auf Lixis, im Haushalt eines oberen Clan-Vaters auf. Dadurch bin ich Lixianer, wie du es durch deine Funktion als Zeuge wurdest.«

»Tut mir leid, Eis. Das wußte ich nicht«, sagte Caliban lahm.

»Ich nehme deine Entschuldigung an. Erzähl mir von dem Lixianer, den du kanntest.«

Da er genügend Zeit und keine Lust zum Schlafen hatte, war Caliban durchaus bereit, Longshanks Geschichte in allen Einzelheiten wiederzugeben. Er hatte jedoch kaum angefangen, als Eis unterbrach. Er wirkte sehr verlegen.

»Sprichst du kein Hochlixianisch?« fragte er.

»Nein.«

»Nicht einmal ein paar Worte?«

»Nicht mal ein Wort, Eis. Warum?«

»Wenn von Ehre die Rede ist, spricht man Hochlixianisch. Das ist Sitte.«

Cal zuckte die Achseln. »Schade. Dann kann ich dir die Sache mit Longshank wohl nicht erzählen.«

»Offensichtlich nicht. Obwohl –« Eis runzelte die Stirn, als denke er über eine schwerwiegende Gewissensfrage nach. Zögernd fuhr er fort: »Es kann sein, daß die Einschränkung als Sicherheitsmaßnahme gedacht war. In diesem Fall – da wir unter uns sind – es wäre sicher nicht –«

»Ich glaube, du hast recht, Eis«, sagte Cal, der die gewünschte Antwort spürte. »Longshank benutzte auch kein Hochlixianisch.«

»Dann muß es sein«, sagte Eis entschlossen. »Du kannst in deiner Sprache fortfahren.«

Cal erzählte weiter, und das Erzählen machte ihm sichtlich mehr Spaß als Eis das Zuhören. Es tat gut, wieder ein Publikum zu haben, selbst wenn es aus nur einer Person bestand und diese Person ein wenig zu beeindruckender Lixianer war, der sich ständig Sorgen um die Einhaltung eines verwickelten Ehrenkodex machte. Nach zwei Jahren Einsamkeit war ihm jedes Publikum recht.

Als er geendet hatte, drückte Eis ihm fest die Hand und sagte: »Fasse Mut, Bruder. Die Ehre des Lixianers, den du als Longshank kennst, ist wiederhergestellt. Die Frau traf auf Lixis ein, und die nötigen Zeremonien wurden durchgeführt. Ich war selbst dort und habe alles beobachtet.«

»Das sind gute Nachrichten, Eis. Ich habe mich oft gefragt, ob Poldo es wohl bis nach Lixis schaffen würde.«

»Sie hat es wahrhaftig geschafft.« Eis ließ sich auf sein Bett zurücksinken und seufzte. »Longshank hat gut gewählt: eine Frau, die seinen Namen reinwusch, und einen Mann, der die Geschichte seiner letzten Ehre verbreiten kann. Ich werde bei meiner nächsten Meditation an ihn denken.«

Caliban zögerte, entschloß sich dann aber doch zu fragen: »Eis, willst du mir sagen, warum du Lixis verlassen hast?«

Der Soldat antwortete nicht gleich. Er betrachtete den Neuen forschend, überlegte und sagte schließlich: »Du bist kraft deines Zeugnisses ein Lixianer und auf Grund deiner Anwesenheit auf diesem Schiff ein Krieger. Du darfst es erfahren.« Er stand auf, spähte in den Korridor hinaus, machte die Luke dann fest zu und setzte sich wieder auf das Bett. »Meine Eltern waren freie Händler«, begann er. »Sie besuchten Lixis, als dort eine Seuche grassierte, und erlagen ihr. Ich überlebte und wurde von einem Clan-Vater wie einer aus seiner eigenen Brut großgezogen. Es war ein gutes Leben. Ich gelangte früh zu Ehren. Eines Tages kamen Menschen, und als sie mich sahen und hörten, ich sei ein Lixianer, fragten sie mich aus. Ihr Anführer riet mir, mit ihnen zu kommen. Als ich ablehnte, sagte er: ›Du bist ein Mensch, mein Junge. Du bist keine dieser katzengesichtigen, spinnenbeinigen Mißgeburten, du bist ein Mensch.‹ Die Beleidigung war unerträglich, und ich erschlug ihn. Da er ein Gast war, war ich entehrt.«

»Schade, daß du ihn töten mußtest«, meinte Cal mitfühlend.

»Hätte ich ihn nicht erschlagen, wäre ich auch entehrt gewesen.«

Cal sagte: »Das ist schon eine vertrackte Lage. Tut mir leid für dich.« Eis schwieg, und Cal fuhr fort: »Deshalb hast du Lixis verlassen, und um deine Ehre wiederzugewinnen, bist du dem Sternverein beigetreten.«

»So ist es. Bald werden wir diese Piraten aufstöbern und zum Kampf zwingen. Dann kommt meine Chance.«

Caliban nickte zerstreut. Ihm fiel keine passende Entgegnung ein. Er betrachtete sich nicht als Lixianer, gleichgültig, wie Eis darüber denken mochte, und er teilte gewiß nicht die Begeisterung der Lixianer, durch Kampf zu Ehren zu gelangen. Er wünschte sich eine kurze, ereignislose Reise und eine baldige Landung, sicherlich keinen Kampf. Während seiner langen Isolation auf Bellaterra war er zu der Überzeugung gekommen, daß Ehre – oder sonst etwas –, die Blut kostete, zuviel kostete. Wäre er bei der Ankunft der Piraten im Dorf gewesen, hätte er gekämpft und wäre umgekommen. Ein sehr ehrenvoller Tod, was niemand bestritten hätte, außer vielleicht die Piraten. Aber er wäre genauso tot wie der erbärmlichste Feigling und hätte nicht das Geringste erreicht. Nicht, daß er die Feigheit der Tapferkeit vorgezogen hätte, aber ihm schien, daß es noch andere Einstellungen geben mußte, irgend etwas dazwischen, unerforscht, von den Lixianern verachtet. Das war natürlich kein Thema, das er mit Eis erörtern konnte. Es gab eigentlich weniges, worüber man mit einem Lixianer reden konnte. Sie waren eine würdige Rasse, ihren Freunden und Verwandten treu ergeben, und Ehre ging ihnen über alles. Dafür waren sie humorlos und wortkarg, außer ein Gespräch drehte sich um gewonnene oder verlorene Ehre. Caliban sah der Aussicht, Eis als Zimmergefährten zu haben, mißmutig entgegen und hoffte, der dritte Mann in ihrem Quartier würde ein lebhafterer Zeitgenosse sein.

Er lernte ihn gegen Ende der Wache kennen, als Eis seinen Dienst antrat. Er hieß Atha, war enorm groß und breit, mindestens doppelt so stark wie sonst jemand an Bord, besaß eine Donnerstimme und erwies sich als recht angenehmer Gesprächspartner, außer wenn er sich seiner Heldentaten rühmte. Das Prahlen war ihm jedoch in die Wiege gelegt, denn Atha war ein Skeggjatte. Er trug sein nahezu weißes Haar lang und zu Zöpfen geflochten, ganz im Stil der skeggjattischen Kampfschulen. Er machte einen furchterregenden Eindruck, aber Cal gewann seine Achtung, indem er ein skeggjattisches Schlachtlied buchstabengetreu vortrug. Von da an konnte er in Athas Augen nichts mehr falsch machen.

Der Riese sah einer Auseinandersetzung mit den Piraten ebenso freudig entgegen wie Eis, wenn auch aus einem anderen Grund. Es ging ihm nicht um Ehre, seine Besessenheit war das Kämpfen.

»Ich habe nichts gegen die Piraten persönlich, Cal«, teilte er ihm eines Tages in der Messe gutgelaunt mit. »Ich nehme sogar an, wir werden einige aus meinem Volk unter ihnen antreffen. So gesehen, könnte ich statt ein Soldat des Sternvereins ebensogut ein Pirat sein, und sie könnten die schwarzen Uniformen tragen. Das spielt keine Rolle.«

»Aber kämpfst du nicht *für* etwas?« fragte Caliban.

»Sicher doch. Für die Freude am Kampf, das Messen der Kräfte. Um meinen Mann zu stehen«, antwortete Atha.

Caliban fand das freudige Funkeln in seinen Augen beunruhigender als die Worte. »Nein, ich meine etwas, das darüber hinausgeht. Einen Grund. Ein Ideal.«

Atha blickte verwirrt in die Runde und schüttelte den Kopf. Er wandte sich wieder Cal zu. »Du verstehst einfach nicht. Sieh mal, Cal, ich habe dich hier im Speisesaal einmal nach dem Essen mit sieben Dolchen jonglieren sehen. Warum tust du das? Aus Idealismus?«

»Nein, das ist eins meiner Kunststücke. Ich bin ein geschickter Artist und möchte geschickter werden.«

Atha grinste breit. »Da hast du deine Antwort. Ich bin ein skeggjattischer Krieger, und das Kämpfen ist für mich, was für dich deine Kunststücke sind.«

Jemand am anderen Ende des Tisches sagte: »Wenn du so gern kämpfst, Atha, solltest du dich der Expedition anschließen.«

»Was, dieser Jagd nach Gespenstern, inszeniert von einem übergeschnappten Geldsack?« meinte Atha verächtlich.

»Nein, nein, ich meine die Expedition gegen die Rinn.«

Ein anderer Soldat warf ein: »In den letzten Jahren sind sie mit den Rinn ein paarmal aneinandergeraten. Sie suchen noch Rekruten. Die Bezahlung ist gut.«

»Muß sie auch«, sagte der erste Sprecher. »Der Sternverein gibt ihnen kräftige Finanzspritzen. Habe ich jedenfalls gehört.«

Atha schüttelte den Kopf. »Das ist nichts für mich. Sie sagen immerzu, daß sie eines Tages eine ganze Armada aufstellen wollen, um die Rinn zu vernichten. Ein Skeggjatt bevorzugt den Zweikampf. Mit einer Riesenorganisation wie der Expedition will ich nichts zu tun haben.«

»Sie sollen sich schon ein paar beachtliche Kämpfe geliefert haben«, meinte der erste Soldat.

»Nicht die Art, die mir vorschwebt. Ich will endlich diese Piraten in die Finger bekommen.«

»Keine Bange, Skeggjatt, du bekommst sie schon. Blesser kann sie auf zehntausend Lichtjahre Entfernung riechen.«

»Na, hoffentlich bald. Ich komme mir schon wie eingerostet vor.« Atha versetzte Cal einen Rippenstoß, der ihn fast vom Stuhl

warf, und sagte: »Tu was, um uns aufzumuntern, Unterhaltungskünstler, ehe wir uns vor Langeweile noch gegenseitig umbringen.«

»Den Messertrick«, rief einer, und ein anderer: »Sing uns ein
Kampflied.«

»Laßt ihn selbst bestimmen!« donnerte Atha. »Es ist sein Fach,
also soll er auch die Wahl haben.«

Cal überlegte kurz und sagte: »Ich erzähle euch eine Geschichte, die ich von Qballan, einem qreddnischen Rezitator, gelernt habe. Ich erzähle sie einstimmig.« Und er begann die Fabel
von den Wölfen und den Schafen wiederzugeben, wie Qballan sie
erzählt hatte.

Nachdem er geendet hatte, erhob sich ein peinlich langes
Schweigen. Die Soldaten mieden seinen Blick und mochten auch
einander nicht in die Augen sehen. Ihre Reaktion machte Cal nervös. Er hatte ein Publikum noch nie in eine solche Stimmung versetzt und fühlte sich unsicher. Er mußte etwas unternehmen.

Er sprang auf, schlug auf den Tisch, um das peinliche Schweigen zu brechen und die Aufmerksamkeit auf sich zu lenken, und
leierte mit der schnellen Sprechweise eines Ansagers, die er auf
der *Triboulet* gemeistert hatte: »Was hockt ihr da und laßt die
Köpfe hängen wie ein Kreis von Kaufleuten, die mit ausgebrann-
ten Antriebsspulen auf einer Ladung schöner frischer *Streefrit*eier
sitzen und verzweifeln, weil's zwischen hier und dem anderen
Ende der nächsten Galaxis keine Ersatzteile gibt? Das ist nicht
eure Art, Soldaten, und ich, der das weiß, sage es euch. Ihr seid
nicht in eurem Element, phasenverschoben, Unterlichtschnecken
in einer überlichtschnellen Rasse, und was ihr braucht, um diese
verflixten Spulen wieder in Gang zu bringen, ist eine Artistenshow – ja, ihr habt richtig gehört, Soldaten, eine Artistenshow.«
Während er sie mit seinem Wortschwall übergoß, glitt er ge-
schmeidig um den Tisch herum, um die Männer einen nach dem
anderen aus ihrer düsteren Stimmung zu reißen. Sie hörten ihm
zu. Einer lächelte, dann ein zweiter, und Cal fuhr fort: »Und wie
es der Zufall will, haben wir an Bord dieses prachtvollen Raumschiffes, auf eben diesem fleckenlosen Deck, hier, in diesem ge-
räumigen und luxuriösen Speisesaal (an dieser Stelle lachten
mehrere der Soldaten laut) einen Artisten von galaxisweitem
Ruhm und unglaublichem Können, flinker als die Feder-Jon-
gleure von Grnx, fixer als eine karrapadischer Siebzehn-und-
vier-Geber (Atha, der für seine Ungeschicklichkeit beim Karten-
geben bekannt war, lachte hier schallend und versetzte seinem

Nebenmann einen krachenden Rippenstoß), geschickter noch als der Unglaubliche Gaukler, Wunderknabe der Neun Systeme und Frühreife Taschenspieler von Skyx –« Er hielt inne, breitete mit einer dramatischen Geste die Arme aus und verkündete: »Caliban, der Zauberkünstler, der nun zum Entzücken und zur Erbauung dieses ausgesuchten Kreises einen Zaubertrick vorführen wird, den –«

Seine kleine Schau wurde von einem Aufruf über die Bordsprechanlage der *Huntsman* grob unterbrochen: Zeitsoldat Caliban unverzüglich zur Meldung zur Brücke. Die Männer zerstreuten sich daraufhin, und Caliban machte sich sofort auf den Weg und überlegte, aus welchem Grund Blesser ihn wohl sehen wollte. Er empfand eine unbestimmte Unruhe, ein dumpfes Schuldgefühl, obgleich er sich keiner Schuld bewußt war. Er hatte der Mannschaft ein paar Geschichten erzählt, ihr einige Tricks vorgeführt, eine hübsche Summe beim Kartenspiel gewonnen (ehrlich gewonnen) und weder Lob noch Tadel über sein Benehmen im Schiff vernommen. Er hatte den Oberst seit dem Start von Bellaterra nicht mehr gesehen. Hätte er die Wahl gehabt, er hätte es vorgezogen, ihre Bekanntschaft nicht zu erneuern. Aber er hatte keine Wahl. Und »Zeitsoldat Caliban« hatte einen unheilvollen Klang.

Unmittelbar nach seiner Ankunft auf der Brücke, ehe er auch nur ein Wort herausbringen konnte, zeigte Blesser mit dem Finger auf ihn und sagte: »Du kannst deine Stimme verstellen, behauptest du. Stimmt das?«

»Ja, Sir.«

»Genaueres darüber erzähl. Kannst du eine Frauen- und Kinderstimme nachahmen?«

»Es ist lange her, daß ich das probiert habe, aber ich glaube ja, Sir.«

»Gut. Am Ende der nächsten Wache unsere Geschwindigkeit werden wir verringern. Einen Notruf wirst du senden, den die Piraten hören sollen.«

Er drehte sich um und winkte einen Offizier zu sich. »Diesen Soldaten unterweisen Sie und ihn bereiten Sie auf seine Aufgabe vor.« Nach diesen Worten wandte der Oberst sich ab und befaßte sich mit anderen Dingen.

Oberleutnant Zoss, der Nachrichtenoffizier, führte Cal zur Funkanlage und erläuterte Blessers knappen Befehl. Zoss wirkte wie eine jüngere Ausgabe des Obersts, war aber nicht ganz so förmlich.

»Die Piraten wissen nicht, daß wir so nahe sind, Soldat«, sagte er, »und sie haben unser Schiff noch nie gesehen. Sie bedienen sich vermutlich ihrer üblichen Methode und kreuzen mit Unterlichtgeschwindigkeit, um das All nach Notrufen abzuhorchen. Wir werden ihnen nun einen liefern und hoffen, daß sie uns angreifen.« Zoss lächelte grimmig.

Cal schluckte. Die Soldaten des Sternvereins Sicherheit waren allesamt verrückt, dachte er, Offiziere und Mannschaften gleichermaßen. Es genügte ihnen nicht, die Piraten zu verfolgen, sie mußten sie auch noch zum Angriff verleiten. Er hatte gewiß nichts für die Piraten übrig, aber dieser Eifer erschien ihm denn doch übertrieben. »Werden sie denn ein Kampfschiff angreifen, Sir?« fragte er.

»Sie werden sich schwer hüten«, antwortete Zoss und lachte unangenehm. »Aber ihre Orterschirme werden die *Huntman* als Frachtschiff ausweisen, denn unsere ganzen Gefechtsanlagen sind intern angebracht. Sie werden glauben, einen hilflosen Frachter mit verletzter oder toter Besatzung und nur wenigen überlebenden Frauen und Kindern zu entern, und statt dessen uns vorfinden. Hier ist der Funkspruch, der gesendet werden soll.«

Cal probte mit dem Wortlaut und konnte die gewünschten Stimmen nach mehreren Versuchen perfekt imitieren. Am Ende der Wache gingen sie auf Unterlichtgeschwindigkeit herunter, und sein herzzerreißender Hilferuf wurde in alle Richtungen gefunkt. Zoss hatte ihn ein Band mit zwölf verschiedenen Notrufen besprechen lassen, und er funkte sie nacheinander in unregelmäßigen Zeitabständen. Er betätigte einen letzten Schalter, drehte sich zu Cal herum und sagte: »Jetzt warten wir ab. Du bleibst hier, falls du antworten mußt.«

Nach zwei ereignislosen Wachen wurde ihm erlaubt, in sein Quartier zu gehen, um sich auszuschlafen. Zur nächsten Wache meldete er sich wieder auf der Brücke. Blesser hatte sich ebenfalls ausgeruht und etwas gegessen, und er überprüfte jetzt die Instrumente und Wachmeldungen. Als er sich von der Einsatzbereitschaft des Schiffes überzeugt hatte, setzte er sich hin, nahm einen *Skoof*krug in die Hand und winkte Cal zu sich.

»Hier, damit du munter bleibst, trink. Das Warten, es kann lange dauern«, sagte er.

»Danke, Sir.«

»Deine Fähigkeit, die Stimme zu verändern, ausgezeichnet ist sie. Lange mußt du gebraucht haben, sie zu erwerben. Erzähl.«

Cal erzählte von seiner Zeit beim Wandertheater der Zwölf Systeme und anschließend von den Jahren bei Prospero und dem Zirkus Galaxis Originale. Das Reden lockerte seine Verkrampfung ein wenig, und er berichtete ausführlich von seiner Ausbildung, den Menschen, die er kennengelernt, und den Orten, die er besucht hatte. Blesser schien sich für seine Lebensgeschichte zu interessieren und stellte ihm von Zeit zu Zeit Zwischenfragen. Sein Verhalten war beinahe freundlich, und Cal spürte, daß sich seine Abneigung im Lauf des Gesprächs merklich verringerte. Vielleicht waren Blesser und seine Leute doch nicht ganz so schlimm, sagte er sich. Immerhin beschützten sie die friedlichen Bewohner der Galaxis vor Piraten und Banditen, sorgten für verbesserten Handelsverkehr, für mehr Zivilisation, für vermehrten Kontakt zwischen den Kulturen – und dann erwähnte er unabsichtlich Prosperos Traum von der Wiederentdeckung der Waffen der Alten Erde. Es war ein Versprecher. Er hatte sich vor langer Zeit zur Geheimhaltung verpflichtet und wäre dieser Verpflichtung auch nachgekommen, aber die Worte waren heraus, ehe er seiner Zunge Einhalt gebieten konnte, und Blesser griff das Thema sofort auf.

»Dein alter Zauberer ein Narr ist«, sagte der Oberst hitzig. »Daß in all den Jahrhunderten seit der Massenauswanderung niemand die Waffen der Alten Erde gesucht hat, glaubt er wirklich? Seit seiner Gründung Wissenschaftler des Sternvereis haben Methoden erprobt, Schiffe mit Fusionssprengköpfen und Laserwaffen auszurüsten. Aber keinen Erfolg sie hatten. Eine isolierende Abschirmung für die Antriebsspulen muß gefunden werden, sonst explodiert alles. Daß man eine Abschirmung eines Tages finden wird, ich bin überzeugt. Dann die Piraten und alle Feinde vernichten wir.«

»Ich dachte mir gleich, daß Prospero einer falschen Fährte folgte, Sir. Es wollte mir einfach nicht in den Kopf, daß die Menschen der Alten Erde grundlos ohne ihre Waffen ausgewandert waren.«

»Nicht freiwillig verzichteten sie auf Waffen. Sie mitzunehmen, versuchten manche. Bei Erreichen der Lichtgeschwindigkeit heller als ein explodierender Stern erstrahlten sie. Den genauen Grund weiß niemand, nur daß an einer Reaktion der Antriebsspulen es liegt. Aber unsere Wissenschaftler die Lösung werden finden.« Blesser schwieg; sein schmales Gesicht wirkte nachdenklich. Dann übertraf er Cals schlimmste Befürchtungen, als er aus tiefster, innerer Überzeugung sagte: »Unruhe und Disziplinlosigkeit in dieser Galaxis herrschen, Soldat, und viele gefährliche Rassen es gibt. Mit den großartigen Waffen der Alten Erde der Sternverein könnte für Frieden und Ordnung und Sicherheit sorgen. Unter unserer Herrschaft alles würde gedeihen. Erst die Galaxis, dann das ganze Universum würden wir befrieden.«

»Ja, Sir. Aber vielleicht würden manche Rassen –« begann Cal zögernd.

»Ja? Sprich weiter.«

»Vielleicht würden manche Rassen es vorziehen, auf Ihren Schutz zu verzichten.«

»Gefährliche Rassen das wären. Mit ihnen würden wir anfangen.«

Cal nickte stumm. Auf solche Worte ließ sich nichts erwidern. Hätte man Blesser jene Vernichtungswaffen der Alten Erde in die Hand gegeben, wäre er auf Bellaterra gelandet, hätte die Eingeborenen als gefährlich eingestuft und vernichtet. Die Piraten hatten die Bellaterraner grausam, brutal und planlos ermordet, aber unter Blessers Händen wären sie ebenfalls umgekommen. Die Piraten töteten unschuldige Menschen zum Spaß oder ihrer Besitztümer wegen; die Soldaten des Sternvereins würden sie im Namen von Recht und Ordnung töten. Das Resultat war in jedem Fall dasselbe. Unschuldige Menschen starben, und ihre Mörder jagten sich gegenseitig. Cal erkannte, daß Blesser und seine Truppen wahrhaftig wahnsinnig waren, und ihr Wahn war eine in der Galaxis weitverbreitete Krankheit.

Cal hatte eine weitere nervenaufreibende, ereignislose Wache, während der er seine Schlußfolgerung überdachte, und dann erschien das Piratenschiff auf den Orterschirmen, und sämtliche Alarmsirenen in der *Huntsman* gingen gleichzeitig los. Die Männer bezogen ihre Kampfposten und warteten auf Feindberührung.

Das schwarze Schiff näherte sich und ging mit Hilfe einiger Korrekturmanöver auf Parallelkurs, ein paar hundert Meter entfernt. Zwei Gestalten in Raumanzügen kamen heraus, dann eine dritte. Sie banden sich mit einem Seil aneinander und schwebten durch die Leere zu einer offenen Schleuse der *Huntsman*. Eine offene Luftschleuse an einem Raumschiff war normalerweise ein sicheres Zeichen, daß an Bord nichts mehr lebte, doch die *Huntsman* war unter Blessers Anleitung mit einem doppelten Luftschleusensystem ausgerüstet worden. Die Piraten kamen an Bord, passierten die innere Schleuse und funkten ihrem Schiff, dies sei anscheinend ein besatzungsloser Frachter mit einer vielversprechenden Ladung. Eine Zeitlang herrschte Verwirrung wegen der Notrufe, aber dann erklärte einer des Prisenkommandos, es müsse sich dabei um Bandaufnahmen handeln, die automatisch gesendet wurden. Zoss hörte den Funkverkehr zwischen den Piraten ab und zeichnete jedes Wort auf Band auf.

Als die drei Piraten in die zweite Luftschleuse eindrangen, gab Blesser das Signal. Zoss störte die Funkverbindung und verriegelte die innere Schleuse. In Sekundenschnelle war Druckausgleich hergestellt, und die verblüfften Piraten sahen sich einem Trupp bewaffneter Soldaten gegenüber. Man riß ihnen die Helme von den Anzügen und führte sie in einen Raum, wo sie von Blesser erwartet wurden. Er machte nicht viel Worte.

»Wegen Piraterie verurteile ich euch zum Tod. Sagt uns, was wir wissen wollen, dann schnell und schmerzlos sterbt ihr. Wenn nicht, langsam und qualvoll«, sagte er.

Der Sprecher des Krisenkommandos dachte kurz über Blessers Worte nach, lachte höhnisch und sagte: »Wir machen dir einen Vorschlag, Blesser. Rück uns vom Pelz, dann lassen wir dich und deine Leute vielleicht am Leben. Jag uns, soviel du willst, aber rück uns nicht zu dicht auf den Pelz. Das schätzen wir gar nicht.«

Blesser nickte Kellver zu. Der stämmige Obersergeant stellte sich vor die drei Gefangenen, die langläufige Pistole schußbereit, und sagte: »Schön, ihr habt euer Sprüchlein aufgesagt. Wie wollt ihr sterben? Schnell oder langsam?«

Die drei schwiegen. Einer blickte nervös umher, aber die beiden anderen waren unbeeindruckt. Kellver trat vor den Mann, der Blesser angeredet hatte. »Nun?« Sein Gegenüber grinste lässig und spuckte aus. Die drei lachten. Kellver betrachtete den Speichel, der langsam seine Jacke hinunterrann, ließ den Blick über die drei Gefangenen schweifen und stieß dann dem Sprecher der Gruppe mit einer raschen Handbewegung den Pistolenlauf gegen die Stirn. Eine klaffende Wunde entstand. »Ihr seid genauso dumm wie die andern«, sagte er resigniert. Den Soldaten befahl er: »Bringt sie nach unten. Der Oberst will das Ergebnis noch vor Ablauf der Wache.«

Cal ging mit Blesser und Zoss wieder auf die Brücke, wo man ihm auftrug, die Stimme des Anführers des Prisenkommandos einzustudieren. Die Aufgabe behagte ihm überhaupt nicht. Zu wissen, daß ein Mensch, wenn es auch ein Pirat war, zu Tode gefoltert wurde, während er hier oben saß und seine Stimme nachahmen lernte, um vielleicht andere demselben Schicksal zuzuführen – Er rief sich das Schreckensbild auf Bellaterra in Erinnerung, um sich gegen den aufkeimenden Skrupel zu stählen. Es half weniger als erwartet.

Kcllver erstattete dem Oberst noch vor dem Wachwechsel Bericht. Beim Hinausgehen blieb der Obersergeant neben Cal stehen. »Das ist die Mörderbande, die dein Volk umgebracht hat, Soldat. Ich hätte dir gern einen überlassen, aber wir hatten es eilig. Wenn wir die andern zu fassen bekommen, sorge ich dafür, daß rächen du dich kannst.«

»Ist schon in Ordnung, Sir. Das muß nicht sein.«

»Doch, doch, Soldat. Dich zu rächen, es ist dein Recht und deine Pflicht«, sagte der stämmige Obersergeant ernst.

Zoss unterbrach ihre Unterhaltung. Er hatte eine Nachricht, die Cal übermitteln sollte, und er erkundigte sich zuerst: »Die Stimme des Anführers dieser drei – kannst du sie?«

»Recht gut, Sir. Wenn Sie für einen hohen Störgeräuschpegel sorgen, dürfte die Sache glatt über die Bühne gehen.«

»Ich werde darauf achten. Er hieß Chandy und war stellvertretender Kommandant der *Hunter*.«

Cal sah Zoss scharf an, überrascht über den vermeintlichen Versprecher. »*Hunter*, Sir? Sie meinen –«

»Nein, kein Irrtum, Soldat. Ihr Schiff trägt den Namen *Hunter*«, sagte Zoss. »Der Kapitän heißt Ascher. Du sprichst nur mit ihm. Fertig?«

Cal überflog den Text, nickte, und Zoss stellte eine Funkverbindung her. »Ascher, hörst du mich? Bist du auf Empfang? Kommen, Ascher«, sagte Cal mit der rauhen Stimme des toten Piraten.

»Was ist los bei euch, Chandy? Braucht ihr Hilfe?« kam eine knatternde Stimme über die Kluft zwischen den Schiffen. »Ein zweites Prisenkommando ist bereit.«

»Erübrigt sich, Ascher. Wir sind inzwischen Herr der Lage. Die Luftschleuse hatte einen automatischen Schließmechanismus, und ich nehme an, die Funkverbindung ist dadurch unterbrochen worden.«

»Könnt ihr wieder hinaus?«

»Ich habe eine bessere Idee, Ascher. Dieses Schiff ist der fetteste Brocken, der mir je untergekommen ist. Heißt *Pandora*, ein Frachtschiff aus dem Stepmannsystem mit Vorräten für eine neue Kolonie.«

»Was ist das für eine Idee?« tönte die ferne Stimme.

»Wir landen die *Pandora* auf dem nächsten Planeten und durchsuchen sie in aller Ruhe. Ich glaube, sie ist genauso schnell wie die *Hunter*.«

»Muß ich mir durch den Kopf gehen lassen«, tönte Aschers Stimme. Nach einer Pause sagte er bedächtig: »Ist mir zu riskant, Chandy. Ich kenne mich in diesem Sektor nicht gut aus. Ich glaube, wir sollten nehmen, was wir kriegen können, und es dann treiben lassen.«

»Ascher, dieses Schiff hat vielleicht die Waffen an Bord, die wir suchen. Wir könnten es in einen Schlachtkreuzer umbauen. Wir hätten dann eine eigene Flotte.«

Diesmal klang die Stimme von dem schwarzen Schiff nachdenklich. »Wenn wir zwei Schiffe hätten, könnten wir Blesser und seine Schwarzjacken ein- für allemal erledigen.«

»Eben. Sag mir die Koordinaten des nächsten bewohnbaren Planeten durch. Ich bringe das Schiff auf Kurs und treffe dich dort so bald wie möglich.«

»Nicht so hastig, Chandy. Ich muß mir das überlegen.«

Zoss, der dem Wortwechsel lauschte, verstärkte das Knattern, so daß eine Verständigung kaum noch möglich war. Gleichzeitig gab er Cal ein Zeichen, und der sagte hastig: »Ascher, kannst du mich hören? Gib mir die Koordinaten durch, ehe die Verbindung abbricht!«

Aschers Antwort bestand aus einer Serie von Koordinaten. Als die Durchsage zu Ende war, stellte Zoss den Störpegel auf Maximum und brachte Blesser die notierten Zahlen. Als er zurückkkam, klopfte er Cal auf die Schulter.

»Gut gemacht, Soldat. Du hast dir die Reise verdient«, sagte er.

»Danke, Sir. Glauben Sie, sie sind darauf hereingefallen?«

»Die Koordinaten scheinen zu stimmen. Ich glaube, wir erwischen sie jetzt endlich.«

»Der Pirat, den ich imitiert habe, Chandy – er schien den Oberst zu kennen.«

Zoss nickte. »Sie kennen ihn alle. Der Oberst jagt die Piraten schon, solange jemand zurückdenken kann. Ruh dich jetzt aus, Caliban. Wir landen in rund siebzehn Stunden, und dann gibt es viel zu tun.«

»Kämpfen, Sir?«

Zoss strahlte und rieb sich die Hände. »Es müßte schon mit den bösen Göttern zugehen, wenn wir jetzt nicht endlich auf unsere Kosten kämen.«

Cal bemühte sich zu lächeln. »Darauf freue ich mich schon, Sir.«

Er ging in seine Kabine und warf sich erschöpft auf sein Bett. Die lange Anspannung hatte ihn ausgelaugt, und das Wissen, daß ihm noch Schlimmeres bevorstand, raubte ihm den letzten Nerv. Gerade als er am Einschlafen war, platzte Atha herein. Der große Skeggjatte war in Hochstimmung, summte und lachte vor sich hin, während er seine Ausrüstung und sein persönliches Waffenarsenal überprüfte, und brüllte jedem vorbeigehenden Schiffskameraden seinen Schlachtruf zu, die daraufhin ihre eigenen zurückbrüllten. Anscheinend freuten sich alle auf den Kampf mit den Piraten. Cal täuschte Schlaf vor, um nicht in ein Gespräch hineingezogen zu werden, das ihn sich doch nur hätte elend fühlen lassen. Sie waren allesamt verrückt, jeder einzelne der Soldaten, und die Piraten nicht minder, und er wußte nicht, wie er sie wieder zur Vernunft bringen sollte. Wenn er Glück hatte, konnte er sich selbst vielleicht retten, aber ihnen war nicht zu helfen.

In der *Huntsman* herrschte reger Betrieb während der letzten Stunden vor der Landung. Cal war bemüht, in dem allgemeinen Gedränge unterzutauchen, aber plötzlich stand Kellver vor ihm und führte ihn zur Waffenkammer.

»Daß wir dich an Bord haben, wir haben Glück. Du kannst uns eine Hymne machen und uns ein Kampflied singen«, meinte der Obersergeant, als sie den Gang entlangeilten.«

»Dann werde ich wohl nicht kämpfen können«, erwiderte Cal, insgeheim erleichtert. Kellvers nächste Bemerkung jagte ihm jedoch einen Schauer über den Rücken.

»Wir sorgen dafür, daß du im dicksten Gewühl bist, doch, doch. Dein Recht auf Kampf und Ehre, wir können es dir nicht verweigern.«

Die Sache wurde langsam brenzlig. »Wissen Sie, Sir, ich habe noch nie eine Pistole abgeschossen«, sagte Cal.

»Dazu bekommst du jetzt Gelegenheit. Auch, Klingen zu erproben. Kannst du mit dem Schwert umgehen?«

»Ein wenig«, antwortete Cal. Er hatte von Vallandis Fechten gelernt: viel pompöses Getue, beeindruckendes Waffenklirren, glänzende Paraden, alles fürs Publikum. Seine Kämpfe endeten stets mit einem sauberen und eleganten Todesstoß in die Luft zwischen Arm und Rippen und wurden so oft wiederholt, wie die Zuschauer es wünschten. Heutzutage starb man nicht auf der Bühne; es sei denn in den Dramenserien auf Av, und das Wandertheater der Zwölf Systeme hatte sich aus eben diesem Grund dem avischen Herrschaftsgebiet hübsch ferngehalten. Bei aller Liebe zum Theater, ihr Leben war ihnen doch wichtiger.

Sie fingen mit den langläufigen Pistolen an. Kellver biß sich stumm auf die Lippen, als er seinen jüngsten Soldaten einen

Schuß nach dem anderen auf das Ziel abgeben, nur nicht treffen sah. Schließlich sagte er mit erzwungener Herzlichkeit: »Die Pistole liegt dir nicht, das ist klar. Ich dachte es mir gleich, doch, doch. Du scheinst ein Schwertkämpfer zu sein.« Er drehte sich zu dem Waffengestell herum, nahm zwei lange, leichte Fechtwaffen mit Säbelkörben heraus und warf Cal eine zu, der sie elegant auffing und in Kampfposition ging. »Mit einem Schwert in der Hand siehst du fast wie ein richtiger Krieger aus. Nun zeig mal, wie du damit umgehst«, sagte Kellver und stieß nach Cals Kopf.

Cal parierte und ging zurück, und Kellver stürmte vor. »Nicht verteidigen, Soldat, angreifen!« rief er. »Ich bin nicht dein Schiffskamerad, ich bin ein Pirat. Ich habe deinen Planeten überfallen und dein Volk ermordet, entsinnst du dich? Wirst du vor mir weglaufen?« Cal drang auf ihn ein, und Kellver sagte grimmig: »Ja, so ist's richtig! Weiter so. Hieb und Stoß, Stoß und Hieb. Schneller das Ganze. Mehr fintieren, verunsichere deinen Gegner. Gut.«

Nach dem Gefecht, als sie beide nach Atem rangen, nannte Kellver Cal einen tüchtigen Schwertkämpfer und führte ihn in eine Ecke der Waffenkammer, wo eine Reihe schwarzer Wamse hingen. Der Obersergeant sah sie durch, wählte eines aus und warf es Cal zu, der unter der plötzlichen Last beinahe zusammenbrach. Kellver lachte. »Das sind Schlachtwamse, Soldat, die keine Handwaffe durchdringen kann. Du kannst dir Prellungen und Rippenbrüche zuziehen, aber kein Stahl wird sich in dich bohren.« – »Was ist mit Kopf und Armen?«

»Für den Kopf bekommst du einen Helm. Arme und Beine, darauf mußt du aufpassen, ja, ja.«

Cal hob das dicke Wams hoch. Es war unglaublich schwer, doch er hätte liebend gern das doppelte Gewicht getragen, wenn sich seine Chancen, die Schlacht zu überleben, dadurch erhöhten. Er hatte nur Bedenken, wie das ganze zusätzliche Gewicht sich auf seine Schnelligkeit auswirken würde. Was er Kellver nicht sagte, war, daß er seine Kampftaktik hauptsächlich auf die Flinkheit seiner Beine abzustellen gedachte. Für einen Schauspieler und Rezitator mochte seine Fechtkunst ganz passabel, vielleicht sogar lobenswert sein; aber im Kampf mußte selbst der ungeschickteste Pirat ihm weit überlegen sein. Das bewies allein schon die Tatsache, daß sie noch lebten. Er nahm das Schwert und die Kampfjacke dankbar an, setzte sich den Helm auf den Kopf und legte sich als weiteren Schutz den Halsschild um, doch sein Vertrauen setzte er auf seine Beine.

Der Planet hatte keinen Namen und war vor Jahrhunderten als »Zur Besiedlung untauglich« eingestuft worden. Dieser nicht näher definierte Begriff konnte eine Vielzahl von Oberflächenverhältnissen bezeichnen, die für Menschen nicht unbedingt tödlich, aber ausnahmslos unangenehm waren. In diesem Fall bedeutete er zweierlei: einen planetarischen Tag von 761,6 galaktischen Tagen Dauer und ewigen Regen.

Der Regen fiel von einem eisengrauen Himmel, durchtränkte die Luft und überschwemmte diese namenlose Stein-, Schlamm- und Wasserwüste. Er schwankte zwischen feinem Sprühregen und sintflutartigen Wolkenbrüchen. Die Gebirge hatte er zu nacktem, glänzenden Felsgestein glattpoliert, die Hänge in scharfkantige Felsgrate verwandelt und breite Furchen hineingerissen, in denen er schäumend ins Flachland abfloß, das unter einem undurchdringlichen Dunstschleier begraben lag und hier und dort herausragende Büschel aufgedunsener gelber Vegetation zeigte. Die weißen Fluten erzeugten ein ständiges dumpfes Donnern.

Die Landung war unter diesen Umständen schwierig und gefährlich, und der lange Marsch zum Lager der Piraten ein mörderischer Kräfteverschleiß. Bevor der Trupp auch nur einen Kilometer zurückgelegt hatte, waren die Schlachtwamse völlig durchnäßt, und die Männer kamen unter dem zusätzlichen Gewicht nur noch taumelnd voran. Selbst Atha keuchte vor Anstrengung. Blesser befahl anzuhalten und beriet sich mit seinen Offizieren. Dann ließ er durch Kellver bekanntgeben, die Schlachtjacken seien abzulegen und an dieser Stelle zu verstecken.

Sie kämpften sich an das Lager der Piraten heran, ein kahles Plateau, das sich von einer unregelmäßigen Lichtung erhob. Dichter Nebel lag über dem Gelände. An einer Stelle wuchs ein schmaler Vegetationsstreifen bis fast an den Fuß des Plateaus. Hier war der Aufstieg am steilsten, schwierig, aber zu schaffen. Auf der gegenüberliegenden Seite bildete das Felsgestein eine flache Schräge zum Plateau hinauf und konnte im Lauf erklommen werden. Der fehlenden Deckung wegen war sie für einen Überraschungsangriff jedoch ungeeignet. Blesser besah sich die Umgebung genau und zog sich dann zurück, einen Angriffsplan festzulegen.

Die Soldaten warteten; Cal zusammen mit Eis, Atha und zwei anderen. Sie sprachen kaum. Eis, der zwei um die Brust geschlungene Gurte mit lixianischen Finger-Messern trug, saß mit dem Rücken zu einem Baum, in leichte Meditation versunken. Atha stand aufrecht, eine Hand am Schwertgriff, die andere am Knauf seiner Pistole, und bewegte stumm die Lippen; er sagte eine alte skeggjattische Kampflitanei auf. Die beiden anderen Soldaten saßen geschützt unter überhängenden Ästen und kauten *Zaff*blätter. Trotz ihrer Schweigsamkeit empfand Cal eine Verbundenheit mit diesen Männern, die er weder für die Artisten und Schauspieler, mit denen er umhergereist war, noch für die friedfertigen Menschen von Bellaterra empfunden hatte. Das Künstlervolk bestand aus eingefleischten Individualisten, die stolz waren auf ihr Können und Ebenbürtige respektierten. Aber sie waren Einzelgänger und sonderten sich von ihresgleichen ab, obwohl sie ihr ganzes Leben mit ihnen verbrachten. Selbst die Bellaterraner, die an die Einheit allen Lebens glaubten, lebten zumeist für sich, getrennt von ihren Mitmenschen. Er entsann sich der Worte seines Vaters – zum erstenmal seit vielen Jahren dachte er wieder an ihn – und empfand Scham über die Bereitwilligkeit, mit der er sie damals akzeptiert hatte. »Für quiplidische Akrobaten und Schwächlinge ist Teamarbeit ja schön und gut«, hatte Kynon gesagt, »aber ein richtiger Mann, ein Könner, arbeitet allein, auf sich gestellt, und gewinnt oder verliert dabei.« Für einen ahnungslosen Jungen waren das beeindruckende, kühne Worte. Aber hier, zusammen mit einer Handvoll Männern, die dem Tod ins Auge sahen, klangen sie hohl.

Cal hatte für den Sternverein und seine Methoden nichts übrig; er teilte auch nicht die galaxisweite Begeisterung für Rache; er hatte wenig Verlangen, irgend jemandes Blut zu vergießen oder sein eigenes vergießen zu lassen. Trotzdem fühlte er jetzt diese Kameradschaft, die er nie zuvor empfunden hatte. Diese Männer standen ihm näher als Freunde oder Familie. Sie zogen gemeinsam in den Kampf, und es war klar, daß sie ihn nicht alle, vielleicht keiner, lebend überstehen würden. Dennnoch hatte Cal den Gedanken an Flucht aufgegeben. Nicht aus Ehrgefühl oder Angst um seinen Ruf, sondern weil er mit diesen Männern verbunden war. Er verachtete ihre Sache, verabscheute ihre Beweggründe und hielt sie allesamt für verrückt. Aber er wußte, sie würden ihr Leben für ihn aufs Spiel setzen, und ihm blieb nichts anderes übrig, als für sie das gleiche zu tun.

Je länger er diesen Gedanken nachhing, desto mehr beunruhigten sie ihn. Konnten Menschen nur dann echte Freundschaft und wirkliches Vertrauen für einander empfinden, wenn sie dem gewaltsamen Tod ins Auge sahen? Konnte das der Grund dafür sein, dachte er, daß in den berüchtigten Blutigen Jahrhunderten vor der Massenauswanderung Nationen vernichtet, Kontinente entvölkert, die über Generationen angesammelten Kenntnisse und Künste weggewischt worden waren? War das der Grund, warum der Mensch, obwohl ihm eine Galaxis offenstand, immer noch mordete, plünderte, eroberte, Krieg führte, ein Leben gegen das andere ausspielte, als wäre das ganze Universum nichts als eine riesige Arena? Wenn der Mensch sein Bestes nur im Streben nach Schlechtem geben konnte, dann war alles irre, absurd und hoffnungslos. Mit dieser Schlußfolgerung setzte Cal sich seufzend unter ein großes Blatt und lehnte sich gegen den dicken Pflanzenstengel, der hoch in den Dunst ragte. Er sehnte sich nach seinem alten Leben, wo Gedanken wie diese nicht aufkamen und Probleme sich auf ein fernes Morgen verschieben ließen.

Kurz darauf stieß Kellver mit vier Männern zu ihnen und erläuterte den Angriffsplan. Sie zehn sollten sich durch die Vegetation zum Fuß des Plateaus schleichen und den Steilhang erklimmen, der vermutlich nicht bewacht wurde. Sobald sie zuschlugen, würde Blesser mit der Hauptstreitmacht von der gegenüberliegenden Seite aus angreifen. Der Kampf würde auf dem Plateau entschieden werden. Die Sieger würden keine Gnade walten lassen, die Verlierer konnten keine erwarten.

Kellver stellte eine Marschordnung auf und teilte jedem Mann einen Platz zu, sich selbst den ersten. Cal wies er an, sich zwischen Eis und Atha zu stellen, und bevor sie aufbrachen, sagte er zu ihm: »Du bist jetzt ein Soldat, Caliban, und dein Leben hängt davon ab, ob du ein guter bist. Wenn dieser Kampf vorüber ist, kannst du wieder Künstler sein, und dann wollen wir ein Siegeslied von dir, jawohl. Halt dich tapfer.« Cal spürte, daß die Worte ihn wider Erwarten ermutigten, ja sogar bewegten.

Sie schlichen durch das aufgeweichte Pflanzendickicht, das von knöchelhohem Wasser überflutet wurde, und begannen vorsichtig die Felswand zu erklettern, die unter dem ständig herabfließenden Regen nur trügerischen, schlüpfrigen Halt bot. Cal hörte rechts von sich ein beständiges lautes Tosen, das von einem reißenden, unter einem Nebelschleier verborgenen Strom herrührte. Das machte ihn noch vorsichtiger. Er fiel zurück und kam als letzter oben an.

Die anderen kauerten zu zweien oder dreien hinter niedrigen, abgeflachten Felserhebungen. Cal ging rutschend über den Streifen offenen Geländes zu Eis, der ihm mit einer Geste Schweigen gebot und nach vorn, in den Nebel deutete.

Die Sicht war hier oben etwas besser. Cal strengte die Augen an und erkannte undeutliche Gestalten – mehr als zwanzig, weniger als dreißig. Besorgt fragte er sich, wie viele noch unsichtbar im Nebel lauerten. Die Piraten waren laut Chandy vierunddreißig Mann, und damit genausoviele wie die Soldaten. Aber Chandy konnte gelogen haben, dachte Cal, um Blesser und seine Leute in eine Falle zu locken. Bedachte man die Umstände seines Todes, war das sogar wahrscheinlich. Cal schluckte hörbar und griff nach seinem Schwert.

Plötzlich vernahm er Geräusche und fuhr erschreckt zusammen. Dann bemerkte er, daß er die Stimmen der Piraten hörte, die in der feuchten Luft weit trugen. Beschämt grinste er Eis an. Die Worte waren nicht zu verstehen, aber sie klangen deutlich nervös. Als sein rasendes Herz wieder normal schlug, legte er die Hände wie Muscheln hinter die Ohren und hörte den Namen »Chandy« und ein Wort, das er erst nach zweimaliger Wiederholung verstand: »*Pandora*«.

Er lauschte weiter und hörte genug heraus, um sich ein Bild machen zu können. Die Piraten warteten hier nicht bloß auf eine Siegestrophäe, sondern auf ein Fluchtmittel. Als der Nebel sich vorübergehend lichtete, wurde der Grund dafür erkennbar. Das schwarze Schiff stand in gefährlicher Schräglage mitten auf dem Plateau, dem Umkippen nahe. Es konnte aus eigener Kraft nicht mehr starten. Ein Aufsetzen ohne Landering erforderte großes Geschick, das die wenigsten Raumfahrer besaßen, und dieser namenlose, öde Planet war einer solchen Konstruktion nie für würdig befunden worden. Cal entsann sich des kniffligen Landemanövers der *Huntsman* und seufzte noch im nachhinein erleichtert auf. Ein kurzer Aufenthalt hier war schon schlimm genug. Auf ewig hier festzusitzen – Er schüttelte sich angewidert; allein der Gedanke jagte ihm einen Schauer über den Rücken. Den Piraten erging es zweifellos nicht anders, und sie würden um so verbissener kämpfen.

Der Nebel verdichtete sich wieder. Der Himmel wurde dunkel, der Regen stärker. Kellver befahl, sich zum Angriff zu formieren. Die fünf Pistolenschützen entsicherten ihre Waffen und schlichen vor. Die übrigen zogen ihre Klingen. Auf Kellvers Kommando erhoben sie sich alle und gingen langsam und stetig vor. Die Pistolenschützen bildeten eine gedrängte Kette und deckten methodisch ein Zielgebiet nach dem anderen mit einem Kugelhagel ein. Ihnen folgten die Schwertkämpfer. Die zehn machten soviel Lärm wie eine kleine, wildgewordene Armee.

Die Piraten waren überrascht, gerieten jedoch nicht in Panik. Eine Zeitlang schrien sie aufgeregt durcheinander, aber dann waren sie wie vom Felsgestein verschluckt. Die Pistolenschützen feuerten, bis die ersten Gegensalven ertönten, dann warfen sie sich flach zu Boden und krochen, sich gegenseitig Deckung gebend, weiter. Cal stürmte vor und stürzte in einen kleinen Teich. Am Ufer lag langgestreckt eine Gestalt. Cal suchte in dem hüfthohen Wasser nach festem Halt für seine Füße und hob die Klinge, um den erwarteten Angriff abzuwehren. Dann erst bemerkte er, daß der Pirat sich nicht rührte. Eines seiner Augen war ein schwarzes Loch, aus dem immer noch Blut hervorquoll und das Wasser rot färbte. Cal wandte sich schnell ab. Bemüht, der Leiche nicht zu nahe zu kommen, zog er sich ans Ufer und richtete sich auf.

Plötzlich ertönte aus dem Nebel voraus ein gewaltiger Lärm: Schüsse, Schmerz- und Wutschreie, das Klirren von Stahl, das Klatschen von schweren Stiefeln und hinstürzenden Körpern. Der Haupttrupp hatte angegriffen. Kellver hielt seine Männer zurück, statt den Befehl zum weiteren Vormarsch zu geben, und Cal erkannte bald, warum. Die Piraten, von Blesser und seinen Männern hinterrücks angegriffen, hatten keine Rückzugsmöglichkeit. Sie machten schnell kehrt, um es mit der kleinen Streitmacht aufzunehmen, die jetzt auf sie wartete.

Eine Gestalt erschien vor Cal. Er sprang auf und stöhnte innerlich beim Anblick des riesigen Pirats, der mit erhobener Klinge direkt auf ihn zustürmte und mit jedem langen Schritt größer und bedrohlicher wurde. Er holte zu einem Hieb aus, aber der Pirat war über ihm, ehe er zuschlagen konnte. Dieser machte sich erst gar nicht die Mühe, das hocherhobene Schwert zu benutzen, sondern stieß einen Schlachtruf aus, krachte voll in Cal hinein und rannte ihn über den Haufen. Cals Schwert wurde ihm aus der Hand gerissen, knallte gegen einen Felsen und versank in einem Teich. Er rollte sich auf die Seite und richtete sich hastig auf. Doch der Pirat nutzte seinen Vorteil nicht aus. Er wollte nicht kämpfen, sondern fliehen, und Cal war ihm nur im Weg gewesen.

Cal kniete sich mit einem Bein hin, schnappte keuchend nach Luft und versuchte sich von dem Zusammenprall zu erholen. In der Richtung, die der große Pirat genommen hatte, bemerkte er eine Bewegung und stand auf, um notfalls zu fliehen. Als er Atha sah, seufzte er erleichtert und winkte, um seine Aufmerksamkeit zu erregen.

»Verletzt?« fragte Atha. »Wo ist dein Schwert?«

»Nichts passiert. Ein Riesenkerl rannte mich um. Lief in deine Richtung.«

»Ist nicht weit gekommen. Hier, nimm sein Schwert. Los, weiter, bevor der Kampf zu Ende ist«, sagte Atha und stürmte vorwärts.

Aus der Nebelwand vor ihnen lösten sich drei Gestalten. Sie erstarrten, als sie Atha sahen, der wie ein Felsklotz aufragte, in einer Hand das Schwert, in der anderen die leergeschossene Pistole. Er griff sofort an. Cal leistete ihm Beistand; er ging auf den kleinsten der drei Piraten los.

Schon beim ersten Waffenklirren wußte Cal, daß er hoffnungslos unterlegen war. Sein Gegner, kleiner und schmächtiger als er, besaß die Züge und Hautfarbe eines Malellanen. Zu Cals Pech besaß er auch die dazugehörige legendäre malellanische Flinkheit und Agilität. Er wehrte Cals Angriff spielend ab. Als Cal zurückwich, senkte der Malellane sein Schwert, schüttelte den Kopf und lachte höhnisch. Dann drang er auf Cal ein wie ein Wirbelwind. Er sprang fast tänzerisch von Fels zu Fels, trieb Cal in knietiefe Wasserlachen und lachte über dessen unbeholfene Gegenwehr. Seine Klinge schien an allen Seiten zugleich zu sein, wie ein Käfig aus Stahl rund um Cal. Schritt für Schritt mußte er zurückweichen, als wäre er eine Marionette, die dem Willen des Piraten gehorchte. Der Malellane unterbrach den Angriff zum zweitenmal und erlaubte dem schnaufenden Cal, sich auszuruhen. Dann setzte er ein wölfisches Grinsen auf und stürmte vor. Als Cal zurücksprang, hatte er plötzlich keinen Boden unter den Füßen mehr.

Er stürzte etwa fünf Meter in die Tiefe, prallte irgendwo auf, rutschte weiter die schlüpfrige, steile Felswand hinunter, überkugelte sich und fiel hilflos einem stetig anschwellenden Tosen entgegen. Er krallte die Finger gegen das Gestein, um seinen Fall zu bremsen, fand aber nirgends Halt. Er prallte gegen den untersten Felssims und stürzte dann, abgekämpft und halb bewußtlos, durch die kalte, dunstige Luft in eine schäumende Flut am Fuß des Steilhanges, die wasserfallartig von einer Seite des Plateaus herabströmte.

Der Schock belebte ihn wieder. Er hatte auf Bellaterra schwimmen gelernt, aber kein noch so guter Schwimmer hätte sich in dieser turbulenten Strömung, gespeist von den Fluten eines nie endenden Regens, lange halten können. Es gelang ihm, über Wasser zu bleiben, bis er rein zufällig in einen Seitenarm des reißenden Stromes geschwemmt wurde. Die Strömung war hier genauso heftig, aber die Wirbelbildung geringer und das Flußbett zuweilen ziemlich schmal. Er wurde weit stromabwärts getragen, ehe er sich an einem vorragenden Felsen festklammern und ans Ufer ziehen konnte. Der Boden war nicht wesentlich trockener, aber Cal ließ sich dankbar in den Schlamm fallen und war froh, dem Kampf und den Fluten entronnen zu sein.

Er blieb eine Zeitlang liegen und sammelte neue Kräfte, dann machte er sich auf den Rückweg zum Plateau. Es war eine lange und beschwerliche Strecke. Der Orientierung halber mußte er dicht am Fluß entlanggehen, und das Ufer war steil und glitschig, bot kaum Halt, und oft fehlte nicht viel, und er wäre gestürzt. Er konnte nur mutmaßen, wo er sich befand. Das Rauschen des Stromes übertönte alle Kampfgeräusche, nach denen er sich sonst vielleicht hätte richten können.

Seine Hoffnung schwand, als er durch diese gesichtslose, nebelverhüllte Landschaft wanderte, und schließlich begann er vor Hunger und Entkräftung zu taumeln und fiel hin. Er war bis auf die Haut durchnäßt, zitterte vor Kälte, sämtliche Knochen, Muskeln und Gelenke schmerzten, und er wäre am liebsten dort, wo er lag, eingeschlafen. Aber er zwang sich weiterzugehen. Er mußte wieder zu dem Plateau gelangen. Das war seine einzige Hoffnung, den Weg zurück zur *Huntsman* zu finden.

Die Suche wurde zu einem Alptraum. Von Hunger getrieben, probierte er die Blätter der gelben Sträucher, die hier im Sumpfland wuchsen. Er erbrach schon den ersten Bissen, wurde von Krämpfen geschüttelt und spürte qualvolle Stiche in Brust und Magen. Er brauchte lange, um wieder zu Kräften zu kommen, und hütete sich von da an, weitere Versuche mit dem planetarischen Nahrungsangebot anzustellen. Lieber verhungerte er, als daß er sich mit diesem Zeug vergiftete. Die nasse Kleidung und die durchgeweichten Stiefel rieben schmerzhaft an seiner Haut. Frierend, hustend und kaum auf seine Umgebung achtend stolperte er den Fluß entlang, bis der Nebel sich plötzlich lichtete und eine hohe Felswand enthüllte. Er sammelte seine letzten Kräfte und begann den langen Aufstieg zum Gipfel. Etwa auf halber Höhe fand er einen Weg zu dem offenen Gelände, wo die Steigung geringer war, und kurz darauf wußte er, daß er sein Ziel erreicht hatte. Er sah die erste Leiche.

Am Gürtel des Piraten hing eine Proviantasche mit schimmeliger Nahrung. Cal riß sie los, machte sie auf und stopfte sich eine Handvoll nach der anderen in den Mund, bis die Tasche leer war. Dann ging er weiter den flachen Hang hinauf und stieß auf weitere Leichen. Er brauchte eine Waffe, dachte er, und er mußte die Toten zählen.

Auf dem Gipfel des Plateaus sah er die Folgen des Entscheidungskampfes und bekam weiche Knie. Der Regen hatte nachgelassen, und die Sicht war gut. Eine rote Lagune bedeckte die Hochebene. Soldaten und Piraten lagen wie Spielzeugpuppen darin, zerbrochen von der Hand eines Wahnsinnigen – erschossen, durchbohrt, erstochen, verstümmelt, mit aufgeschlitzten Bäuchen. Noch im Tod umklammerten ihre Hände Waffen, waren ihre Gesichter zu wütenden Grimassen verzerrt. Der Regen trommelte herab, vermischte sich mit ihrem Blut und trug es davon, den Hang hinunter und schließlich in den reißenden Strom weit unten.

Er zählte immer mehr Tote. Nahe seiner Absturzstelle fand Cal die Leichen seiner Freunde. Eis lag neben zwei Piraten. Seine Gurte waren beide leer. Seine Hand umklammerte noch den Dolch, der tief in der Brust des größeren seiner Gegner steckte. Cal bückte sich, enwand Eis die Klinge und löste auch die Tasche von seinem Hals. Er würde dafür sorgen, daß diese beiden Sachen irgendwie nach Lixis gelangten. In der Nähe lag Atha lang ausgestreckt auf dem Bauch mit einer tödlichen Stichwunde unter dem Schulterblatt. Der Malellane, der Cal zu dem Sprung in den Abgrund gezwungen hatte, lag an der Taille in zwei Hälften gespalten zu beiden Seiten Athas. Cal schleuderte den langen Säbel von sich und nahm statt dessen die dünne ibokische Klinge des Malellanen.

Er fand die Leichen von Kellver und seinen Leuten und suchte dann das Plateau nach der Hauptstreitmacht ab. Es war ihr nicht besser ergangen. Als er über Blessers Leiche stand, hörte er ganz in der Nähe einen Laut und schnellte kampfbereit herum.

»Hilf mir, Soldat«, rief eine schwache Stimme.

»Zoss?«

»Hier. Beeil dich.«

Der Oberleutnant lag mit dem Rücken gegen eine flache Felserhebung. Sein rechter Unterarm fehlte, und er hielt eine Aderpresse knapp oberhalb des zerfetzten Stumpfes.

»Was soll ich tun?« fragte Cal.

»Nimm die Tasche von meinem Gürtel und mach sie auf«, sagte Zoss. »Jetzt halt das mal.« Er wies mit dem Kopf auf die Aderpresse. Dann kramte er in der Tasche und holte eine Druckampulle hervor. »Trenn den Ärmel auf, damit ich injizieren kann«, sagte er. Anschließend lehnte er sich zurück und schloß die Augen, während das Mittel seine Wirkung entfaltete. Dann befahl er Cal: »Hilf mir zurück zum Schiff. Ich schaffe es jetzt.«

Der Marsch zur *Huntsman* war kürzer, als Cal erwartet hatte. Er brachte Zoss zurück zu dem Schiff, reinigte und verband die Wunde des Oberleutnants unter dessen Anleitung und verabreichte ihm ein Beruhigungsmittel. Seine Hände waren so zittrig, daß er den Verband dreimal erneuern mußte. Ihm war schwindlig, und er spürte, daß er kurz vor dem Zusammenbruch stand. Als Zoss die Augen schloß, streifte Cal seine klatschnassen Lumpen ab, suchte alle Decken zusammen, die er finden konnte, und ließ sich zitternd auf das erstbeste Bett fallen.

Als er erwachte, fand er Zoss halb aufrecht in seinem Bett sitzen und in ein kleines Gerät sprechen. Als er Cal erblickte, schaltete er das Gerät ab und begrüßte ihn freundlich. »Du hast drei Wachen geschlafen. Fühlst du dich jetzt besser?« Cal nickte, und Zoss fuhr fort: »Ich habe eben einen Bericht über den Kampf verfaßt. Wir sind die einzigen Überlebenden, daher bist du jetzt stellvertretender Kommandant. Ich habe dich zum Titular-Unterleutnant befördert, Caliban.«

»Danke. Wie fühlen Sie sich?«

»Besser. Aber Beförderung hin, Beförderung her, die meiste Arbeit mußt du machen, weißt du.«

»Ich fange gleich damit an, indem ich uns was zu essen mache«, sagte Cal und ging in die Kombüse.

Mit einer sauberen, trockenen Uniform am Leib und einer Mahlzeit im Bauch hellte Cals Stimmung sich merklich auf. Er hatte sich seit der Zeit, als die Piraten Bellaterra überfallen hatten, nicht mehr so wohl gefühlt. Zoss schien ebenfalls gutgelaunt zu sein, und weil Cal jetzt ein Offizier war, behandelte er ihn freundlicher.

»Ich kann das Navigieren und Funken besorgen«, versicherte er Cal. »Man braucht nur zu wissen, welchen Schalter man betätigen muß. Um alles andere mußt du dich kümmern.«

»Kein Problem, solange kein technischer Defekt auftritt. Ich brauche uns ja nur Essen zu machen und Ihren Arm versorgen.«

»Wir haben eine lange Reise vor uns. Vielleicht werden wir uns noch wünschen, wir hätten mehr zu tun.«

»Es gibt da etwas, daß ich tun möchte, bevor wir starten«, sagte Cal. »Unsere Leute begraben.«

»Wie? Und wo? Das Plateau besteht aus solidem Fels.«

»Ich weiß. Aber wir können sie nicht einfach dort liegen und im Regen verfaulen lassen, Zoss. Der Gedanke wäre mir unerträglich.«

»Nun, begraben kannst du sie nicht, nicht auf diesem Planeten.

Du könntest sie allenfalls in den Fluß werfen.«

»Das wäre nicht viel besser, als sie auf dem Plateau zu lassen, oder?« meinte Cal unschlüssig.

»Das wäre sogar schlimmer. Ich kenne deinen Glauben und deine Gebräuche nicht, Cal, aber ich weiß, daß diese Männer nicht mit einem Begräbnis rechneten. Du kannst etwas Besseres für sie tun.«

»Was?«

»Du kannst mit Worten umgehen. Mach ihnen ein Epos oder ein Lied. Etwas, das ihnen zur Ehre gereicht. Das wäre ihnen wichtiger gewesen als ein Begräbnis.« Zoss hielt inne und fügte dann hinzu: »Außerdem hättest du dann auch eine gute Beschäftigung.«

Cal arbeitete während des ganzen Rückfluges zum Stützpunktplaneten des Sternvereins an »Das Lied der Siebzig«, und als sie endlich landeten, brannte er darauf, es einem größeren Publikum als Zoss vorzutragen. Die Beamten des Sternvereins zeigten jedoch wenig Interesse für sein Werk. Sie boten ihm Aufnahme in die Kämpferakademie und den Rang eines Unterleutnants nach Abschluß der Ausbildung an. Er lehnte dankend ab. Darauf zahlten sie ihm das Doppelte der auf die Piraten ausgesetzten Belohnung aus. Die nahm er dankend an, wollte aber noch mehr. Nach einigem Hin und Her konnte er ihnen eine Überfahrt auf dem nächsten Frachtschiff zu den Zwölf Systemen abschwatzen. Er hoffte, Vallandis dort zu finden und sein altes Leben wieder aufzunehmen. Als er schließlich Gelegenheit bekam, »Das Lied der Siebzig« vorzutragen, war der einzige Kommentar eine Beschwerde über seine Ungenauigkeit. Es seien doch nur achtundsechzig Männer gewesen, die an der Schlacht auf dem namenlosen Planeten teilgenommen hatten.

Cal ließ sich auf keinen Streit ein. Er hatte nur den Wunsch, so schnell wie möglich fortzukommen.

4   BARDE UND FLÜCHTLING

Als er auf Basraan von Bord des weißen Schiffes ging, hoffte er, damit zum letztenmal etwas vom Sternverein gehört und gesehen zu haben. Die Hafenstadt hatte sich kaum verändert. Er sah dieselben schäbigen Straßen und baufälligen Häuser wie damals in jener Nacht, als er die *Triboulet* verlassen hatte, um sich Vallandis und seiner Truppe anzuschließen. Trotzdem fand er den Augenblick wundervoll.

Als erstes suchte er ein Bekleidungsgeschäft auf und tauschte seine Sternverein-Overalls und einen kleinen Stapel Zahlwürfel gegen wahrhaft prachtvolle Gewänder: farbenfroh, leuchtend und auffallend, wie es sich für einen echten Künstler gehörte. Mit neuem Selbstbewußtsein schritt er dann zum besten Gasthaus in Basraan-Stadt, mietete ein Zimmer mit eigenem Bad und Blick auf das Meer und trug sich unter dem Namen »Will Gallamor« ins Gästebuch ein.

»Ist das Wandertheater der Zwölf Systeme in der Stadt?« fragte er den Angestellten am Empfangsschalter.

»Nein, Sir. Zwei-, dreimal im Jahr erhalten wir Besuch von wirklich guten Truppen, aber an diese kann ich mich nicht entsinnen.«

»Sie pflegten *Ricardo, der Usurpator von London* aufzuführen. Ich habe dieses Stück hier auf Basraan, in dieser Stadt einmal gesehen.«

»Tatsächlich? Das muß lange her sein, Mr. –« Der Angestellte warf einen raschen Blick ins Gästebuch und fuhr fort: »– Mr. Gallamor. *Ricardo* ist hier nicht mehr gespielt worden, seit ich ein junger Mann war.«

Will betrachtete ihn genauer und bemerkte, daß die Jugendzeit dieses Mannes weit hinter ihm lag. Was er von sich in einer Beziehung ebenfalls behaupten konnte, dachte er, wenngleich man es ihm nicht ansah. Die Zeit spielte wieder einmal verrückt. Er fragte nach dem Jahr.

»Nach dem planetarischen Kalender oder dem GSK, Mr. Gallamor?«

»GSK.«

»Einen Moment, ich sehe nach.« Der Angestellte verschwand, kehrte nach einer Weile zurück und erklärte freudestrahlend: »Wir schreiben das Jahr 2619, Sir.«

»2619?« wiederholte Will ungläubig.

»Ganz recht, Mr. Gallamor. Wenn Sie das genaue Datum wünschen, Tag und Monat, kann ich es ausrechnen lassen, aber –«

»Nein, danke. Das Jahr genügt. 2619.«

»Mir scheint, Sie waren lange Zeit mit Lichtgeschwindigkeit unterwegs«, meinte der Angestellte. Will nickte zerstreut, und der Mann fuhr fort: »Ich sehe häufig Leute, die nach einer langen Raumreise staunend das Jahr zur Kenntnis nehmen. Darum würde ich auch nie den Fuß in eines dieser Schiffe setzen. Nicht, daß ich Angst vor Piraten oder Sklavenhändlern hätte, aber ich weiß nun einmal gern, wie alt ich bin.«

»Wie alt sind Sie denn?« erkundigte sich Will in der Annahme, daß die Frage von ihm erwartet wurde.

»Siebenundvierzig Jahre GSK. Oder hundertacht planetarische.«

Will musterte den Mann. Ein trauriges Exemplar der Gattung Menschheit, dachte er, ein armseliger Erdwurm mit schlaffen Schultern, der kaum die Hände über seinem aufgeblähten Bauch falten konnte und vermutlich schon nach Luft schnappte, wenn er nur eine Tür aufmachte. Fahle Haut, aufgedunsene Augen, ein blasses Lächeln, kraftloses, dünnes Haar – der Anblick bedrückte ihn unsagbar. Aber zugleich ermunterte er ihn paradoxerweise. Mit einundfünfzig Jahren GSK, dachte Will plötzlich gutgelaunt, sah er kaum halb so alt aus wie dieser Mann, und er fühlte sich noch jünger. Lichtgeschwindigkeit hatte trotz allem ihre Vorteile.

Während der nächsten Tage stellte er Nachforschungen an. Soviel er herausbringen konnte, waren Vallandis und seine Truppe nicht mehr auf Basraan gewesen, seit er damals zu ihnen gestoßen war. Will dachte an ihren Abschied auf Bellaterra und entsann sich der Worte, die er damals nicht hatte glauben wollen: Wenn der Raum uns nicht erwischt, die Zeit bestimmt. Wenn Sternfahrer einander Lebewohl sagten, dann anscheinend für immer.

Er blieb eine Zeitlang auf Basraan. Nicht, weil ihn hier etwas sonderlich fesselte, sondern weil es ihn nirgend sonderlich hinzog. Hin und wieder versuchte er sein Glück beim Spiel und faßte eines Abends den weisen Entschluß, seinen stattlichen Gewinn zum Kauf einer prachtvollen, jahrhundertealten Linlovar zu verwenden, deren Klang das Herz eines Zuhörers erweichen konnte. Er übte eine Weile damit und begann dann in Kneipen und Wirtshäusern aufzutreten. Er stellte fest, daß er sich von seinen Liedern und Geschichten genauso gut ernähren konnte wie vom Glücksspiel, was neben einem verläßlicherem Einkommen auch den Vorteil eines weniger gefährlichen Lebens hatte. Er blieb drei kurze planetarische Jahre auf Basraan, und dann hing ihm dieses Leben zum Hals heraus. Es war zu ruhig, zu eintönig. Als das Galaktische Empire-Theater landete, stattete er ihm einen Geschäftsbesuch ab. Von Vallandis' Truppe hatten sie gehört, aber Will Gallamor, Schauspieler und Bühnenautor, war ihnen unbekannt. Ihr Repertoire bestand aus vier Stücken, zwei davon mit verschwindend geringer Anziehungskraft aufs Publikum. Eine völlig neue Tragödie über das Leben des irdischen Diktators Moran interessierte sie ungemein. Will wurde in die Truppe aufgenommen und verließ Basraan mit ihr. Es tat gut, wieder im All zu sein, unter Künstlern, und in seinen eigenen – oder fast eigenen – Werken aufzutreten.

Während der langen Reise in dem Theaterschiff, einem fast schrottreifen, aber zuverlässigen alten Kahn namens *Merryandrew*, blieb er für sich und durchstöberte sein Gedächtnis nach *Morans Untergang*. Wenn es Val und seine Leute erwischt hatte, brauchten sie das Stück nicht mehr, und er sah nicht ein, warum er es mit ihnen untergehen lassen sollte, insbesondere wenn es ihm dringend benötigte Dienste erweisen konnte. Wenn sein Gedächtnis versagte, improvisierte er oder schuf komplette Szenen aus eigener Hand. Das Arbeiten mit Wörtern und Sprache machte ihm Spaß. Selbst das ungeschliffene Kauderwelsch, das den Sternfahrern als *lingua franca* diente und das Endprodukt eines langen Zerfallsprozesses darstellte, der in den letzten Jahrhunderten auf der Alten Erde begonnen hatte, war nicht ohne Reiz und eigene Schönheit, wenn man es nur richtig anzuwenden verstand. Auf Bellaterra hatte er seine schöpferischen Fähigkeiten noch angezweifelt, aber seine Lieder waren auf Basraan beliebt gewesen, und sein neuer *Moran* war gegenüber dem Original eine erhebliche Verbesserung. Er spürte, daß seine wahre Begabung sich endlich herausschälte, und konnte sich ein stolzes Lächeln nicht verkneifen, als er das fertige Stück ablieferte.

Morans Untergang war so erfolgreich wie eh und je. Es hatte lange Spielzeiten auf zunächst drei Planeten und wurde schließlich zum Dauerbrenner im Repertoire des Galaktischen Empire-Theaters. Die Dinge entwickelten sich zu jedermanns Zufriedenheit, bis Seskian, der Intendant und Hauptdarsteller, eines Abends plötzlich erkrankte, und Will, der sich bisher mit Nebenrollen begnügt hatte, den Moran spielen mußte. Er war gut in Form, und das Schlußduell trug ihm donnernden Applaus ein. Als Seskian die Hauptrolle wieder übernahm, gingen die Zuschauerzahlen rapide zurück. Das Publikum wollte Will Gallamor, und es war denn auch Will, der die letzten Vorstellungen gab.

Seskian, gewöhnlich ein aufbrausender und leicht erregbarer Mann, schien von dem Zwischenfall ernüchtert. Er trug seine Niederlage mit einer Fassung, die Will erstaunte. Nach der letzten Vorstellung lud er die Truppe zum Essen ein und hielt eine lange, feierliche Rede. Zum Wohl der Truppe müsse man seinen Ehrgeiz notfalls hintanstellen, sagte er, und dem größeren Talent weichen und sich der eigenen Stärken und Schwächen bewußt sein. Noch nie hatte man Ähnliches aus seinem Mund vernommen.

Nach dem Start ging er sogar noch weiter. Er stellte Will seine eigene Kabine zur Verfügung, damit er die zum künstlerischen Schaffen unerläßliche Ruhe hatte. Er bat seinen Bühnenschriftsteller flehentlich, doch noch mehr Stücke vom Kaliber des *Moran* für seine Schauspielerkollegen zu schreiben, damit auch sie ihr Talent unter Beweis stellen konnten. Will, von Seskian umschmeichelt und leichten Schuldgefühlen geplagt, vollbrachte Heroisches. Als die *Merryandrew* auf einem Landering auf Stepmann VII aufsetzte, war die Truppe gerade dabei, zwei neue Tragödien aus der Feder – und Erinnerung – Will Gallamors einzustudieren.

Beide Stücke waren Riesenerfolge, und nach Ablauf einer langen Spielzeit gab Seskian wiederum ein Fest für seine Truppe. Selbst das älteste Mitglied des Ensembles konnte sich nicht entsinnen, auf Kosten des Intendanten jemals so üppig gespeist zu haben. Seskian richtete Lobes- und Dankesworte an alle, aber die meisten an Will, seinen Stückeschreiber und neuen Hauptdarsteller. Er konnte nicht genug für ihn tun. Er bestellte die erlesensten Delikatessen, eine Karaffe des berauschenden, grün-goldenen Weines von Stepmann VII nach der anderen, alles ausschließlich für Will. Als Will schließlich volltrunken umkippte, trug Seskian ihn höchstpersönlich mit Hilfe des stämmigen Wirtes nach oben in ein ruhiges Zimmer, legte ihm ein weiches Kissen unter den Kopf, hängte vorsichtig seine Linlovar über das Bett und schlich nach einem letzten geflüsterten Dankeswort auf den Zehenspitzen zur Tür hinaus.

Will erwachte bei Sonnenuntergang. Er war ausgeruht und klar im Kopf, hatte aber entsetzlichen Durst. Auf dem Nachttisch stand ein Eimer. Er führte ihn mit beiden Händen zum Mund, trank mit tiefen Schlucken, stellte ihn dann wieder ab und tauchte den Kopf in das kalte Wasser. Anschließend trank er noch einmal.

Er rekelte sich, massierte sich den Nacken und bemerkte, daß sein Magen knurrte. Sein Durst war gestillt, jetzt mußte er etwas gegen seinen Hunger unternehmen. Er ging zur Tür. Sie war abgesperrt. Er begann sie mit Faustschlägen und Tritten zu bearbeiten und brüllte und fluchte mit seiner besten Moran-Stimme.

Nach einer Weile ging die Tür auf, und Fiscon, der riesenhafte Wirt, strahlte ihn an. »Wie ich sehe, haben Sie gut geschlafen, Mr. Gallamor«, begrüßte er Will. »Die Tür hatten wir abgeschlossen, weil niemand Sie stören sollte.«

Besänftigt erwiderte Will: »Ich habe ausgezeichnet geschlafen, danke. Aber jetzt habe ich Hunger und würde gern essen. Haben die anderen Herrschaften schon gespeist?«

»O ja, Sir, schon längst. Und dann sind sie fort.«

»Fort?« wiederholte Will mit dünner Stimme.

»Ja, Sir. Nachdem Sie, äh, beschlossen hatten, zu Bett zu gehen, brachen sie auf, Sir«, sagte Fiscon taktvoll lächelnd. »Es war ja Ihre Abschiedsfeier, und nachdem Sie sich, sozusagen, verabschiedet hatten, sahen die Herrschaften keinen Grund, noch länger zu bleiben. Der ältere Herr sagte, sie hätten dringende Termine anderorts in den Systemen und wären nur wegen Ihres Ausscheidens aus der Truppe so lange geblieben, weil sie, wie er sich ausdrückte, sich verpflichtet fühlten, einen geschätzten Kollegen in allen Ehren zu verabschieden, Sir.«

»Ihr Reiseziel hat er nicht genannt, nehme ich an?«

»Ganz recht, Sir, davon sagte er nichts, kein Wort. Wünschen Sie jetzt zu speisen, Mr. Gallamor?«

»Ja, gern. War das alles, was er sagte?« fragte Will.

»Ach, jetzt entsinne ich mich, Sir. Er war sehr besorgt um Ihre Linlovar – ein sehr schönes Instrument, Sir, wirklich, ich habe viele gesehen. Er trug sie selbst nach oben, Sir, und hängte sie sehr, sehr vorsichtig über Ihr Bett. Als er ging, sagte er, dem Instrument dürfe nichts geschehen, weil Sie es von nun an brauchten, um sich den Lebensunterhalt zu verdienen.«

Will knirschte mit den Zähnen, rang sich ein Lächeln ab und nickte.

»Noch etwas, Mr. Gallamor, Sir. Der ältere Herr sagte, Sie wären so freundlich gewesen, Ihre Freunde zu dieser Feier einzuladen, und würden die Rechnung begleichen, sobald Sie sich ausgeschlafen hätten.«

»Das hat er gesagt?«

»Das hat er gesagt, Sir«, erwiderte der Wirt, der immer noch freundlich lächelte, aber bedrohlich wirkende Armbewegungen machte. Seine Unterarme waren ungefähr so stark wie Wills Oberschenkel. Will holte seinen Zahlwürfelbeutel hervor und warf ihn dem Koloß zu.

»Nehmen Sie sich, was Ihnen gehört, und ein anständiges Trinkgeld dazu«, sagte er gelassen. »Ist dies Ihr bestes Zimmer?«

»Das ist es, Mr. Gallamor, Sir. Ich sehe zwar, daß Sie ein Mann sind, der weitaus größeren Komfort gewohnt ist, aber ich versichere Ihnen, daß Sie nirgends in den Zwölf Systemen eine sauberere Unterkunft und eine bessere Bedienung finden werden. Soll ich Ihr Essen heraufschicken lassen, Sir, oder beehren Sie uns unten?«

Will beehrte den Wirt unten. Nach dem Essen, als er seine erschreckend abgemagerte Geldbörse zurückbekam, handelte er die Bedingungen für einen längeren Aufenthalt aus. Er hatte seine Lage während des Essens überdacht und sich gesagt, er sei ein Philosoph, der über solchen Dingen stehe. Er brauchte ohnehin eine Ruhepause, um seinen Bestand an Liedern und Geschichten aufzuarbeiten und ungestört mit der Linlovar zu üben. Seine wahre Kunst war das Liedermachen, nicht das Theaterspielen. Seskian hatte ihm unwissentlich sogar einen Gefallen getan. Das war die vernünftigste Einstellung, sagte er sich. Nicht auf das Schicksal schimpfen und fluchen, sondern das Beste daraus machen.

Die philosophische Sicht der Dinge hielt ihn eine Weile aufrecht, und als sie sich zu trüben begann, spendete Fiscons Tochter ihm neuen Trost. Ihr Vater pflegte sie vorsichtshalber jeden Abend in ihrem Zimmer einzuschließen. Nicht daß er Mr. Gallamor, Sir, mißtraute, beeilte er sich zu sagen, aber wenn man so nahe an einem Raumhafen wohnte wie sie, wo ständig allerlei Gesindel durchkam, blieb einem fürsorglichen Vater gar nichts anderes übrig. Will hatte volles Verständnis und lobte den Wirt für seine Besonnenheit. Er konnte sich diese Aufgeschlossenheit leisten. Bes hatte ihm am dritten Tag seines Aufenthalts einen Zweitschlüssel gegeben.

Mit der Zeit verloren sowohl die Philosophie als auch Bes ihren Reiz, und Will gab sich zunehmend dem stepmannschen Wein hin, um die tägliche Monotonie erträglicher zu machen. Als sein Geldbeutel leer wurde, verfrachtete man ihn in ein schäbiges, an die Küche angrenzendes Kämmerchen. Abends sang und spielte er Lieder für eine Handvoll mürrischer Kunden und erhielt dafür Kost und Logis, manchmal einen Krug Wein und je nach Laune Schelte von Fiscon, Bes oder beiden.

Eines Morgens, von klappernden Töpfen und dem Gezänk wütender Köche aus dem Schlaf gerissen, machte er einen langen Spaziergang durch den Regen und überdachte nüchtern seine Lage. Es war zum Verzweifeln. Er tat genau das, was Seskian sich erhofft hatte: Er richtete sich zugrunde. Wenn er so weitermachte, würde Fiscon ihn bald vor die Tür setzen und wahrscheinlich sogar seine Linlovar beschlagnahmen als Ausgleich für eine Liste fiktiver Unterhaltskosten. Wenn er sich zusammenriß, dem Alkohol entsagte und hart arbeitete, würde er eines Tages vielleicht Bes' Ehemann und Gasthausbesitzer sein. Diese Aussicht er-

schien ihm kaum verlockender als die erste. Er war kein Erdwurm, sondern ein Raumfahrer und Künstler, und er war nicht
bereit, den Rest seines Lebens in einer billigen Kneipe auf Stepmann VII zu verbringen. Nicht im Alter von fünfundzwanzig oder
siebenundzwanzig – oder sechzig oder siebzig, je nachdem. Er
mußte fort von hier. Wohin, spielte keine Rolle. Hauptsache, er
war wieder im Weltall.

Er fing sich wieder und begann während seiner Freizeit den
Stepmannschen Raumhafen zu erkunden, auf dem mittlerer Betrieb herrschte. Im Schnitt landete alle drei galaktischen Wochen
ein Schiff. Will wußte, daß seine Chancen, fortzukommen, gering
waren. Ihm fehlte das Geld für seine Überfahrt als Passagier und
die Ausbildung, um als Besatzungsmitglied anzuheuern. Er mußte
sich entweder einer Truppe von Artisten oder Schauspielern anschließen oder versuchen, sich als Unterhaltungskünstler eine
Passage zu erkaufen. Vielleicht mußte er lange warten, aber zumindest wußte er jetzt, worauf er wartete.

Schiffe landeten und starteten; Will blieb im Gasthaus. Sein
Verhältnis zu Fiscon hatte sich ein wenig gebessert, seit er sich
wieder auf seine Lieder und Kunststücke konzentrierte, trotzdem
war er nach wie vor entschlossen, diese Welt zu verlassen. Eines
Abends schließlich jauchzte er innerlich beim Anblick eines vertrauten Gesichts. Seine Erlösung war in Sicht.

Er trat an den Tisch, wo sein alter Bekannter und noch ein
Mann saßen, und sagte: »Wünschen die Herrschaften ein Lied?
Ich kann von Helden und schönen Damen singen, von Tapferkeit
und wahrer Liebe. Wenn Ihnen das nicht zusagt, singe ich etwas
Lustiges oder ein Lied, das Sie wie ein Kind weinen macht. Tref-
fen Sie Ihre Wahl, meine Herren.«

Der eine Mann, ein dunkelhäutiger, mürrisch wirkender Zeitgenosse mit einer Klappe über einem Auge, bedeutete ihm mit einer
Handbewegung zu verschwinden, doch sein Begleiter sagte:
»Warte, Musikant. Du hast da ein schönes Instrument. Darf ich es
mir einmal ansehen?«

»Selbstverständlich«, erwiderte Will, nahm die umgehängte
Linlovar ab und hielt sie ihm hin. »Sie wurde vor sechzehn Generationen auf Karrapadin hergestellt, von Kerikam-kam-Civor-
vor-Sixla. Das hat man mir gesagt, und ich habe keinen Zweifel
daran. Betrachten Sie die Schnitzerei.«

Der Mann nahm die Linlovar in die Hand, sah sie sich genau an
und legte sie dann vorsichtig auf den Tisch. »Man hat dich nicht
belogen. Dies ist ein sehr altes und seltenes Instrument.« Er

streckte die rechte Hand vor, brachte sie in Anschlagposition über den Saiten und schaute Will fragend an.

»Nur zu, nimm und spiel sie«, sagte Will. »Erinnerst du dich an *Das Lied vom Drachen?* Da sind schwierige Akkorde für die linke Hand drin, Tib.«

Der Mann starrte ihn einen Moment eindringlich an, dann stieß er hervor: »Lon Rimmer! Was, bei den flammenden Ringen, hast du auf diesem erbärmlichen Felsklumpen verloren?«

»Och – nichts Besonderes. Eine kleine Erholungspause zwischen den Engagements. Geht bald weiter«, sagte Will leichthin.

»Wie lange bist du schon hier?«

Will beschloß, seinem alten Bekannten reinen Wein einzuschenken. Er streckte die Hand vor und drückte den Arm des Karrapaden. »Zu lange, Tib. Kannst du mich hier rausholen? Wohin ihr fahrt, ist mir gleich, Hauptsache, ich komme von Stepmann fort.«

»Wir haben eine lange Reise vor uns, Grypus«, sagte Tib zu seinem Begleiter. »Es wäre gut, einen dritten Mann an Bord zu haben, selbst wenn er nichts weiter tut, als für uns die Linlovar zu spielen, wenn uns die Zeit lang wird.«

»Du hast es nicht nötig, dir von irgend jemandem etwas vorspielen zu lassen, Tib. Du bist doch –« Will verstummte abrupt, als Tib die linke Hand vorzeigte, einen zerquetschten, pfotenähnlichen Stumpf mit verkrüppelten Fingern. Schließlich fragte er, das peinliche Schweigen brechend: »Wie ist das passiert?«

»Ein schlimmer Unfall, Lon. Grypus hat sein Auge dabei verloren. Wir erzählen es dir unterwegs.« Seinen Begleiter fragte er: »Einverstanden, alter Partner?«

Der Mann mit der Augenklappe nickte. »Vielleicht brauchen wir einen dritten Mann, bevor wir die Sache hinter uns haben«, meinte er.

»Wir starten eine Stunde vor Sonnenaufgang«, erklärte Tib. »Das Scoutschiff auf dem Ring ganz draußen.«

»Ich werde zur Stelle sein«, versicherte Will.

»Gut. Und jetzt laß uns *Das Lied vom Drachen* hören. Und gib acht auf die Akkorde.«

Zwei Stunden vor Sonnenaufgang, als Fiscon laut schnarchte und Bes friedlich schlummerte, knackte Will das Schloß der Geldkassette, die unterm Kamin versteckt war. Eigentlich hatte er nur vorgehabt, sich eine angemessene Entschädigung für seine Dienste herauszunehmen. Aber als er einen prallvollen Zahlwürfelbeutel sah und an Fiscons wüste Beschimpfungen und die boshaften Tiraden seiner Tochter dachte und sich an die höhnischen Bemerkungen vor Fiscons Kundschaft, zumeist abgehalfterte Raumfahrer, erinnerte, die er hatte schlucken müssen, entschied er, daß der gesamte Kasetteninhalt kaum ein Zehntel des ihm zustehenden Schmerzensgeldes ausmachte. Er lächelte knapp, als ihm Worte aus einem lange zurückliegenden Leben in den Sinn kamen: Wenn's nicht festgenagelt ist, muß es meins sein. Er steckte den Beutel in seine Jackentasche und legte den Schlüssel zu Bes' Zimmer an seine Stelle. Zum erstenmal fiel ihm auf, daß der Schlüssel, obwohl noch gar nicht so alt, stark abgenutzt war. Er war zweifellos durch viele Hände gegangen.

Aber er hatte keine Zeit, sich darüber Gedanken zu machen. Er mußte aufbrechen, um auf Nimmerwiedersehen von Stepmann VII zu verschwinden.

Ihr Reiseziel war Verdandi im System der Skeggjatten. Das war eine lange Strecke, aber das Scoutschiff hätte sie in einem Zug zurücklegen können. Es war ein Modell der Dritten Phase, dazu ausgerüstet, eine vierköpfige Besatzung rund um die Galaxis zu befördern, ohne auch nur einmal haltmachen zu müssen. Dennoch war es auf Stepmann VII zwischengelandet, und als sie Lichtgeschwindigkeit aufgenommen hatten, holten Tib und Grypus Sternkarten hervor und zeichneten einen verrückten Zickzackkurs ein, der sie zu elf Planeten führen und ihre Reisezeit verdreifachen würde. Der letzte Markierungspunkt war immer noch eine halbe Galaxis von Verdandi entfernt. Will erschien das absurd. Er zügelte seine Neugier, solange er konnte, aber schließlich fragte er seinen alten Lehrmeister rundheraus, was das sollte. Tib beriet sich flüsternd mit seinem Partner, und nach langem Hin und Her luden sie Will zu einem Gespräch auf der Brücke ein.

»Wir haben beschlossen, dich einzuweihen«, erklärte Tib. »Aber du mußt uns dein Wort als Künstler geben, nichts davon zu verraten. Einverstanden?«

»Ihr habt mein Wort, Tib.«

»Gut. Zufrieden, Gryp?« fragte der Karrapade seinen Partner, der kurz nickte und sich dann in Schweigen hüllte. Tib setzte sich, schenkte heißen *Skoof* in drei Krüge ein, und nachdem die beiden anderen ebenfalls Platz genommen hatten, begann er zu erzählen.

»Als die *Triboulet* damals auf Farr III landete, beschloß ich, den Zirkus zu verlassen. Es wurde immer schwieriger, von Prospero meinen Lohn zu bekommen, und außerdem hatte ich die Nase voll vom Herumreisen. Auf Farr III hatten eine Anzahl nicht mehr aktiver Künstler eine Artistenschule eröffnet, und sie boten mir eine Stelle als Linlovarlehrer an. Das sagte mir zu, ich nahm an. Gryp fing kurz nach mir dort an, und wir schlossen Freundschaft.

Es war ein schönes Leben, Lon. Ich heiratete und hatte zwei Töchter. Hört sich für einen jungen Burschen wie dich vermutlich stinklangweilig an, aber ich war glücklich. Dann, vor einem Jahr oder so, überfielen Sklavenhändler die Stadt. Wir hörten rechtzeitig davon, und es gelang uns, ihnen den Rückweg zu ihrem Schiff zu versperren. Diese Daltreskaner sind ja ein feiges Pack, kämpfen nur, wenn sie sich in der zwanzigfachen Übermacht wissen, aber diesmal blieb ihnen nichts anderes übrig. Es war eine grandiose Schlacht. Wir haben sie vom Erdboden weggefegt, aber zwölf Mann dabei verloren, und Gryp und ich – na, du siehst ja selbst.

Wir wurden als Helden gefeiert und hochgelobt, aber du kannst dir ja vorstellen, was es für einen Artisten bedeutet, ein Auge oder eine Hand zu verlieren. Wir wollten uns wieder zusammenflicken lassen, und das können nur die Skeggjatten – die besten Chirurgen in der Galaxis, hört man überall. Aber erstens ist es ein weiter Weg bis zu ihnen, und zweitens verlangen sie einen Haufen Geld für ihre Dienste. Eine Zeitlang sah es so aus, als ließe uns das Glück im Stich.

Gryp und ich haderten immer noch mit unserem Schicksal, als ein Handelsschiff des Sternvereins auf Farr III notlanden mußte. Wir kamen mit einem Besatzungsmitglied ins Gespräch, und der ließ durchblicken, sie hätten eine Kassette mit grünen Diamanten an Bord. Nun weißt du ja, wie selten die Dinger sind – gibt's nirgendwo als auf der Alten Erde. Um die Sache kurz zu machen, Gryp und ich fanden, daß wir die Diamanten dringender brauchten als der Sternverein, und schnappten sie uns. Wir sind dann mit dem Daltreskaner-Schiff auf und davon, tauschten es gegen dieses ein, und jetzt sind wir unterwegs nach Verdandi, um ein neues Auge und eine neue Hand zu kaufen.«

Tib warf seinem Partner einen verschmitzten Blick zu, worauf beide ihre Krüge erhoben und grinsend auf das Wohl ihrer Gönner tranken. Will wartete eine Weile, und als sie schwiegen, sagte er: »Ich nehme an, daß die Soldaten des Sternvereins *Sicherheit* euch inzwischen auf der Spur sind.«

»Sollte mich nicht wundern«, bemerkte Gryp gelassen.

»Eine hartnäckige Bande sind sie, das muß man ihnen lassen«, fügte Tib hinzu.

»Sie sind erbarmungslos, Tib – schlimmer als Lixianer! Sie werden euch durch die ganze Galaxis folgen und euch auf der Stelle töten, sobald sie euch zu fassen bekommen!« rief Will.

»Das ist uns klar«, erwiderte Tib. »Aber es ist zu spät, die Diamanten zurückzugeben, und außerdem wollen wir nach wie vor nach Verdandi.« Er stand auf und legte Will die Hand auf die Schulter. »Das macht uns keinen Kummer. Wir haben ja *dich*.«

»Mich?«

»Ja, dich, alter Freund. Du wirst dieses Schiff auf einem verrückten Kurs kreuz und quer durch die Galaxis steuern, bis die Schwarzjacken nicht mehr wissen, was sie davon halten sollen. Inzwischen reisen Gryp und ich als poeistische Textausleger verkleidet heimlich nach Verdandi. Erinnerst du dich an Drufe?« Tib setzte eine feierliche Miene auf, machte das Kreiszeichen über dem Herzen und begann zu leiern: »Höret die Offenbarung des Propheten Poe, die ich nun darlegen werde, und erwäget ihre Bedeutung.«

Will schüttelte den Kopf und gestikulierte aufgeregt. Das war heller Wahnsinn. Lieber blieb er sein Leben lang auf Stepmann VII, diente Fiscon und heiratete Bes, als daß er sich von den weißen Schiffen des Sternvereins *Sicherheit* jagen ließ. »Tib, früher oder später erwischen sie mich, und dann bringen sie mich zum Reden. Ich habe gesehen, wie sie dabei vorgehen. Ich könnte dem nicht standhalten, Künstlerwort hin, Künstlerwort her«, sagte er.

»Wir erwarten keine Wunder von dir«, erwiderte der Karrapade ruhig. »Wir brauchen lediglich zwei galaktische Monate Vorsprung, und soviel haben wir beinahe schon. Wir denken uns eine glaubwürdige Geschichte für dich aus, die gar nicht so weit hergeholt zu sein braucht.« Er überlegte einen Augenblick angestrengt, dann hellte sich seine Miene auf, und er sagte: »Du sitzt auf Stepmann VII fest, willst unbedingt wieder ins Weltall, und da triffst du einen alten Kameraden von früher. Er nimmt dich mit, und eines Tages sind er und sein Partner plötzlich verschwunden. Du bist mit dem Schiff allein.«

Gryp kam um den Tisch herum, legte die Hand auf Wills andere Schulter und sagte: »Du, ein junger Artist, hast also ein Raumschiff ganz für dich allein. Was machst du damit? Läßt du es stehen? Natürlich nicht! Du reist von Stern zu Stern, um deine Kunststücke überall zur Schau zu stellen und zu Ruhm zu gelangen.« Was er sagte, klang ungemein überzeugend.

»Das würde sogar eine Schwarzjacke glauben«, versicherte ihm Tib. »Wenn ich dich so ansehe, glaube ich es beinahe selbst. Bei deinem ehrlichen Gesicht, alter Freund, könntest du den

Schwarzjacken weismachen, du hättest das Schiff aus deiner Linlovar hervorgezaubert, und sie würden es dir abnehmen.«

»Und vergiß nicht, du behältst das Schiff«, hob Gryp hervor.

Wills Entschlossenheit geriet ins Wanken. »Daran hatte ich noch gar nicht gedacht.«

»Du machst ein gutes Geschäft«, versicherte ihm Tib. »Die Schwarzjacken – wenn sie dich überhaupt erwischen, was ja gar nicht gesagt ist – können dir nicht das geringste anhaben. Gegen *dich* liegt nichts vor, sie suchen *uns*. Also, wir verschwinden in Richtung Verdandi, und du behältst das Schiff. Abgemacht?«

Will zögerte noch einen Moment, dann nickte er und hielt den beiden die Hand hin.

Bei der übernächsten Landung verabschiedeten sich Tib und Gryp. Will folgte weiterhin der vorgezeichneten Reiseroute. Von Verfolgung war nichts zu spüren, bis er Trigg-Embroe, eine entlegene Industriewelt, erreichte. Er wurde mit Begeisterung empfangen und nahm ein Engagement von einem planetarischen Monat Dauer im Gasthaus am Raumhafen an. Sein Publikum war groß und leicht ansprechbar, und Will gab sein Bestes. Er jonglierte mit Dolchen und brennenden Fackeln, führte Szenen aus *Morans Untergang* und seinen anderen Stücken auf, spielte Linlovar, trug Lieder vor und erzählte Geschichten, die seine Zuhörer entweder erschauern ließen oder zum Jubeln und Lachen brachten, ganz wie es ihm beliebte. Er fühlte sich wieder in seinem Element, und die Arbeit, obgleich anstrengend, machte ihm großen Spaß. Als man ihn bat, seinen Aufenthalt um einen Monat zu verlängern, nahm er sofort an.

Eines Nachts, kurz vor Morgengrauen, kehrte er zum Umfallen müde in sein Zimmer im Gasthaus zurück und wollte sofort zu Bett gehen. Er hatte jedoch kaum die Tür hinter sich geschlossen, als jemand leise, aber eindringlich dagegen pochte. Er machte auf, und ein hübsches junges Dienstmädchen trat ein. Sie bedeutete ihm zu schweigen, schloß die Tür und zog ihn beiseite. Sie wirkte sehr erregt.

»Was ist los, Grissa? Du weißt, daß du hier jederzeit willkommen bist, aber ich hatte nicht vor heute abend mit dir gerechnet. Warum –«

»Jemand hat nach dir gefragt, Will«, unterbrach sie ihn.

Er lächelte, machte eine weitausholende Geste und sagte: »Na und? Die Leute fragen immerzu nach mir, Schatz. Das ist nichts Ungewöhnliches. Ich bin –« Sein Lächeln schwand, als ihm ein

plötzlicher Verdacht kam. Er packte das Mädchen bei den Armen.
»Wer hat nach mir gefragt, Grissa?«

»Ein paar Männer in schwarzen Uniformen aus einem großen weißen Schiff, das vor einer knappen Stunde gelandet ist.«

Will, sofort hellwach, schluckte mühsam. »Was hast du ihnen gesagt?«

»Die Sache war mir nicht ganz geheuer, Will, deshalb sagte ich ihnen, du wärest noch in der Stadt und würdest erst zu deiner Vorstellung heute abend zurückkehren. War das richtig?« fragte sie ängstlich.

Er drückte sie fest an sich, küßte sie liebevoll und sagte: »Goldrichtig, Grissie, mein Schatz. Hilf mir, meine Sachen zusammenpacken.«

»Was hast du denn angestellt, Will?«

»Nichts. Aber ich habe die Soldaten des Sternvereins *Sicherheit* in Aktion gesehen. Wenn sie nach dir fragen, nimm die Beine in die Hand«, antwortete er, während er seine wenigen Habseligkeiten aufs Bett warf. »Komm, beeil dich.«

»Aber wenn du nichts angestellt hast, warum läufst du dann weg?«

»Weil ich ganz gern am Leben bleiben möchte.«

Während seiner einsamen Reisen hatte Will sich diese Situation oft ausgemalt und überlegt, wie er sich verhalten sollte. Da er streng genommen kein Unrecht begangen hatte – einem alten Freund zu helfen, wieder in den Genuß einer intakten Hand zu kommen, konnte schwerlich als Verbrechen bezeichnet werden –, erschien ihm die ständige Flucht immer unsinniger. Nach langem Nachdenken war er zu dem Entschluß gekommen, den Soldaten bei ihrer ersten Begegnung gegenüberzutreten und eine Erklärung für die Verfolgungsjagd zu verlangen. Er würde sich kühl und gelassen geben, den Schwarzjacken unerschrocken ins Auge blikken, ihre albernen Verdächtigungen mit einem höhnischen Lachen abtun und sie mit einer erfundenen Geschichte zum anderen Ende der Galaxis schicken. So hatte er sich das vorgestellt, draußen im Weltall, lange vor der Landung auf Trigg-Embroe.

Jetzt, da ihm die Soldaten dicht auf den Fersen waren, spürte er nur das übermächtige Verlangen, soviel Abstand wie möglich zwischen sich und dem weißen Schiff zu gewinnen. Es war leicht, mutige Vorsätze zu fassen, wenn man allein draußen im All schwebte und keinen Feind zu Gesicht bekam, aber jetzt lagen die Dinge anders. Er erinnerte sich an Blessers knappes Todesurteil, an Chandys zerschmetterten Leichnam, der nun für alle Zeiten zwischen den Sternen trieb, und vor seinem inneren Auge entstand noch einmal das Bild des regenüberströmten, blutgetränkten Schlachtfeldes. Er hatte kein Verlangen, den Soldaten des Sternvereins zu begegnen, weder jetzt, noch sonstwann. Solange er konnte, würde er fliehen.

»Grissa, du kennst doch den alten Raumschiffsmechaniker am Hafen?« fragte er plötzlich.

»Was willst du denn von *dem*?«

»Einen seiner Arbeitsanzüge und seine Werkzeugtasche. Kannst du mir die Sachen besorgen?«

Mit Grissas Hilfe war Will gegen Sonnenuntergang unterwegs zum Raumhafen. Er beglückwünschte sich insgeheim zu den mörderischen Übungen zur Muskelbeherrschung, die er in der *Kaiserin des Weltalls* über sich hatte ergehen lassen müssen. Sein Haar war weißgefärbt und sein Gesicht so verrunzelt wie das des alten Mechanikers, dessen ölverschmierte Montur er trug. Die über seine Schulter gehängte Werkzeugtasche enthielt seine ganzen Besitztümer bis auf den ansehnlichen Zahlwürfelstapel, den er Grissa aufgedrängt hatte.

Sechs Soldaten bewachten sein Schiff. Ebensoviele Pistolen waren auf ihn gerichtet, als er zu ihrem Befehlshaber, einem Untersergeant, schlurfte, träge grüßte und sagte: »Ich soll das Schiff des Flüchtigen betriebsunfähig machen. Ist es dieses hier?«

Der riesenhafte Untersergeant versperrte ihm den Weg. »Wer hat dich geschickt?«

»Der Hafenvorsteher rief mich an. Hat mich mitten aus den süßesten Träumen gerissen. Aber euch Schwarzjacken schert das ja einen Dreck«, knurrte Will und funkelte die Soldaten mit seinen entzündeten Augen böse an. »Er sagte mir, ich sollte hierher kommen und die Antriebsspulen aus dem Schiff entfernen, das ihr bewacht.«

»Ist das alles Werkzeug, was du dazu brauchst?«

»Ich bau die Dinger mit 'nem Fingernagel aus, wenn du aufhörst dusslige Fragen zu stellen und mich durchläßt.«

»Zeig deinen Ausweis vor«, befahl der Untersergeant.

»Ausweis! Gibt keine Menschenseele in diesem Raumhafen, die mich nicht kennt. Kennt und *respektiert*, Schwarzjacke, verstehst du?« krächzte Will entrüstet. »Ich tu euch 'nen Gefallen, und wenn ihr mich noch lange hinhaltet, von wegen Ausweis und so, könnt ihr euren Dreck allein machen.«

»Langsam, langsam, Alterchen. Ich muß vorsichtig sein, das ist alles.«

»Wieso? Hinter wem seid ihr eigentlich her? Ich habe den Mann gesehen, der mit diesem Schiff kam, und er schien mir ein ganz ordentlicher Kerl zu sein. Sah ganz und gar nicht wie'n Verbrecher aus.«

»Halt dich lieber an Raumschiffe, Alterchen, und überlaß die Beurteilung von Menschen uns. Will Gallamor ist ein Dieb und Mörder«, sagte der Untersergeant. »Er hat zwei heruntergekommene alte Raumfahrer wegen einiger Diamanten umgebracht, die sie dem Sternverein gestohlen hatten, und ist dann in ihrem Schiff geflohen. Was ist los mit dir?«

Will war bei dieser Nachricht erblaßt. Er sammelte sich wieder und erklärte: »Ich hab ein Gläschen mit ihm getrunken, das ist los. Schließlich erfährt man nicht alle Tage, daß man mit einem Dieb und Mörder angestoßen hat.«

Der Untersergeant lachte unangenehm. »Keine Sorge, Alterchen, wir haben ihn an der Angel. Von Trigg-Embroe kommt er nicht mehr weg. Noch vor Sonnenuntergang liegt er unter der Erde.«

»Dann mache ich mich besser an die Arbeit. Das möchte ich mir nicht entgehen lassen«, sagte Will, zwängte sich an dem Untersergeant vorbei und ging in der behäbigen, schlurfenden Gangart eines alten Mannes auf die offene Schleuse des Scoutschiffes zu. Es waren die anstrengendsten sechzig Meter, die er jemals zurückgelegt hatte. Mit jedem Schritt wuchs sein Verlangen, die Werkzeugtasche fallen zu lassen und zu rennen.

Drei Minuten nachdem er das Schiff betreten hatte, hob er ab.

Im All hatte Will viel Zeit und viel Stoff zum Nachdenken. Seine Überlegungen waren wenig ermutigend. Seine kühne Entschlossenheit hatte ihn im entscheidenden Augenblick im Stich gelassen. Seine ausgeklügelten Pläne hätten ihn, in die Tat umgesetzt, skrupellosen Henkern in die Hände gespielt. Er hatte es nur dem Glück und seinem eigenen Können zu verdanken, daß er mit heiler Haut von Trigg-Embroe davongekommen war. Sein Vertrauen in seine Fähigkeiten war ungebrochen, aber über sein Glück gab er sich keinen Illusionen hin. Einem Mann, der einem alten Freund einen harmlosen Gefallen erweist und dafür des Diebstahls und Mordes bezichtigt wird, kann man schwerlich eine Glückssträhne nachsagen, dachte er. Die Zukunft sah finster aus. Schlimmer noch, sie sah kurz aus.

Der Gedanke an Tibs Verrat versetzte ihn in eine düstere Stimmung und mahnte ihn zugleich an die Notwendigkeit einer Kursänderung. Wenn Tib sich nicht gescheut hatte, einen Berufskollegen zu hintergehen, hatte er den Schwarzjacken möglicherweise auch die vorprogrammierte Reiseroute zugespielt.

Er dirigierte das Schiff auf einen Kurs nach Xhanchos um, einem wenig bekannten Planeten weitab von den Hauptschiffahrtslinien. Xhanchos war mit einer Einring-Hafenanlage ausgestattet, und das hieß, daß ein zweites Schiff nicht so leicht landen konnte, solange er den Ring besetzt hielt. Zumindest sicherte ihm das eine gewisse Vorwarnzeit. Überdies würde er dort bestimmt willkommen sein. Der Besuch eines Artisten auf einer so abgelegenen Welt mußte wahrlich ein seltenes Ereignis sein. Der Gedanke ermutigte ihn ein wenig. Und er hatte Ermutigung dringend nötig.

Das ärgste Problem war die Einsamkeit. So sehr er sich auch bemühte, er wurde nicht damit fertig. Wenn es nur eine Möglichkeit gegeben hätte, Grissa ins Schiff zu schmuggeln. Sie war ein hübsches, entgegenkommendes Mädchen, wie ein Mann es sich nur wünschen konnte, und sie hielt so viel von ihm, daß sie seinetwegen einen Zusammenstoß mit den Schwarzjacken riskiert hatte. Sie wäre gern mitgekommen. Er hätte sie vielleicht die Rolle der Lady Moran einstudieren lassen und Akte aus dem Stück so umgeschrieben, daß sie zusammen hätten auftreten können. Er hätte Lieder für sie machen können, die sie müden, einsamen Raumfahrern auf den erbärmlichen Randwelten vorgesungen hätte, wo sich die Gestrandeten und Gescheiterten sammelten, um Vergessen zu suchen und vergessen zu werden. Das hätte schön sein können, dachte er wehmütig, und vor allem wären sie zusammen gewesen. Aber es hatte keine Möglichkeit gegeben. Jetzt waren sie getrennt, und die Zeit hatte ihr heimtückisches, unausweichliches Spiel schon begonnen. Er befand sich im unheimlichen, dimensionslosen Nichts der Sternengeschwindigkeit, sie sich auf dem Planeten, und ihr Leben eilte dem seinen voraus. Ihre Trennung lag für sie weiter zurück als für ihn; sie war dem Punkt des gegenseitigen Vergessens näher als er; nichts war für sie beide jemals wieder dasselbe.

Das Weltall hatte einem Mann viel zu bieten, aber es verlangte einen hohen Preis dafür. Und man kommt nicht umhin, ihn zu bezahlen, dachte Will traurig. Der Gedanke erbitterte ihn zunächst, aber dann fand er zu einer nüchternen Einstellung zurück. Er war schließlich ein Künstler, und folglich suchte er Trost in seinen Künsten. Seine mißliche Lage gab Stoff her für ein Lied. Dieses Lied machte er denn auch während der langen Reise nach Xhanchos, und viele andere dazu.

Die Landung unterschied sich zunächst in nichts von jeder anderen. Wie gewohnt steuerte das Schiff automatisch den Landering an, ging in Position darüber und sank dann der Planetenoberfläche entgegen. Es setzte mit einem sanften, kaum merklichen Ruck auf, und das Heulen der Antriebsspulen erstarb augenblicklich.

Der Ruck, der dann kam, war nur geringfügig stärker als die Landung selbst, aber das darauffolgende laute Knirschen und dann das seitliche Abkippen waren sichere Anzeichen für eine Katastrophe. Will sprang zur Luftschleuse hinaus, rannte über den Sand und befürchtete, jeden Moment von der Masse eines umstürzenden Raumschiffes erschlagen zu werden. Als er in sicherer Entfernung war, schaute er sich um. Sein Schiff stand noch, wenn auch sichtlich schräg. Er ging näher heran und bemerkte den Sand rings um den Landering. Das Schutzfeld war zusammengebrochen – der Höhe des Sandes nach zu urteilen, vor langer Zeit.

Von Entsetzen gepackt, drehte er sich um und lief zu dem nahegelegenen Hafengebäude. Er sah schon von weitem, daß seine schlimmsten Befürchtungen sich bestätigt hatten. Der Raumhafen war verlassen, die Gebäude leer, der Ring nicht gewartet worden. Er war auf Xhanchos gestrandet. Bellaterra mal zwei, dachte er, bloß daß diese Welt heiß, trocken und ungastlich war.

Während der Nacht in dem verlassenen Raumhafengebäude überdachte Will seine Möglichkeiten. Am nächsten Morgen zog er eine leichte Arbeitsmontur an, packte soviel Wasser und Nahrung zusammen, wie er tragen konnte, versiegelte das Schiff und marschierte in die Richtung, in die seine Füße zufällig wiesen.

Er merkte bald, daß man auf Xhanchos nicht bei Tageslicht reiste. Tage wie in dieser offenen Wüste hatte er noch nicht erlebt. Die Sonne stand noch keine Handbreit über dem Horizont, als das Land zu einem Backofen wurde, erstickend heiß, trocken, völlig windstill. Die Hitze warf Will buchstäblich um. Er schlug ein behelfsmäßiges Zelt auf, streifte die Kleidung ab, legte sich auf den Rücken und fiel in einen bleiernen Schlaf, aus dem ihn die erste abendliche Brise weckte.

Mit dem aufkommenden Nachtwind kehrten auch seine Kräfte zurück, und bald war er wieder unterwegs und marschierte stetig und entschlossen über die im Mondlicht weiß schimmernden Sandflächen. Xhanchos besaß sieben Monde, die ein unregelmäßiges, immer wieder anderes Muster bildeten. Der frische Wind deckte seine Fußspuren zu, und er markierte seinen Weg von Zeit zu Zeit mit Tongebern, kleinen Geräten, die er aus dem Raumhafengebäude mitgenommen hatte. Er marschierte acht Nächte lang, und in der neunten, gegen Morgendämmerung, sah er zum erstenmal das Gebirge. Nach zwei weiteren Nachtmärschen erreichte er eine Oase, wo er seinen Wasservorrat auffüllte und Rast einlegte. Die Zeit drängte nicht, und er wußte, daß er seine ganze Kraft zum Überleben brauchen würde.

Nach fünf Tagen verließ er die Oase und steuerte direkt auf die Gebirgskette zu, die sich am Horizont erstreckte. Sie schien den Planeten wie ein ungeheurer Gürtel zu umspannen, und je näher er kam, desto gewaltiger ragte sie auf. Blankes, ebenes Felsgestein erhob sich aus dem Sand in die Höhe, als hätten kolossale unterirdische Kräfte es brutal nach oben gepreßt. Die Natur hatte eine unüberwindliche Mauer mitten in diese Wüste gesetzt. Will betrachtete die hochragenden, glatten grauen Felswände mit gemischten Gefühlen. War er ein- oder ausgesperrt?

Er machte eine Markierung in das Gestein, um seinen Ausgangspunkt notfalls wiederzuerkennen, und marschierte dann rechts an der Gebirgskette entlang. Die undurchdringliche Felswand schien kein Ende zu nehmen, und nach zwei Nachtmärschen hatte er kaum noch Hoffnung, aber dann erreichte er endlich eine schmale Schlucht.

Bei Tagesanbruch wagte er sich hinein. Das Vorwärtskommen war mühselig und kostete ihn viel Kraft und viele Hautabschürfungen. Trotzdem kämpfte er sich den ganzen langen Tag über bis in die Nacht hinein schwerfällig weiter. Er machte erst halt, als es stockfinster war. Beim ersten Tageslicht setzte er seinen langen Marsch fort. Am späten Nachmittag, als er sich um eine scharfe Biegung herumzwängte, erblickte er in der Ferne einen hellen Spalt. Er begann zu laufen, ohne sich jetzt noch um die scharfkantigen Felswände der Schlucht zu kümmern, und kam nach kurzer Zeit auf der anderen Seite der Gebirgskette ins Freie.

Vor ihm erstreckte sich, soweit das Auge reichte, gelbweißer Sand unter einem gnadenlosen, freien Himmel. Er wimmerte leise, sank auf die Knie und ließ sich in den Sand fallen.

An die folgenden Tage konnte er sich nie genau entsinnen. Er war in der Wüste, hatte nur noch wenig Essen und Wasser, und eines Tages war beides aufgebraucht. Dann erwachte er an einem kühlen, dunklen Ort und sah Männer in grauen Gewändern. Sie unterhielten sich mit hohen, zwitschernden Tönen, eine Sprache, die er noch nie gehört hatte, und schenkten ihm wenig Beachtung. Er schlief die meiste Zeit und hatte nur wirre Eindrücke. Sein Kopf und seine Arme und Beine brannten und fühlten sich wund an, und sein Mund war ständig wie ausgetrocknet, obwohl die graugekleideten Männer ihm soviel Wasser gaben, wie er wollte.

Eines Tages wurde er von einem der Männer genau untersucht, dann kamen zwei weitere und brachten ihn fort. Sie warfen ihm einen zerrissenen Arbeitsanzug – sein eigener war es nicht – vor die Füße und gaben ihm durch Gesten zu verstehen, er solle sich anziehen und ihnen folgen. Als er ins Freie hinaustrat, stach ihm der Glutball der untergehenden Sonne schmerzhaft in die Augen. Einer der Männer zeigte ihm, wie man aus einem Streifen Stoff einen Augen- und Kopfschutz zurechtband. Er setzte ihn auf und wurde zu einer Gruppe von *Haxopoden* geführt. Es waren stämmige Wüstentiere, doppelt so groß wie sämtliche ihrer Artgenossen, die er von anderen Planeten kannte. Wieder mußte die Gestik herhalten, um ihn zum Aufsteigen zu bewegen.

Während dieser und der darauffolgenden Nacht ritten sie einem unbekannten Ziel entgegen. Die grauen Reiter machten keinen Versuch, sich mit ihm zu unterhalten, aber sie waren auch nicht unfreundlich. Er erhielt dasselbe Essen, die gleichen Wasserrationen, und durfte tagsüber unter dem gemeinsamen Schutzdach schlafen.

Am Ende des zweiten Nachtrittes erreichten sie ein Barackenlager in der Wüste, das in der Nähe eines niedrigen Steinbauwerkes lag. In dem schwachen Licht der heraufziehenden Morgendämmerung konnte Will in weiter Ferne pyramidenähnliche Bauten erkennen. Weiter vorn im Sand lagen riesige, fertig behauene bläulich-grüne Sandsteinblöcke. Er erinnerte sich undeutlich an halb legendäre Geschichten, die er einmal gehört hatte. Ein Wüstenplanet, beherrscht von einer Rasse, die Steinbauten schuf – gigantische Pyramiden – und Sklaven hielt. Er blickte zu dem grauen Reiter neben sich. Der Mann grinste und bot ihm seinen Wasserbeutel an. Will nahm dankbar an, seine Kehle war trocken.

Die grauen Reiter verkauften ihn an zwei magere, plattgesichtige Männer und verschwanden sofort danach in der Wüste. Die Pyramidenbauer zahlten nicht mit den in der Galaxis gebräuchlichen, silberglänzenden Zahlwürfeln, sondern mit Goldmünzen. Als Will diese Münzen sah und sie in der Hand des grauen Reiters klimpern hörte, packte ihn eine bislang unbekannte Verzweiflung und Hoffnungslosigkeit.

Will wurde der Arbeitskolonne in Hütte 3, Sektor Azak, zugeteilt. Seine Kolonne bestand wie alle anderen aus vierzehn Personen. Sie arbeiteten zusammen, aßen zusammen und schliefen tagsüber, jeder an seine schmale Pritsche gekettet, in zwei Reihen in derselben Baracke. In den Augen ihrer xhanchilionischen Herren hatten die Männer einer Arbeitskolonne einen Bund fürs Leben geschlossen.

Mit seltenen Ausnahmen, wie zum Beispiel Will, wurden diese Zwangsarbeiter postenweise Sklavenhändlern abgekauft. Manche Kolonnen bestanden aus Angehörigen nur einer Rasse, andere hingegen, deren Mitglieder entweder einzeln auf diesem oder jenem Planeten aufgesammelt oder zu mehreren auf einem der geschäftigen Zentrumsplaneten wie etwa Barbary ihrer Freiheit beraubt worden waren, bildeten einen Querschnitt der galaktischen Humanoidenwelt. Die Kolonnen der Hütten 2 und 4 des Sektors Azak, beiderseits von Wills Baracke gelegen, setzten sich ausschließlich aus Quespodonen zusammen, einer gedrungenen, muskulösen Rasse, die für ihre außergewöhnlichen Körperkräfte bekannt war. Die Quespodonen waren mit geringen Geistesgaben gesegnet und galten allgemein als ein häßliches Volk. Ihre stämmigen Körper und kleinen runden Köpfe waren völlig haarlos, und die Flecken auf ihrer Haut bildeten ein hochkompliziertes Muster, jedes so einzigartig wie ein Fingerabdruck. Quespodonen redeten sehr wenig, selbst wenn sie unter sich waren; sie hörten lieber zu. Anweisungen kamen sie gewissenhaft nach, vorausgesetzt, diese waren einfach und wurden ihnen genau erklärt. Sie waren prima Sklaven. Einige, die es bis zu dem Posten eines Aufsehers gebracht hatten, waren nicht minder streng als ihre xhanchilionschen Herren.

Wills Kolonne war eine bunte Mischung, was Herkunft, Körperbau und Temperament anging. Obwohl an die zwei Meter groß, zählte er in dieser Gruppe zu den kleineren Männern. Die größten und lautstärksten waren drei Skeggjatten, eindeutig ehemalige Raumpiraten, die vermutlich mit ihrem Anführer in Streit geraten und von diesem verkauft worden waren. Sie trugen die Bärte lang, das Haar im Stil der Kampfschulen geflochten und rühmten sich ihrer Heldentaten. Will ging ihnen aus dem Weg. Mit einem vierten Skeggjatten, einem zähen, grauhaarigen alten Krieger namens Gurdur, freundete er sich an, desgleichen mit einem heiteren, schwarzhäutigen Thorumbianer, der Merox hieß.

Vorsichtshalber verschwieg er seinen neuen Gefährten die Umstände seinerr Ankunft und seine Identität. Er erzählte ihnen, die grauen Reiter hätten ihn halb wahnsinnig vor Durst in der Wüste aufgefunden (was stimmte), und er könne sich an sein früheres Leben oder daran, wie er hierher gekommen sei, nicht entsinnen (was erlogen war). Seine Geschichte wurde akzeptiert.

Eines Morgens, gegen Sonnenaufgang, saß er mit Gurdur und Merox bei Tisch. Sie unterhielten sich über die Mannschaft. Das konnten sie tun, ohne die Wachen fürchten zu müssen, denn die Xhanchilion untersagten zwar jeglichen Kontakt zwischen den Arbeitskolonnen, aber innerhalb einer Kolonne herrschte uneingeschränkte Redefreiheit. Die Pyramidenbauer hatten keine Angst vor einer Gruppe von vierzehn Sklaven.

»Wir haben hier eine gute Mannschaft. Möcht' nicht zu einem Quespodonen-Haufen gehören, das sag ich euch«, erklärte Gurdur und schüttelte voll Abscheu den grauhaarigen Kopf.

Merox lachte. »Da hättest du es schwer, ein Gesprächsthema zu finden.«

»Genau. Und du müßtest sie ständig an ihre Namen erinnern. Die vergessen sie nämlich«, fügte Will hinzu. Er und Merox lachten über den abgedroschenen Witz, aber Gurdur verzog keine Miene. Will fragte ihn, warum er denn so finster dreinschaue.

»Ich finde es nicht gut, daß ihr lacht. Dies ist kein Ferienlager.«

»Heulen nützt uns auch nichts«, wandte Merox ein. »Wir sind nun einmal hier. Ein bißchen Spaß lenkt uns ab, Gurdur.«

»Ihr seid genauso dumm wie meine drei Brüder«, entgegnete Gurdur und wies mit dem Daumen in Richtung der drei grölenden Piraten. »Sie prahlen immerzu mit ihren Schlachterfolgen und erzählen sich die alten Heldensagen. Aber mir machen sie nichts vor.«

»Niemand nimmt ihr Gerede ernst, Gurdur. Laß ihnen doch ihren Spaß. Sollen wir vielleicht wie die Lixianer werden und überhaupt nicht mehr lachen?« fragte Will.

»Wir täten gut daran, uns die Lixianer zum Vorbild zu nehmen. Schaut euch um, seht ihr hier einen? Ein Lixianer würde sich eher umbringen, als diese Schmach zu erdulden.«

»Das erscheint mir ein bißchen übertrieben«, meinte Merox. Als keiner etwas sagte, fuhr er fort: »Ich konnte Lixianer noch nie ausstehen. Sie sind heimtückisch.«

Gurdur beugte sich vor und senkte die Stimme. »Ich will damit folgendes sagen. Wir sollten weder lachen noch prahlen noch sonst etwas tun, nur um nicht an Flucht denken zu müssen. Versteht ihr?«

»Sicher, aber eine Flucht ist unmöglich«, sagte Will.

»Hört mir zu. Wir haben eine gute Mannschaft.« Gurdur zählte an den Fingern ab, während er die Namen nannte. »Merox, ich und Stap, der große Stumme, haben Arenaerfahrung. Meine Rassenbrüder sind vielleicht der letzte Dreck, aber kämpfen können sie. Das sind noch einmal drei. Gariv war bei der Expedition: er hat Organisationstalent und kann Menschen führen. Du und Tamal wart draußen in der Wüste. Die übrigen fünf kenne ich nicht näher, aber ich weiß, daß es ihnen hier nicht gefällt.«

Merox sagte: »Ich habe mich mit den beiden Agyari unterhalten. Sie haben nicht vor, hier ihren Lebensabend zu verbringen.«

»Würden sie lieber in der Wüste verdursten?« fragte Will.

»Möglich.«

»Also, ich nicht. Ich habe auch keine Lust, den Rest meines Lebens für diese plattgesichtigen Sklavenhalter Steine zu schleppen, aber wenn die Alternative Tod durch Verdursten ist –«

»Die Alternative ist Freiheit«, sagte Gurdur.

Will schüttelte entschieden den Kopf. »Ich bin draußen gewesen, Gurdur, dort gibt es nichts. Es ist die reinste Hölle. Selbst wenn wir uns zusammentäten und Proviant und Wasser mitnähmen, wohin sollten wir gehen?« Daß sein Schiff dort draußen wartete, verschwieg er. Er mußte mehr über seine Mitgefangenen wissen, ehe er sich ihnen anvertraute.

»Denkt selbst darüber nach. Vielleicht gibt es noch einen anderen Ort als die Wüste. Mehr kann ich nicht sagen.« Und damit stand Gurdur auf und ließ sie allein.

Während der Nacht ließ Will sich die Sache durch den Kopf gehen. An die Türschlösser und Ketten verschwendete er kaum einen Gedanken. Er konnte sie mit einem geeigneten Felssplitter öffnen. Sie waren kein Hindernis, eher äußere Symbole, die ihn an seine Knechtschaft erinnern und einen willigen Sklaven aus ihm machen sollten. Man hätte die Sklaven von ihren Fesseln befreien, die Barackentüren weit aufreißen und alle Wächter abziehen können, und das Arbeitslager wäre immer noch ein ausbruchssicheres Gefängnis gewesen. Es war wie eine Insel in einem brodelnden Meer. Die Wüste erstreckte sich in zwei Himmelsrichtungen endlos um den ganzen Planeten herum; in der dritten wurde sie von der hohen Gebirgsmauer zerteilt, und der vierten, knapp jenseits des Horizonts, lag Xhancholii, die Stadt der Pyramidenbauer, wo den Flüchtling ein schlimmes Schicksal erwartete. Ein Fluchtversuch, obgleich sinnlos, wurde unwiderruflich mit dem Tod im Pulverisator bestraft; so stand es auf der Gesetzestafel. Das war ein langsames, gründliches und qualvolles Verfahren.

Die Xhanchilion, von der Natur begünstigt und durch ihre strengen Strafen abgesichert, hielten eine Flucht der Sklaven schon seit langem für undenkbar. Sie nannten sie »die Hoffnungslosen«, eine unter diesen Umständen treffende Bezeichnung. Einigen zähen, erfahrenen Kämpfern mochte es gelingen, dem Lager zu entkommen, aber dann fanden sie sich in der unbarmherzigen Wüste wieder. Hatten sie Proviant, Entschlossenheit, einen Führer und viel Glück, konnten sie sich zu einer Oase durchschlagen und eine Weile dort ausharren. Aber ständig würden die grauen Reiter in der Nähe sein und auf eine Chance lauern, sie wieder einzufangen. Tagsüber würde die Sonne auf sie herabbrennen, nachts der Wind sie frösteln machen, und die Männer würden einer nach dem anderen zusammenbrechen. Flucht war sinnlos.

Es sei denn, ein Schiff wartete.

Will war klar, daß er allein den Schlüssel zu einem erfolgreichen Fluchtversuch in der Hand hielt. Die Gefangenen konnten tun, was sie wollten, ohne sein Schiff waren ihre Anstrengungen zum Scheitern verurteilt. Er beschloß, Genaueres über den Fluchtplan in Erfahrung zu bringen und seine neuen Gefährten näher kennenzulernen.

Arbeitsnacht folgte auf Ruhetag, und Will freundete sich mit seinen Mitgefangenen an. Sie waren alle aufgeschlossen und behandelten ihn fast wie ein Maskottchen, anscheinend weil er nicht nur ein Neuer, sondern auch der Jüngste in ihren Reihen war. Er unterhielt sie mit Geschichten und Legenden, lernte die xhanchilionschen Arbeitslieder kennen und bereicherte sein Repertoire damit. Er gab zu, daß er ein Künstler war, verschwieg aber weiterhin seine Identität und Herkunft.

Selbst Gariv, der Anführer der Männer, gewöhnlich schweigsam und zurückhaltend, wurde allmählich redseliger. Gebannt lauschte Will der Geschichte seiner langen Wanderschaften. Er hatte Skorat, seine Heimatwelt, seine wunderschöne Frau und ihren kleinen Sohn verlassen, um eine Flotte im Rahmen der Ersten Rinn-Expedition zu führen. Nach der Schlacht der Drei Systeme machte er sich auf den Heimweg, aber durch eine Reihe von Mißgeschicken hatte es ihn durch die halbe Galaxis verschlagen. Er war viel herumgekommen und hatte sogar die Alte Erde besucht. Mit seiner tiefen, traurigen Stimme trug er ihnen ein Lied über den Mutterplaneten vor. Will fand es wunderschön und ergreifend; er wünschte, er hätte seine Linlovar zur Hand.

Eines Morgens erzählte Gariv ausführlich von seinen Reisen zu Lennermans Planet, Honovor und anderen fremden Welten und erklärte, daß er einmal während seiner ganzen Wanderschaften fast verzweifelt hätte. Ein Handelsschiff hatte Skorat angeflogen, und als sie nur noch eine Tagesreise entfernt gewesen waren, hatten Sklavenhändler ihr Schiff überfallen und ihn hierher gebracht.

»Das war der absolute Tiefpunkt für mich. Stellt euch vor, Leute: einen Tag von zu Hause – einen Tag! –, und ich werde hierher verschleppt und in Ketten gelegt. Ich hatte nie die Hoffnung aufgegeben, eines Tages in mein Königreich zurückzukehren, aber als mir das zustieß, war ich nahe daran«, bekannte Gariv.

Gurdur sagte ernst: »Die bösen Götter haben dir übel mitgespielt, Gariv. Es wird Zeit, daß die guten Götter dir lächeln.«

»Glaub, was du willst, Gurdur. Was mich angeht, für mich gibt es weder böse noch gute noch sonstige Götter. Wir sind allein in diesem Universum.«

Einige Männer brummten zustimmend, ein paar wirkten brüskiert, andere betroffen. Will, den solche Fragen interessierten, erkundigte sich: »Wenn du nicht an Götter glaubst, Gariv, woran dann? Du bist weiter gereist und hast mehr gesehen als sonst einer von uns. Was, glaubst du, hat alles zu bedeuten?«

»Nichts, Zauberkünstler. Wir leben, wir leiden, wir sterben, und nichts und niemanden kümmert das.«

Die Männer schwiegen. Wieder war es Will, der fragte: »Aber warum geschieht das? Es muß doch einen Grund dafür geben.«

»Meinst du?«

»Aber natürlich! Denn wenn es keinen Grund gibt, warum lebt man dann überhaupt?«

Gariv lachte humorlos und schüttelte den Kopf, als habe ein Kind ihm eine törichte Frage gestellt. »Weil man sonst nur sterben könnte, und das ist schlechter als zu leben.«

Die anderen gingen zu ihren Pritschen, um über Garivs Worte nachzudenken. Will nutzte die Gelegenheit und erklärte ohne lange Vorrede: »Gariv, ich habe beschlossen, dir zu vertrauen. Ich habe in der Wüste ein Raumschiff. Es ist leicht beschädigt, aber man kann es wieder startklar machen. Ich kann damit unsere ganze Mannschaft von diesem Planeten fortbringen.«

Gariv zeigte keine Reaktion. »Wo ist dieses Schiff?« fragte er.

»Jenseits der Berge. Wenn wir uns bis dorthin durchschlagen können, finde ich es wieder.«

»Wie weit?«

»Von den Bergen aus, siebzehn Tage. Von hier, keine Ahnung.«

Gariv nickte bedächtig. »Warum erzählst du mir das?«

»Weil das Schiff mir allein nichts nützt. Ich käme nie bis dorthin, und wenn es mir durch ein Wunder doch gelänge, könnte ich es nicht reparieren. Ich glaube nicht, daß du den Rest deines Lebens auf Xhanchos zu verbringen gedenkst. Wenn du gehst, nimm mich mit. Du kannst mein Schiff haben.«

»Du bist doch derjenige, der immerzu sagt, eine Flucht sei unmöglich, Zauberkünstler. Wenn ich nun derselben Meinung bin?«

Will schaute ihm in die Augen und sagte: »Gariv, ich bin hier, weil ein alter Freund mich verraten hat. Als ich hier ankam, war ich entschlossen, niemandem mehr zu vertrauen. Wie du siehst, habe ich meine Meinung geändert. Ich habe dir ein Angebot gemacht, und es steht. Jetzt bist du am Zuge.«

Gegen Mittag erwachte Will aus unruhigem Schlaf. Die Baracke war verdunkelt worden. Er hörte gespanntes, heimliches Flüstern. Er hob den Kopf und schaute in die Richtung, aus der die Stimmen kamen. Schräg gegenüber, am Fußende von Garivs Bett, stand der Hüttenwächter.

»Was sind das für Informationen?« fragte der Wächter scharf.

»Du mußt mich beschützen. Die anderen bringen mich um, wenn sie es merken!« sagte Gariv in Nachahmung des hohen, zwitschernden Dialekts der Xhanchilion, während er nervös umherblickte.

Will hatte genug von der Sprache der Pyramidenbauer aufgeschnappt, um dem Wortwechsel folgen zu können. Er ballte in ohnmächtiger Wut über den Verrat die Fäuste. Der Gedanke, daß ihm der Tod gewiß war, ging in der Flut des Zornes unter, die in ihm aufwallte.

»Wenn du nicht redest, werfe ich dich eigenhändig in den Stampfer. Was hast du zu sagen?« fragte der Wächter.

»Die Männer planen einen Fluchtversuch. Ich habe die Namen der Rädelsführer.«

»Gib sie mir auf der Stelle!«

Gariv nickte hastig, lehnte sich zurück und steckte die Hand in einen Riß in der Wand. Der ungeduldige Wächter beobachtete sorgsam die Männer, die zu beiden Seiten von Gariv erschöpft auf ihren Pritschen lagen, und überzeugte sich, daß sie fest schliefen. Dann näherte er sich dem Verräter.

»Beeil dich!« drängte er.

»Ich hab's«, sagte Gariv und zog einen Stoffetzen hervor, den er dem Wächter hinhielt.

Dieser streckte die Hand danach aus. Gariv ließ den Fetzen fallen, packte mit beiden Händen das Handgelenk des Wächters und riß ihn nach vorn. Als er quer auf die schmale Pritsche fiel, schnellten Garivs Nebenmänner hoch. Gurdur schlang dem Wächter seinen muskulösen Arm um den Hals, während der stumme Stap die Beine umklammerte und Gariv die Arme des Übertölpelten festhielt. Als der Wächter erschlaffte, riß Gariv ihm die zwei Schlüsselbunde vom Gürtel und schob den Körper von seiner Pritsche. Dann löste er seine Fußfessel, entkettete Stap und Gurdur und überließ es ihnen, die anderen zu befreien. Er hielt indessen an der Tür Wache, das Messer des Wächters in der Hand.

»Die Sache steigt, Junge«, meinte Gurdur, als er mit dem Schlüsselbund vor Will haltmachte.

»Eher, als ich erwartet hatte.«

»Je eher, desto besser«, entgegnete Gurdur und machte sich an dem Schloß zu schaffen. Er schaute auf. »Zu viele Leute wußten Bescheid. Irgend etwas wäre durchgesickert. Gariv sagte, wir müßten jetzt handeln.«

»Gib mir die Schlüssel, Gurdur«, sagte Will. »Ich mache mich und die anderen los.«

»Meinetwegen. Du bist geschickter in solchen Dingen als ich.«

Will hatte seine Ketten in Sekundenschnelle gelöst und beeilte sich, seine Nebenmänner zu befreien. Er spürte wieder Hoffnung in sich. Diesmal hatte es keinen Verrat gegeben.

Gegen Sonnenuntergang hatten die Sklaven das Lager im Handstreich erobert. Sie hatten nicht einen Mann verloren, und keiner der Xhanchilion war entkommen. Zweitausend Männer, frei und ohne Ketten, versammelten sich vor dem Wachturm des Lagers, um ihren Befreiern und neuen Führern, den Männern der Azak-Hütte 3, zuzujubeln. Diese Männer saßen indessen im Innern des Turms und hielten Kriegsrat. Will kam sich unter den Kämpfern und Strategen fehl am Platz vor, aber sie waren seine Freunde, und solange er ihnen willkommen war, würde er ihnen Gesellschaft leisten.

»Gut, dann bleibt es also bei dem Plan. Die Wachablösung trifft in vier Nächten ein. Wir lauern der Kolonne hier auf und marschieren dann als der abgelöste Wachtrupp verkleidet nach Xhancholii«, faßte Gariv zusammen.

»Wenn wir die Stadt stürmen, verlieren wir drei Viertel unserer Männer«, bemerkte einer der Agyari.

»So viele nicht. Vielleicht die Hälfte, aber nicht mehr«, widersprach Gariv. »Wir haben es nicht mit den grauen Reitern zu tun, sondern mit verweichlichten Städtern, die seit Generationen gegen keinen Feind mehr gekämpft haben. Außerdem bleibt uns gar nichts anderes übrig. Jenseits der Stadt gibt es einen Landering, der hauptsächlich für Sklavenschiffe gebaut wurde. Noch vor Ablauf des dritten kommenden Mondzyklus wird ein daltreskanischer Frachter erwartet. Das ist unsere Fahrkarte nach Hause.«

Gurdur schüttelte ernst den Kopf. »Das gibt Streit. Selbst die größten Sklavenschiffe fassen nicht mehr als zweihundert Mann. Und wir haben tausend, die um einen Platz darin kämpfen werden.«

»Viele der Überlebenden werden nicht in der Lage sein zu kämpfen, Gurdur. Manche dürften sogar für lange Zeit transportunfähig sein. Für die restlichen denken wir uns ein faires System aus.«

»Wenn es so ist, mache ich mit, Gariv.«

»Gut. Dann wollen wir anfangen«, sagte Gariv und stand auf. »Stellt eure Kampfgruppen zusammen und sorgt dafür, daß die Männer etwas zu essen bekommen. Anschließend halte ich eine Ansprache. Wir beginnen dann sofort mit dem Training.« Als die anderen hinausdrängten, wandte er sich an Will und sagte: »Moment, Zauberkünstler. Für dich habe ich eine besondere Aufgabe. Wir brauchen eine Schlachthymne.«

»Ihr sollt eine haben.«

»Beeil dich damit. Ich will, daß du sie den Männern beibringst, nachdem ich ihnen unseren Plan erläutert habe. Unsere Waffen sind knapp, und eine gute Schlachthymne wird den Männern Mut geben.«

Will nickte und versprach: »Ich mache euch eine.« Er hatte großes Zutrauen in sein Können und wußte, welche Macht klangvolle und zündende Worte entfalten konnten. Er würde eine mitreißende Hymne dichten, wie Gariv noch keine gehört hatte. Er wußte aber auch, wo die Macht von Worten aufhörte. Man konnte Männer nicht mit einem trotzigen Lied als einzige Waffe in den Kampf schicken und erwarten, daß sie siegten. Selbst sein größtes Kunstwerk vermochte einen Unbewaffneten nicht vor einem Schwerthieb zu schützen.

Gariv bemerkte seinen skeptischen Gesichtsausdruck und lachte lauthals. »Ich sehe dir an, was du denkst, aber du irrst. Worte haben Kraft. Sie können Männer zu verwegenen Kämpfern machen.«

»Können sie sie auch zu Siegern machen?«

»Ja. Setz dich, ich sage dir, woher ich das weiß.« Will setzte sich an den Tisch, und Gariv fuhr fort: »Ich bin in gewisser Hinsicht auch ein Künstler. Meine Kunst ist die Kriegsführung. Ich bin Gariv von Skorat, Herrscher der Stadt Thak, Kriegsfürst der Hochebene und ihrer vier Flüsse, Wächter der Sumpfländer, Erster Aufseher, Beschützer der Freien Städte, Flottenadmiral der Ersten Expedition und von heute an: Kommandant der Freien Armee von Xhanchos. Zwei dieser Titel habe ich ererbt, zwei wurden mir verliehen, die restlichen habe ich im Kampf gewonnen.«

Will war sichtlich beeindruckt und um einiges zuversichtlicher. »Davon hatten wir keine Ahnung, Gariv.«

»Ich hatte bisher keinen Grund, von meinen Titeln zu reden. Sie stehen einem Sklaven schlecht an. Ich erwähne sie auch jetzt nur, um dich zu überzeugen. In meinem Hof in Thak hatte ich einen Künstler mit ähnlichen Fähigkeiten wie du. Wenn wir in den Kampf zogen, marschierte er voran und sang unser Kriegslied. Das feuerte die Männer gewaltig an. Er war eine ganze Legion von Kriegern wert.« Gariv schwieg einen Moment nachdenklich, bevor er fortfuhr. »Zu feierlichen Anlässen, wie meiner Hochzeit und der Geburt meines Sohnes, komponierte er Lieder. Ich nahm ihn mit auf die Expedition, damit er uns eine Schlachthymne und ein Siegeslied machte. Er starb bei unserem letzten Gefecht.«

»Das tut mir leid. Er muß gut gewesen sein.«

»Er war der beste«, sagte Gariv. Er deutete auf Will. »Gestern, als wir noch Sklaven waren, hast du mir von deinem Schiff erzählt. Ich will dich für dieses Vertrauen belohnen.«

»Das hast du schon. Ich bin frei.«

Gariv machte eine wegwerfende Geste. »Das ist keine Belohnung, sondern dein Recht. Im Moment kann ich dir nur einen Namen und ein Versprechen geben. Da du dich an deinen alten Namen nicht entsinnen kannst – oder willst –, höre von jetzt an auf den meines Hymnenmachers: Alladale. Du ähnelst ihm ein wenig. Reite wie dein Namensvetter mit mir in den Kampf und begleite mich nach Skorat, wenn wir unsere Angelegenheiten auf Xhanchos geregelt haben. Ich nehme dich in meinen Hof auf.«

Will überdachte das Angebot. Auf einem Kriegerplaneten zu leben und auf anderer Leute Befehl hin Lieder zu machen, um anderer Leute Heldentaten zu feiern, war nicht ganz das, was ihm vorschwebte. Aber Will Gallamor, ein vom Sternverein gejagter Dieb und Mörder, war für alle Zeiten in der xhanchilionschen Wüste begraben. Er brauchte eine neue Identität, und der Name Alladale sollte ihm recht sein. Ein Ziel hatte er nicht, und ja sagen kostete nichts. Davon ab, in dieser Galaxis war keine Situation von Dauer.

Das Angebot hatte nur den Haken, daß er mit Gariv, und damit in vorderster Front, in den Kampf reiten mußte. Dabei hätte die Sache so einfach – und ungefährlich – sein können, wenn Gariv und die übrigen aus ihrer Mannschaft sich für die Flucht in seinem Raumschiff entschieden und die Rache den anderen überlassen hätten, dachte er wehmütig. Aber was war von Skeggjatten und skoratischen Kriegsfürsten anderes zu erwarten?

Nun, er konnte es ja noch einmal versuchen.

»Mir steht keine Belohnung zu, Gariv, es sei denn, du entschließt dich, von meinem Schiff Gebrauch zu machen«, sagte er.

»Das schlag dir aus dem Kopf.«

»Aber warum sollen wir diese Möglichkeit ungenutzt lassen? Wenn wir *Haxopoden* nehmen und Tamal uns führt, können wir im All sein, ehe der Kampf überhaupt anfängt.«

»Ausgeschlossen, Alladale. Ich bin ein Kriegsfürst von Skorat, meine Aufgabe ist klar. Wenn ich Männer in den Kampf führen kann, ist das meine Pflicht.«

Will – jetzt Alladale – kaute auf der Lippe und nickte. »Und ich soll neben dir in vorderster Reihe reiten.«

»Wie kannst du meine Taten besingen, wenn du sie nicht gesehen hast?«

»Richtig, das ginge natürlich nicht.« Alladale, Komponist von Schlacht-Hymnen, war bemüht, nicht an die bevorstehende Schlacht um Xhancholii zu denken. Er wünschte, Gariv wäre mit seinen Belohnungen weniger großzügig umgegangen. Ein einfaches »Danke« hätte vollauf genügt. »Ich dachte nur an meine Fechtkunst. Es ist nicht weit her damit. Ich könnte euch im Weg sein«, erklärte er lahm.

Gariv sah ihn befremdet an. »Du wirst niemandem im Weg sein. Es kommt mir fast vor, als hättest du gar kein Verlangen, dich an den Kreaturen zu rächen, die dich versklavt haben. Ist das richtig?«

Es war an der Zeit, das Versteckspiel zu beenden. »Vor vielen Jahren, auf einer anderen Welt, wurden meine Frau und mein Sohn von Piraten getötet. Ich war nicht dort, als das geschah, aber ich war dabei, als die Mörder gestellt wurden. Als ich Rache hätte haben können, wollte ich keine, Gariv, ich schwöre dir, ich wollte keine. Ich wollte meine Frau und meinen Sohn zurück, und das ging nicht. Alles andere war für mich bedeutungslos. Von den Xhanchilion wollte ich nichts als meine Freiheit, und die habe ich jetzt.«

Gariv starrte ihn eine Weile an, dann sagte er: »Alladale, du bist ein seltsamer Mensch.«

»Und du? Du hast mir von deiner schönen Frau, deinem Sohn und deinem Königreich erzählt, und jetzt, da wir mit meinem Schiff dorthin zurückkehren könnten, denkst du nur daran, Xhancholii zu erobern.«

»Wir sind eben verschieden, Alladale. Ich bin ein Kriegsfürst, du bist ein Künstler.«

»Wir sind beide Menschen.«

Gariv seufzte und schüttelte den Kopf. »Auf Kepler gibt es Menschen, die seit Jahrhunderten unterirdisch leben. Sie definieren einen Menschen als »ein vernunftbegabtes Wesen, das in Tunneln wohnt«. Verstehst du, Alladale? Für mich ist ein Mensch in erster Linie ein Krieger. Für dich ist er ein Wortkomponist. Trotzdem sind wir alle Menschen.«

»Ja, ich glaube, ich verstehe.«

»Die Männer wollen Rache. Sie wollen ein Schiff, das sie nach Hause bringt. Dafür müssen sie kämpfen, und ich bin derjenige, der sie am besten führen kann. Und weil ich der beste Führer bin, *muß* ich sie führen. Du kannst, wenn du willst, gehen. Ich stelle dir Reittiere und Proviant zur Verfügung.«

Alladale erhob sich. »Ich glaube, sie brauchen mich auch. Mich dürstet nicht nach Rache, aber ich kann nicht davonlaufen, wenn meine Freunde in den Kampf ziehen.« Er hielt inne, rang sich ein Lächeln ab und fügte linkisch hinzu: »Eigentlich war es nur meine Linlovar, die mich zu dem Schiff zog. Sie war ein gutes Instrument.«

Gariv wies auf die Tür hinter sich. »Dann sieh dich einmal in der Kammer um. Wir haben dort einige merkwürdige Musikinstrumente gefunden, und ihre Besitzer brauchen sie nicht mehr. Beeil dich aber. Ich will diese Schlachthymne möglichst bald.«

In der siebten Nacht nach dem Aufstand näherte sich die Angriffsspitze der Freien Armee dem Sonnenaufgangs-Tor, dem Haupttor von Xhancholii. Es war eine Eliteeinheit, bestehend aus zweihundert Männern, die zu zweien auf großen Wüsten*haxopo-*

den ritten. Zweihundertneun von ihnen waren Kriegsveteranen, kampfeslustig, rachedurstig, zu Plünderungen bereit. Der zweihundertzehnte war ein ängstlicher Hymnenmacher, der neuerdings Alladale hieß und gemäß der Tradition skoratischer Barden an der rechten Seite seines Herrn an der Spitze des Zuges ritt.

Alladale dachte weder an Rache noch an Plünderung. Seine Gedanken kreisten um die Unbeständigkeit des Lebens, die er immer wieder am eigenen Leib erfuhr. Sein einziger Wunsch war, ein guter Artist und Liedmacher, eben ein Künstler zu sein, doch irgend etwas kam ihm stets dazwischen. Er wäre auch mit einem Dasein als Schauspieler oder Rezitator und Sprachenmacher zufrieden gewesen, aber dieses Kriegshandwerk war ihm zuwider. Besser als die Sklaverei, natürlich, aber ausgesucht hätte er es sich nicht. Schweigend ritt er dahin und fragte sich, was es wohl war, das ihn immer wieder in Situationen wie diese hineinstieß, wo eine Handvoll Krieger, sich an Gerede über Heldenmut und Ehre berauschend, gegen einen überlegenen und besser bewaffneten Gegner antrat. Konkret fragte er sich, wie er die Schlacht um Xhancholii lebend und mit heiler Haut zu überstehen gedachte.

Die Landschaft, durch die er ritt, lenkte ihn ein wenig ab von den schwermütigen Gedanken. Die nächtliche Wüste war eine stille Welt von strahlender, kalter Schönheit, die jetzt, mit den Augen eines freien Mannes gesehen, noch zauberhafter wirkte. Die sieben Monde, in sich überschneidenden Bahnen von Horizont zu Horizont eilend, bildeten immer wieder andere Muster am Sternenhimmel und ließen die fahlen Sandflächen in ständig wechselnden Grauschattierungen schimmern. Gegen Mitternacht senkte sich Ctab, der sechste und größte Mond, hinter die Mauern von Xhancholii, die nun direkt vor dem schnell reitenden Trupp lagen, und zeigte die Stadt als dramatische Silhouette. Es war ein beeindruckender Anblick. Die Mauern mit ihren gedrungenen Geschütz- und Wachtürmen ragten schon bedrohlich hoch auf, die spitz zulaufenden Bauwerke jedoch, die sie schützend umgaben, schwangen sich, im Schein des untergehenden Mondes glitzernd, anmutig in schwindelerregende Höhen empor.

Schließlich verschwand Ctab hinter dem Horizont. Mit der sich verdichtenden Finsternis schienen die Geräusche, die der Trupp bei seinem Ritt verursachte, lauter und deutlicher zu werden. Alladale lauschte fasziniert ihrem vertrauten Konzert. Die breiten, nachgiebigen Hufe der *Haxopoden* donnerten dumpf auf dem Sand, und das Schnauben und Schnaufen der großen Tiere erfüllte stakkatoartig die kühle, ruhige Luft; Schwerter, Rüstungen und Panzerhemden knirschten ledern oder klirrten und rasselten metallisch; die Männer murmelten miteinander, stießen leise Schlachtrufe aus oder sangen rituelle Kampflieder, um sich auf den Zusammenstoß mit dem Feind vorzubereiten.

Alladale spürte eine plötzliche Heiterkeit in sich, ein unerklärliches Gefühl der Kameradschaft. Diese Fremden sind meine Brüder, dachte er. Aber gleichzeitig überschattete eine tiefere Erkenntnis seinen inneren Jubel. Im Arbeitslager, beim Pyramidenbau waren sie auch meine Brüder, aber das empfinde ich jetzt erst, da wir gemeinsam in den Kampf ziehen. Es ist wie damals bei den Soldaten des Sternvereins. Was sind wir nur für Wesen? fragte er sich. Aber er ging der Frage nicht nach. Er hatte genug von der Philosophie. Sie machte ihm nur Kummer und gab doch keine Antworten. Statt dessen schlug er einen Akkord auf der Linlovar an, die er im Lager gefunden hatte – eine einfache, dreizehnsaitige Ausführung, gerade noch als Übungsinstrument geeignet und arg verstimmt, aber für seine Zwecke ausreichend –, und sang leise die letzte Strophe seines Kampfliedes.

»Als Sklaven seht ihr uns nimmermehr.
Als freie Männer, die keine Ketten mehr tragen,
Erschlagen wir euch und euer Heer.
Und für die Freunde, die euch erlagen,
Und für die Jahre und Schmerzen und Qualen
Verwandeln wir eure Stadt in ein blutiges Meer.«

Die Männer hinter ihm in der langen Kolonne fielen ein, und er lauschte befriedigt dem Chor ihrer tiefen Stimmen. Das Lied war gut. Nicht mein bestes, dachte er, aber gar nicht schlecht, wenn man bedenkt, wie schnell ich komponieren mußte und wie wenig ich ausborgen konnte. Wenn Gariv mich nur nicht zu seinem Barden machen wollte und mich meine Arbeit auf meine Art tun ließe – Er seufzte und sah zu den Mauern von Xhancholii, die sich vor ihnen erhoben.

Kurz darauf sagte Gariv etwas zu Qat Maril, dem Agyari, der zu seiner Linken ritt, dann wandte er sich an den Hymnenmacher. »Von hier an Ruhe. Sag das weiter.«

Alladale sagte den Männern hinter sich Bescheid und ritt weiter. Ein leichter Wind von der Stadt her wehte ihnen den Geruch nach Gärten und Obstplantagen entgegen. Er atmete tief ein und roch den Duft der süßen, blauschaligen Früchte von der Oase heraus.

142

Als sie in den langen Schatten der Stadtmauern gelangten, gab Gariv den sieben vordersten Reitern das Zeichen zum Vorausritt. Diese sieben hatten ebenso wie Alladale ein Reittier für sich allein. Ihre Aufgabe war es, die Wachen am Tor zu überwältigen und den anderen Zutritt zu der Stadt zu verschaffen. Alladale war die Ehre zuteil geworden, sie als achter Mann zu begleiten.

Die beiden Wächter öffneten wortlos das Tor, als sie die Reiter bemerkten. Alladale sah etwas aufblitzen, hörte das Zischen von Klingen, dann lagen die Männer am Boden. Fünf Reiter sprangen ab. Zwei stürmten von einer Seite, drei von der anderen die schmalen Stiegen zum Wachturm hinauf, rissen die Türen auf und schlossen sie hinter sich. Stap, Gariv und Alladale blieben unten auf Posten.

Während sie warteten, näherte sich von der Stadt her eine Gruppe von sechs Reitern dem Tor. Sie machten kurz vor den Eindringlingen halt und bildeten einen engen Halbkreis um sie.

»Nachtpatrouille drei«, sagte der Anführer. Er zeigte auf den Turm. »Was geht da oben vor?«

»Unser Anführer bespricht sich mit dem Wachoffizier«, antwortete Gariv.

»Wer seid ihr? Wo kommt ihr her?«

»Von Azak. Sind gerade abgelöst worden.«

Der Einsatzleiter der Patrouille spähte argwöhnisch in Garivs vermummtes Gesicht. Sein *Haxopod* wurde unruhig und schnaubte. Der Tumult in dem Wachturm hatte aufgehört, aber inzwischen hatte die Hauptstreitmacht der berittenen Invasoren das Tor fast erreicht, und das Hufgetrappel ihrer Reittiere dröhnte laut. »Ihr kommt zu früh. Wir hatten euch erst in zwei Nächten erwartet«, sagte der Einsatzleiter.

»Wir haben uns beeilt.«

»Wie viele –? Ihr seid zuviele! Ihr seid nicht –«

Gariv reagierte augenblicklich. Er zog sein Schwert, stieg in den Steigbügel hoch und erschlug die beiden Männer rechts und links vor sich mit je einem raschen Hieb. Dann trieb er seinen *Haxopoden* an, um den Leiter der Patrouille anzugreifen. Stap war indessen auf der anderen Seite tätig. Alladale sah sich einem Reiter gegenüber, der ihn mit einem hocherhobenen, breiten sichelförmigen Schwert angriff. Er duckte sich, um dem schwungvollen Hieb auszuweichen, und holte seinerseits zu einem Schlag mit der Linlovar aus. Mit einem dissonanten *Plang* traf sie den Reiter auf den Schädel, und der kippte aus dem Sattel. Der nachfolgende Trupp ritt über ihn hinweg.

Sie drangen in die Stadt ein und verteilten sich nach einem genau festgelegten Plan. Die Hauptstreitmacht der Freien Armee war zu Fuß unterwegs und würde die Stadtmauern erst kurz vor Sonnenaufgang erreichen. Bis dahin mußten die fünf Haupttore von Xhancholii gehalten werden.

Garivs Trupp hielt die Tore. Die Xhanchilion, die die heraufziehende Gefahr spürten, setzten ihre Eliteeinheiten ein, und beide Seiten erlitten große Verluste. Doch als das Gros der Freien Armee die letzten Meter Wüste zu den Steinmauern überquerte, fanden die Angreifer die Tore weit offen.

Sie strömten in Massen in die Stadt, stürzten sich verbissen auf die Verteidiger vor sich, und eine mörderische, gnadenlose, zweitägige Schlacht hatte begonnen. Die letzten Invasoren schlossen die Tore hinter sich. Bei diesem Kampf würde es auf seiten der Verlierer keine Überlebenden geben. Die Truppen der Xhanchilion waren den Angreifern zahlenmäßig fast dreifach überlegen und besser bewaffnet, doch die ehemaligen Sklaven eigneten sich nach und nach die Waffen der Gefallenen an, und schließlich gelang ihnen der Durchbruch zum Waffenlager. Die numerische Überlegenheit der Verteidiger wirkte sich taktisch nicht aus. Ihre besten Truppen waren bei den Gefechten um die Tore gefallen, und was übrigblieb, waren schlechtgedrillte, desorganisierte Garnisoneinheiten, die einem entschlossenen Gegner wenig Widerstand entgegenzusetzen hatten. Der Überraschungsfaktor lag auf seiten der Freien Armee, und er wog alle Vorteile der Verteidiger auf. Als in der zweiten Kampfesnacht der letzte Mond aufging, war Xhancholii in der Hand der Invasoren.

Der eine wilde Schlag mit der Linlovar war Alladales einzige Kampfhandlung. Danach griff er weder an, noch verteidigte er sich. Er ritt waffenlos an Garivs Seite, ermattet und des entsetzlichen Geschehens überdrüssig. Rings um ihn fielen Angreifer und Verteidiger zu Dutzenden, er aber blieb unversehrt.

Vom Sonnenaufgangs-Tor ritten die Invasoren quer durch die Stadt, um die anderen Tore einzunehmen. Gariv hatte es auf das Waffenlager abgesehen, das er mit einem Trupp von dreißig Mann eroberte und halten konnte, bis die Hauptstreitmacht eintraf. Danach griff er mit einem größeren Verband den Palast an. Die Belagerung zog sich über den ganzen Tag und die ganze darauffolgende Nacht hin. Die Palastwachen leisteten erbitterten Widerstand, und die Streitkräfte der Freien Armee wurden sechsmal zurückgeschlagen, nachdem sie bei dem ersten Angriff bis in den

Innenhof vorgedrungen waren. Schließlich sammelte Gariv die Männer zum Sturm auf die stärkste Verteidigungkette der Xhanchilion. Wenn ihnen hier der Durchbruch gelang, sagte er seinen zerschlagenen, blutenden, erschöpften Kriegern, gehörte der Palast ihnen. Sie stürmten, griffen an; die Verteidigungskette geriet ins Wanken, wich zurück und wurde durchbrochen. Der Palast war von der Freien Armee erobert.

Die polierten Steinfußböden waren mit Blutlachen übersät, und die hohen Säle vom Widerhall der Kampfesgeräusche erfüllt. Teile der Freien Armee begannen sofort mit der Plünderung. Sie entrissen den toten Höflingen die Juwelen, steckten diese oder jene Wertgegenstände in ihre Jacken oder Gürtel und zerstörten alles, was sie nicht tragen konnten. Gariv gebot dem Geschehen sofort Einhalt. Er ordnete eine Ruhepause an und ließ die Männer sich gruppenweise erfrischen, um sie auf die letzte Entscheidungsschlacht vorzubereiten. Der Kampf war noch nicht zu Ende, und die Zeit, sich an den Früchten des Sieges zu erfreuen, noch nicht gekommen.

Die Sonne stand hoch, als Gariv am zweiten Tag der Schlacht seine vereinten Streitkräfte gegen den Blauen Tempel führte, die letzte Bastion der Xhanchilion. Bei Sonnenuntergang war der letzte Verteidiger der heiligen Stätte gefallen. Die lange, schmale Treppe des hohen Bauwerkes war mit Leichen übersät, und ein Blutstrom ergoß sich bis auf die Straßen hinunter.

Viele Männer ließen sich erschöpft zu Boden fallen und schliefen ein, wo sie gerade lagen, während andere sich auf den Weg machten, um zu plündern. Alladale, der viel zu abgespannt war, um schlafen zu können, wanderte durch die Stadt, durch gespenstisch rote Straßen, die Plünderer in Brand gesetzt hatten. Er wurde Augenzeuge von Geschehnissen, welche die Schrecken der Schlacht weit übertrafen. Xhanchilionsche Frauen wurden vergewaltigt, verstümmelt und dann von lachenden Eroberern umgebracht. Säuglinge und kleine Kinder wurden bei lebendigem Leib in die Feuer geworfen oder mit Schwertern und Speeren aufgespießt und als Trophäen in der Luft herumgeschwenkt. Alladale stieß auf eine Gruppe von Quespodonen, die ein Kind verstümmelten. Einer von ihnen riß ihm die Arme und Beine aus, gerade so, als zerzupfe er eine Blume, und seine Genossen sahen belustigt zu. Den Alten erging es nicht besser als dem Jungen. Ein Agyari, der eine alte Frau heimlich einen Gegenstand verschlucken sah, schlitzte ihr den Bauch auf, wühlte in ihren Eingeweiden nach dem Schatz herum und brachte schließlich einen glänzenden

Ring zum Vorschein. Andere in seiner Nähe, von seinem Glück angespornt, unterzogen sämtliche Xhanchilion, die sie fanden, ob nun tot oder verwundet oder noch unversehrt und um Gnade flehend, derselben Operation.

Obwohl Alladale sich kaum noch aufrecht halten konnte, lief er taumelnd zurück zum Tempel, wo er Gariv zuletzt gesehen hatte. Unterwegs stieß er auf weitere Spuren der Raubzüge der Freien Armee. Auf einer Straße reihte sich eine abgetrennte Hand an die andere. Er folgte der Fährte und sah einen Skeggjatten, der von einer Leiche zur nächsten sprang und jeder die rechte Hand abhackte. Sein rechter Unterarm lief in einen Stumpf aus, der mit einem blutdurchtränkten Stoffstreifen verbunden war. Als der Skeggjatte sich hinkniete, um einem verwundeten Greis die Hand abzuhacken, spürte Alladale seinen Magen rebellieren und übergab sich. Er lehnte sich zitternd gegen die Wand, klatschnaß von seinem eigenen kalten Schweiß, und spuckte aus, um den üblen Geschmack des Erbrochenen loszuwerden. Was war bloß mit seinen Freunden und Brüdern geschehen, die mit ihm in den Kampf geritten waren, fragte er sich.

Er ging den Rest des Weges, blind gegen seine Umgebung. Eile war sinnlos. Nichts und niemand konnte diesem Wahn Einhalt gebieten. Das Gemetzel würde erst aufhören, wenn der angestaute Haß sich entladen hatte und die Sieger sich erschöpft und übersättigt auf der blutigen Erde von Xhancholii ausstreckten. Zugegeben, die Sklaven hatten von ihren Herren viel Leid ertragen müssen, aber die hier geübte Vergeltung stellte jedes von den Xhanchilion begangene Verbrechen weit in den Schatten. Selbst die Piraten, die das kleine Dorf auf Bellaterra heimgesucht hatten, waren so grausam nicht gewesen.

Die Sklaven hatten sich erhoben, um die Freiheit zu gewinnen, und jetzt, als freie Männer, veranstalteten sie diese Schlächterei. Alladale sah sich mit der traurigen Wahrheit konfrontiert, daß langes Leiden einen Menschen nicht notwendigerweise adelte oder die wiedergewonnene Freiheit ihn läuterte. Ob Sklave oder Herr, wir bleiben, was wir sind, dachte er, wir können allenfalls die Rollen tauschen. Er wollte über diese These nachdenken, sie von allen Seiten durchleuchten, um vielleicht einen Fehler darin zu entdecken. Er wollte sich selbst beweisen, daß er unrecht hatte. Doch er war zu müde und zu verwirrt, und er hatte Angst, am Ende festzustellen, daß er recht hatte.

Er fand Gariv draußen vor dem Blauen Tempel sitzen. Der Kommandant der Freien Armee bot einen schaurigen Anblick:

seine Unterschenkel und -arme waren mit einer verkrusteten Blut-
schicht überzogen; von seinen Rippen hing ein Hautlappen herab
– dort war offenbar ein Speer eingedrungen, den er herausgeris-
sen hatte; ein Schwerthieb hatte ihm das halbe Ohr abgetrennt,
und aus der Wunde sickerte immer noch Blut in einem breiten
Rinnsal seinen Hals hinunter bis über die Brust. Aber er lebte, war
nur leicht verletzt und strahlte übers ganze Gesicht. Seine Armee
hatte gesiegt.

»Ich wußte, daß du lebst. Hab deine Leiche nirgends da drin-
nen gesehen«, begrüßte er Alladale.

»Ich bin ein bißchen spazierengegangen.«

Gariv rümpfte angeekelt die Nase. »Du stinkst. Ist dir der Anblick einer Schlacht zuwider, daß sich dir der Magen umdreht?«

»Es war der Sieg, der mir den Magen umdrehte.«

Gariv starrte ihn einen Moment verständnislos an, dann
brummte er ärgerlich: »Drück dich deutlich aus. Verschon mich
mit deinen Wortspielereien.«

Alladale hockte sich hin und lehnte sich mit dem Rücken gegen
einen Pfeiler Gariv gegenüber. »Ich ging durch die Stadt, und bei
dem, was ich dort sah, wurde mir schlecht. Das ist deutlich genug,
oder?«

»Was hast du von unseren Männern erwartet? Daß sie ihren
ehemaligen Unterdrückern um den Hals fallen? Ihnen eins deiner
Lieder singen?« fragte Gariv verächtlich. »Hör auf, unseren
Feind zu bejammern, und mach uns ein Siegeslied.«

»Für diesen Sieg mache ich kein Lied.«

»Solange du mein Barde bist, machst du die Lieder, die ich dir
befehle. Und zwar schnell.«

»Dann such dir einen anderen Barden«, entgegnete Alladale
müde. Er lehnte sich zurück und schloß die Augen.

Gariv stieß einen wütenden Fluch aus und lachte dann grimmig. »Diese Wehleidigkeit ist typisch für euch Barden. Ich war
mehr als einmal nahe daran, deinen Namensvetter deswegen in
Stücke zu schlagen. Ihr feuert die Männer mit euren Worten an,
daß sie sich brüllend in den Kampf stürzen, aber wehe, sie vergießen einen Tropfen Blut. Dann weint ihr euch die Augen aus und
nennt sie Schlächter.«

»Wer Frauen, kleine Kinder und alte Männer umbringt, *ist* ein
Schlächter, Gariv.«

»Ich entsinne mich nicht, daß du solche feinen Unterscheidun-
gen in deiner Schlachthymne gemacht hättest.

›Und für die Freunde, dich euch erlagen,

Und für die Jahre und Schmerzen und Qualen
Verwandeln wir eure Stadt in ein blutiges Meer‹«, zitierte Gariv.
»Wenn du das so nicht gemeint hast, hättest du es nicht sagen sollen.«

»Ich glaubte, Krieger wüßten von selbst, daß man keine Kinder tötet«, erwiderte Alladale kühl.

»Die Kinder wären herangewachsen, hätten uns gehaßt und uns nur Ärger gemacht. Die Alten schlugen sich die Bäuche voll, während wir uns in der Wüste zu Tode schufteten. Wir schulden ihnen nichts.«

Alladale richtete sich auf und zeigte auf Gariv. »Und was geschieht, wenn sie sie alle umgebracht und ihren Rachedurst gestillt haben? Wer macht die Straßen sauber und begräbt die Toten? Wer besorgt Nahrung? Du weißt, daß wir hier in Xhancholii leben müssen, bis die Sklavenhändler kommen. Warum läßt du sie alle von den Männern abschlachten, wo wir doch einige gebrauchen –«

»Im Obergeschoß des Tempels sind dreihundert Xhanchilion eingesperrt. Sie werden von einem ausgesuchten skoratischen Wachtrupp bewacht. Bist du zufrieden?«

Alladale starrte ihn an, nickte, brummte etwas Unverständliches und lehnte sich gegen den Pfeiler, um zu schlafen.

Nach dem Blutbad, das die Eroberer angerichtet hatten, schien ihre Wut verraucht zu sein. Die überlebenden Xhanchilion, die in den folgenden Tagen aus ihren Verstecken krochen, und jene dreihundert, die Gariv bewußt verschont hatte, wurden nicht belästigt. Die Toten wurden in ein Massengrab abseits des Schattens der Stadtmauer geschafft, die Straßen vom Schutt befreit, das Blut abgeschrubbt. Einige Gaststuben wurden wiedereröffnet, dann ein paar Geschäfte, und nach einigen Tagen normalisierte sich das Leben in Xhancholii, ungeachtet der schrecklichen Verluste auf beiden Seiten.

Alles in allem hatten etwa zweitausend Xhanchilion überlebt, überwiegend Frauen und Kinder. Die Überlebenden der Freien Armee zählten knapp tausend Mann. Zunächst erschien ein Verkehr mit den ehemaligen Unterdrückern unvorstellbar, doch als die Tage sich dahinschleppten und das Warten auf das daltreskanische Schiff sich unerträglich in die Länge zog, mäßigte sich die grimmige Haltung der Sieger. Die xhanchilionschen Frauen leisteten keinen Widerstand. Die Sitten ihres Volkes verlangten Unterwürfigkeit vom weiblichen Geschlecht, und da ihre Männer fast ausnahmslos gefallen waren, akzeptierten sie die Eroberer willig als ihre neuen Herren.

Die Anführer der Freien Armee fanden andere Gefährtinnen. Unter den von Gariv ausgesuchten Überlebenden waren sechs Frauen der Gafaal, eine uralte, mit den Threskillianern verwandte Rasse, die vor vielen Zeitaltern nach Xhanchos gebracht worden war, um den Adligen als Kurtisanen zu dienen. Sie waren von bemerkenswerter Schönheit, hochgewachsen und langgliedrig, hatten weiche, glatte, smaragdgrüne Haut, dunkles blutrotes Haar und ein Paar schlanke, geschmeidige Tentakel, die von beiden Seiten des Rückgrates, knapp unterhalb des Nackens ausgingen. Die Tentakel der Gafaal hatten keine praktische Funktion, wie es bei den Threskillianern der Fall war, sondern dienten hauptsächlich Dekorationszwecken, zum Beispiel der Verschönerung des langen Haars der Frauen, mit dem sie eine verschlungene, komplizierte Frisur bilden konnten. Gariv hatte jedem seiner fünf besten Krieger eine gafaalsche Kurtisane geschenkt und sich selbst die schönste von den sechs, Santrahaar, genommen.

Unter Garivs dreihundert Gefangenen befand sich auch die Tochter einer gefaalschen Kurtisane und eines hohen xhanchilionschen Tempelherren. Sie war noch mit den anderen eingesperrt und sollte einer anderen Aufgabe zugeführt werden. Sie war von kleinem Wuchs, hatte blaßgrüne Haut und besaß das pechschwarze Haar des Volkes ihres Vaters. Als Alladale sie zum erstenmal sah, kauerte sie mit schreckgeweiteten Augen in einer Ecke des Saals im Obergeschoß und hielt eine Linlovar fest an ihre Brust gedrückt. Er schloß sie auf den ersten Blick in sein Herz. Sie war sehr hübsch, und die Vorstellung, was mit ihr geschehen könnte, veranlaßte ihn zum sofortigen Handeln. Er gab der skoratischen Wache einen kurzen, scharfen Befehl, warf sich in Eroberer-Positur und schritt an den zurückweichenden Xhanchilion vorbei auf die Frau zu. Sehr behutsam nahm er ihr die Linlovar aus den Händen, brachte sie in Spielposition und zupfte die Anfangsakkorde eines langsamen, traurigen bellaterranischen Klageliedes. Er lächelte ihr aufmunternd zu und gab das Instrument zurück. »Ich bin ein Künstler, kein Krieger«, sagte er in stockendem, aber verständlichen Xhanchilion. »Ich habe niemanden getötet. Du kannst getrost mit mir kommen. Dir geschieht nichts.« Sie nahm seine Hand, und sie gingen zusammen fort.

Ihr Name war Loriise. Als er sie näher kennenlernte, beglückwünschte Alladale sich zu seinem sicheren Instinkt. Sie konnte gut Linlovar spielen, kannte Hunderte ausgezeichneter, alter xhanchilionscher Tempellieder und war vor allem eine sanfte, liebevolle Frau, die ihn für den größten Künstler in der Galaxis hielt. Ob sie das wirklich glaubte, wußte er nicht, aber er hörte gern, wenn sie es sagte. Sie besaß nicht die berauschende, sinnliche Schönheit der reinblütigen Gafaal, aber auch nicht deren Tentakel, und Alladale war dankbar dafür. Er stellte es sich einigermaßen verwirrend vor, die Arme einer Frau um seinen Hals zu spüren und dann plötzlich an der Wange gestreichelt zu werden. Darauf verzichtete er gern. Auf alle Fälle war Loriise weitaus attraktiver als die plattgesichtigen xhanchilionschen Frauen mit ihren buschigen Augenbrauen und langen, schmalen Kiefern. Und, dachte er, sie hat einen guten Geschmack. Er mußte sie einfach lieben.

Sie lebten in einem der Wachtürme auf den Stadtmauern, in beträchtlicher und wohltuender Entfernung vom Palast, wo Gariv sein Hauptquartier aufgeschlagen hatte. Die Örtlichkeit sagte ihnen beiden zu: Alladale hielt es für klug, Gariv eine Zeitlang aus dem Weg zu gehen, und Loriise fürchtete sich in der Nähe der Eroberer. Außerdem konnten sie hier ungestört zusammensein.

Anfangs waren sie nur zusammen. Später, als Alladale in die Intrigen der verschiedenen Parteien hineingezogen wurde, die sich unter den Siegern gebildet hatten, machte er die Entdeckung, daß ihr Zusammensein das einzige war, was das Leben in diesen Zeiten erträglich gestaltete. Hier auf Xhanchos, diesem Sandklumpen, wo Sklaverei und brutaler Krieg geherrscht hatten, fand er das Glück wieder, das er auf Bellaterra für immer verloren geglaubt hatte. Sie ritten oft in die Wüste hinaus, und er erzählte ihr von seinen Reisen und von den Welten und Menschen, die er gesehen hatte. Sie erzählte ihm ihrerseits von der Geschichte, den Legenden und Pyramiden ihres Volkes, und was er da hörte, verwunderte ihn. Er zerbrach sich den Kopf über bekannte Wörter, Melodien und Motive, denn es war unmöglich, daß er sie kannte. Von den Liedern und Geschichten der Tausenden von Sklaven, die in den Lagern gelebt und den Tod gefunden hatten, mochten die Xhanchilion sich dann und wann einiges angeeignet haben, aber manche Melodien, nach denen er fragte, waren uralte Lieder längst versunkener Kulturen, und hier auf Xhanchos klangen sie, wenn Loriise sie mit ihrer hohen Trillerstimme sang, zum erstenmal seit seinem Gedenken irgendwie richtig, beinahe, als müßten sie so und nicht anders gesungen werden.

Bei Sonnenuntergang besuchten sie häufig die Pyramiden. Alladale brauchte die Ruhe und Einsamkeit, wenn er sich ein paar

Nächte in Xhancholii aufgehalten hatte, wo die Fronten sich verhärteten und er kaum noch einen alten Bekannten grüßen konnte, ohne in ein Komplott hineingezogen zu werden. Er nahm sich vor, Loriise fortzubringen, ehe die Feindseligkeiten ausbrachen.

Eines Nachts, als sie auf einer Pyramidenstufe lagen und die komplizierten Kreisbahnen der sieben Monde verfolgten, fragte Alladale: »Wie alt ist Xhancholii, Loriise?«

»Sie wurde im vierten zurückliegenden *Mluxo* erbaut«, antwortete sie.

Der Begriff sagte ihm nichts, aber er hatte nur beiläufig gefragt und verspürte im Moment wenig Neigung, dem Problem nachzugehen. Die Stadt war größer als jede, die er bisher gesehen hatte, und ihre Bauwerke, Mauern und Alleen zeugten von einem erhabenen Baustil; ansonsten unterschied sie sich jedoch kaum von den typischen Metropolen einer vor- oder nicht-industriellen Gesellschaft. Allerdings erweckte sie den Eindruck großen Alters. Er gähnte und fragte: »Wie lang ist ein *Mluxo*? Eine lange Zeit?«

»Für dich wäre er sehr lang, aber für mich und das Volk meines Vaters ist er nicht so lang. Jede der Pyramiden steht für einen *Mluxo* und enthält seine Geschichte.«

Alladale nickte zerstreut. Die Freie Armee war bei ihrem Ritt nach Xhancholii an drei Pyramiden vorbeigekommen. Hier, auf der anderen Seite der Stadt, von seinem Sitzplatz auf der den Stadtmauern nächstgelegenen Pyramide konnte er neun weitere erkennen, die letzte knapp am Horizont. Zwischen der sechsten und siebten sowie zwischen der zweiten und dritten befanden sich unebene Sandhügel, unter denen sich vielleicht die Überreste zweier weiterer verbargen. Als er sie betrachtete, stellte Loriise ihm eine Frage.

»Wie berechnest du die Zeit, Alladale?«

»Gewöhnlich überhaupt nicht. Das verwirrt mich nur.«

»Aber das tut doch jeder! Sag es mir, bitte.«

Alladale erklärte den Galaktischen Standardkalender, so gut er konnte, verschwieg aber, daß Reisen mit Sternengeschwindigkeit ihn bedeutungslos machten, weil er dann hätte erklären müssen, was Sternengeschwindigkeit war. Loriise zeigte sich verwundert. »Warum macht ihr das so umständlich?« fragte sie, als er endete.

»Auf Xhanchos ist die Zeitrechnung ganz einfach. Von Sonnenuntergang bis Sonnenuntergang ist es ein *Imlux*. Tausend davon sind ein *Hranxlux*, und tausend *Hranxlux* sind ein *Mluxo*, die Zeit einer Pyramide.«

»Hm, ja. Das scheint wirklich eine lange Zeit zu sein«, meinte

Alladale. Er stellte eine überschlägige Berechnung im Kopf an. Irgend jemand im Lager hatte einmal gesagt, der xhanchilionsche Tag habe achtunddreißg GSK-Stunden, folglich hatte ein *Mluxo* achtunddreißig GSK-Stunden. Das mußten eine Menge Jahre sein. Er stützte sich auf einen Ellenbogen und kratzte mit dem Finger Zahlen in die dünne Schicht Flugsand. Loriise betrachtete die unbekannten Symbole mit wachem Interesse. Er ebenfalls. Er kam auf ein unmögliches Ergebnis, schüttelte den Kopf, löschte die ganzen Berechnungen mit einer energischen Handbewegung aus und fing von vorn an. Nachdem er fünfmal hintereinander auf dasselbe Ergebnis gekommen war, stand er unsicher auf, zog Loriise zu sich hoch und blickte ehrfürchtig zu den Mauern von Xhancholii.

»Diese Stadt ist über siebzehntausend Jahre alt«, sagte er leise.

»Sie es sehr alt«, pflichtete Loriise bei.

»Und die Pyramiden dort draußen – elf insgesamt – sind siebenundvierzig-, vierundachtzigtausend Jahre älter.«

»Jenseits dieser Pyramiden gibt es noch viele mehr«, sagte Loriise gleichmütig. »Und mehr, als du jetzt siehst, liegen unter der Wüste begraben.«

Alladale drückte sich fest gegen die Schläfen. Für einen Moment befürchtete er, sein Verstand würde zerspringen. Er kam sich vor wie jemand, der nichtsahnend eine Tür in seiner Wohnung öffnet und sich unvermittelt dem Nichts jenseits der Grenzen des Universums gegenübersieht. Die Zeitspanne, welche die sichtbaren Pyramiden repräsentierten, war phantastisch; zählte man die hinzu, die unter dem Sand begraben lagen, wurde sie überwältigend. Und wenn man sich vorstellte, wieviel Zeit verstrichen sein mußte, ehe die erste Pyramide entstand – Er schloß die Augen und schüttelte den Kopf.

»Fehlt dir etwas, Liebling?« fragte sie besorgt. »Hat dich etwas aufgeregt?«

»Das Alter dieser Zivilisation – unbegreiflich!« Er drehte sich zu ihr herum. »Kannst du dir das vorstellen, Loriise? Als auf der Alten Erde, wo meine Vorväter herkamen, die ersten Städte gebaut wurden, existierte deine Stadt bereits seit zehntausend Jahren!«

»Die Alte Erde ist eine sehr junge Welt.«

»Ja, und die meisten anderen sind noch jünger. Und ich habe mitgeholfen, die vielleicht älteste Rasse in der Galaxis zu vernichten.«

Sie legte ihm die Hand auf den Arm und sah lächelnd zu ihm

auf. »Das Volk von Xhanchos kann nicht vernichtet werden. Solange es das Universum gibt, gibt es auch uns.«

»Aber man hat euch besiegt und alles bis auf ein paar ausgelöscht. Die Frauen der Xhanchilion vermischen sich jetzt mit
Skeggjatten, Quespodonen, Thorumbianern, einem Dutzend ver-
schiedener Rassen. Dein Volk wird untergehen.«

»Das Blut der Xhanchilion ist stark. Es sind schon andere Eroberer nach Xhanchos gekommen, aber es gibt keine Spur mehr
von ihnen. Mit der Zeit setzt das stärkere Blut sich durch. Das
Kind, das ich trage, dein Kind, wird dem Volk meines Vaters
mehr ähneln als deinem.

»Glaubst du?«

»Ja, denn ich selbst bin meinem Vater ähnlicher als meiner
Mutter. Ist das schlimm für dich?«

Er schüttelte den Kopf. »Wenn sie alle aussehen wie du, werde
ich sogar glücklich sein. Ich liebe dich sehr, Loriise.«

Als sie unter dem heller werdenden Himmel zurück in die Stadt
ritten, erinnerte Alladale sich an alte Legenden, die er von betrun-
kenen Raumfahrern und halb verrückten Stromern in den finsteren Ecken der Galaxis aufgeschnappt hatte. Unausgegorenes
Zeug, Halbwahrheiten, Anspielungen und bruchstückhafte Schil-
derungen, denen er jetzt mehr Sinn abgewinnen konnte. Sie bezogen sich auf eine sehr alte Rasse, die Ersten Reisenden, die vor
langer Zeit, als die Sterne noch jung waren, durch die Galaxis gereist sein sollten. Aber es gab nirgends Relikte, die von ihrer Exi-
stenz zeugten, nicht einmal Erinnerungen, nur vage Gerüchte und
Mutmaßungen. Sie waren in Vergessenheit geraten, lange bevor
die erste Pyramide auf Xhanchos entstand. Aber vielleicht war in
den ältesten dieser Bauwerke dort draußen eine Spur von den Ersten Reisenden vergraben.

»Was ist in den Pyramiden? Warum baut ihr sie?« fragte er, als
sie sich der Stadt näherten.

»Wir bauen sie, weil wir müssen«, antwortete Loriise.

»Und warum müßt ihr sie bauen?« drängte er.

»Wenn ein *Mluxo* sich seinem Ende nähert, werden alle Schriften und alles Wissen der Epoche zusammengetragen, um in der
Pyramide versiegelt zu werden. Der König und seine Familie bereiten sich auf die Ewigkeit vor.«

Das klang bedrohlich. »Warum?« fragte er.

»Sie werden feierlich hingerichtet und in allen Ehren in der Pyramide beigesetzt. Ihren treuen Anhängern bleibt die Qual er-
spart, ohne sie zu leben. Dann wird die Pyramide versiegelt, und

die Vergangenheit ist vergessen. Einige Lieder, Sagen und Legenden bleiben erhalten, aber sonst nichts. Dann beginnt ein neuer *Mluxo*, mit einem neuen König.«

»Loriise, würdest du es als Unrecht ansehen oder als Verstoß gegen euren Glauben, wenn ich die älteste Pyramide suchte, um einmal hineinzuschauen?«

»Nein. Tu, was du tun mußt. Aber warum interessiert dich das?«

Er gestikulierte hilflos, suchte Worte, um eine dumpfe Vorstellung auszudrücken. »Wir wissen zu wenig. Zu vieles fehlt, zu vieles ist verloren gegangen. Wir wissen nicht, woher wir kamen oder wer vor uns da war. Ich hoffe, in den Pyramiden Aufschluß darüber zu finden. Ich werde zu Gariv gehen und ihn bitten, mir ein paar Leute zu geben, die mir bei der Suche helfen.«

Gegen Sonnenuntergang suchte Alladale den Palast auf. Wegen seiner Abwesenheit in den ersten Wochen nach dem Sieg mußte er sich mit einer untergeordneten Stellung in den Kreisen des Hofes begnügen, aber er hatte ohnehin wenig übrig für dieses Leben, das ihm ungemein beengt und gekünstelt erschien, und war deshalb ein selten gesehener Gast. Mehr noch als das umständliche Zeremoniell verabscheute er die Intrigen, und er war wenig erbaut, als Ninos, ein eleganter, gutgekleideter Skorater, ihn unmittelbar nach seiner Ankunft beiseite nahm und durch eine dämmrige Säulenhalle führte.

»Unser Hymnenmacher macht sich in letzter Zeit sehr rar«, sagte Ninos. »Es scheint dir auf Xhanchos zu gefallen.«

»Ich habe schlimmere Zeiten auf schlimmeren Welten erlebt«, erwiderte Alladale.

»Nur zu wahr. Das haben wir alle. Und es freut uns, daß dir diese Welt gefällt.« Der Skorater legte dem Barden seinen Arm um die Schulter. »Du bist ein Mann, den wir bewundern, Hymnenmacher. Wir sahen deine Taten in der Schlacht und waren beeindruckt. Du hast tapfer gekämpft.«

Alladale zuckte die Achseln. Das war eine glatte Lüge, und eine plumpe dazu. Dieser Mann will etwas von mir, überlegte er, und ich brauche nur abzuwarten, dann erfahre ich auch, was. »Ich bin ein Künstler, kein Krieger, Ninos. Ich habe schlecht gekämpft.«

Der Skorater blieb abrupt stehen und sah ihm in die Augen. »Du hast Freunde, die fest vom Gegenteil überzeugt sind. Sie glauben, du würdest wieder tapfer kämpfen, wenn es um eine gerechte Sache geht.«

»Gegen die Sklavenhändler? Ja, ich denke schon.«

»Sklavenhändler? Wo warst du die ganze Zeit, Hymnenmacher? Dieses Schiff kommt nicht. Ich rede von –«

»Es kommt nicht?« unterbrach ihn Alladale. »Heißt das, wir sitzen für immer auf Xhanchos fest?«

»Das ist durchaus möglich. Und wenn es dazu kommt, müssen wir Xhanchos in eine Welt verwandeln, auf der es sich zu leben lohnt. Findest du nicht auch?«

Alladale dachte augenblicklich an sein Schiff, das einsam und wartend in der Wüste stand. Nur er und Gariv wußten davon. Als er den eindringlichen Blick des Skoraters bemerkte, sagte er hastig: »Ja. Ja, sicher. Selbstverständlich.«

»Das dachten wir uns. Einige bedeutende Persönlichkeiten – im Moment ist es mir verwehrt, Namen zu nennen – also, mehrere Anführer sind der Meinung, wir sollten diese Gelegenheit zu einem Neubeginn nutzen. Sie hoffen, eine Republik aufzubauen, die sich auf Gleichheit und Gerechtigkeit für alle gründet.«

»Das hört sich gut an, Ninos. Wie denkt Gario darüber?«

Ninos schaute zur Seite, die Stirn leicht gekräuselt. »Leider sind die Anführer sich untereinander nicht ganz einig, mein Freund. Bevor sie ihren Plan in Angriff nehmen können, müssen gewisse hemmende Elemente – sie möchten natürlich jedes Blutvergießen vermeiden, soweit das möglich ist, verstehst du, aber – manche Dinge sind unumgänglich.«

Ähnliche Worte hatte er schon einmal von Gariv gehört. Er sieht sogar aus wie Gariv, dachte Alladale. Andererseits ähnelten die Skorater sich alle sehr. Auf ihrer Welt mußte viel Inzucht herrschen. Doch skoratische Erbanlagen standen im Moment nicht zur Debatte. »Soll ich Gariv für euch umbringen?« fragte er Ninos rundheraus.

Ninos wirkte entsetzt. »Wie kommst du denn darauf? Natürlich nicht. Ich selbst gehöre nicht einmal zu dieser Gruppe, Alladale, ich gebe lediglich ein Gerücht wieder, das mir zu Ohren kam. Ich will dir nur die Lage verständlich machen. Ich hatte gehofft, du würdest mit Gariv reden, ihn zu seinem Wohl zur Vernunft bringen und ihn vielleicht sogar zu einem Sinneswandel bewegen. Aber nichts liegt mir ferner, als irgend jemanden zu veranlassen, unserem Befreier und Führer Gewalt anzutun.«

»Ich verstehe. Ich rede mit ihm, Ninos. Die Idee mit der Republik gefällt mir, und ich will mich bemühen, sie Gariv nahezu bringen. Aber ich beteilige mich an keiner Verschwörung gegen ihn.«

»Die guten Götter seien mit dir, Hymnenmacher«, sagte Ninos strahlend und drückte ihm fest die Hand.

Es dauerte einige Zeit, bis er zu Gariv vorgelassen wurde. Er hatte sich mit einer aus Skoratern und Skeggjatten bestehenden Leibwache umgeben, und man sah nur wenige Angehörige anderer Rassen im Palast. Dieses Phänomen konnte man derzeit in der ganzen Stadt beobachten. Die alten Bande zwischen den Arbeitskolonnen waren zerrissen, und die Männer scharten sich um ihre Rassen- und Stammesbrüder. Alte Feindschaften, im Lager vergessen, brachen wieder auf. Kämpfe waren fast schon an der Tagesordnung. Eine denkbar ungünstige Ausgangslage für die Gründung einer freien Republik, dachte Alladale.

Gariv empfing ihn im Thronsaal, der von drei bewaffneten Skeggjatten bewacht wurde, die jedoch außer Hörweite standen. Neben ihm saß auf einem kleineren Thron Santrahaar. Sie strahlte Schönheit aus wie eine Flamme Licht. Alladale schluckte, als sie ihn freundlich anlächelte, und versuchte den Blick von ihr loszureißen. Ein silberglänzendes Abendkleid umhüllte – besser gesagt, enthüllte – ihren grünhäutigen Körper. Ihr Haar hing bis zur Taille herab, und ihre Tentakel, mit Ketten aus kostbaren Edelsteinen umwunden, waren zu einer hohen Krone auf ihrem Kopf verflochten.

»Was führt dich hierher, Barde, abgesehen von dem Wunsch, deine Königin anzugaffen? Ich dachte, du wärest in die Wüste hinaus gewandert, um die Xhanchilion zu beweinen«, begrüßte Gariv ihn.

»Ich möchte dich um einen Gefallen bitten, Gariv.«

»Dachte ich mir. Was für einen?«

»Ich möchte einen Arbeitstrupp zusammenstellen und die älteste Pyramide ausgraben.«

Gariv lehnte sich zurück und starrte ihn ungläubig an. Dann brüllte er: »Hast du da draußen noch nicht genug geschuftet? Darum haben wir den Aufstand doch gemacht, um den Fesseln zu entkommen, die uns zur Arbeit in dieser mörderischen Wüste zwangen!«

»Aber diese Arbeit wird *uns* zugute kommen, Gariv. Die Pyramiden sind vielleicht an die zweihunderttausend Jahre alt – stell dir vor, was wir darin finden könnten!«

»Staub und Sand, das würdest du darin finden!«

»Vielleicht. Vielleicht aber auch uraltes Wissen, das verloren ging, bevor unsere Rassen überhaupt geboren wurden. Laß mich einen Trupp von hundert Quespodonen zusammenstellen, Gariv.

Freiwillige –«

»Quespodonen? Hast du plötzlich eine Vorliebe für diese ge-
fleckten Hohlköpfe entwickelt?« unterbrach Gariv ihn.

»Ich mag sie nicht mehr aber auch nicht weniger als sonst. Ich
will sie deshalb, weil sie starke und willige Arbeiter sind.«

Gariv lachte. »Ja, zum Arbeiten taugen sie. Ich beglückwün-
sche dich zu deinem Scharfsinn, Alladale. Vielleicht besteht noch
Hoffnung für dich.«

»Dann bist du also einverstanden?«

»Nein. Ich habe eine wichtigere Aufgabe für dich, als Löcher in
die Wüste zu graben.« Er winkte Alladale nahe zu sich heran und
fuhr mit gesenkter Stimme fort: »Das daltreskanische Schiff
kommt nicht. Das bedeutet, daß wir vielleicht für den Rest unseres Lebens hier festsitzen. Deshalb wird es Zeit, daß ich für Ordnung sorge.«

»Ich habe Gerüchte über eine Republik gehört –«

»Ich auch. Gleichheit und Gerechtigkeit für alle, heißt es. Ich
mache diesem Gerede bald ein Ende«, sagte Gariv mit finsterer
Miene. »Siegreiche Eroberer sind die einzig wahren Führer. Alle
anderen sind zum Dienen geboren. Kein Quespodon, Thorumbianer oder Trublaner wird sich jemals der Gleichgestellte von Gariv, dem Monarchen von Xhanchos, nennen.«

Noch ein Titel auf der langen Liste, stöhnte Alladale innerlich.
Gariv schien nicht viel von einer freien Republik zu halten, dennoch machte er einen letzten Versuch. »Sie haben alle tapfer um
ihre Freiheit gekämpft, Gariv. Darf man sie ihnen so schnell wieder nehmen?«

»Hast du vergessen, wie sie sich nach dem Sieg aufführten?
Dieses Gesindel braucht einen Herrn, und es soll einen haben.
Wenn du dich zusammenreißt, Alladale, und tust, was ich dir
sage, biete ich dir einen Platz unter den Herrschenden an. Ich
habe Verwendung für deine sprachlichen Fähigkeiten. Proklama-
tionen müssen abgefaßt, Gesetze ausformuliert werden. Sobald
alles geregelt ist, brauchen wir einen Mythos, der uns anleitet und
inspiriert. Ich werde auf Xhanchos eine hierarchische Ordnung
schaffen, in der jeder den ihm zustehenden Platz hat. Das ist die
einzige gerechte Regierungsform.«

Gariv entließ seinen Barden mit dem Befehl, sich bei Sonnenaufgang wieder im Palast zu melden, um hier sein neues Quartier
aufzuschlagen. Alladale schritt eilig durch die Hallen. Er hatte
viele Entscheidungen zu treffen und wenig Zeit zum Nachdenken.
Für welche Seite er sich auch entschied, es würde in jedem Fall

wieder Blut fließen. Freunde und Gefährten würden sterben. Mit der alten Kameradschaft, die sie in der Wüste und im Lager verbunden hatte, war es ein- für allemal vorbei. Die Freie Armee war in gegnerische Gruppen zerfallen.

Als er an einem Alkoven vorbeikam, hörte er jemanden leise seinen Namen rufen. Erschrocken drehte er sich um und sah einen stämmigen, hellhaarigen jungen Mann von Gilead, der ihm zuwinkte. Er schaute sich um, vergewisserte sich, daß niemand ihm folgte, und trat in den dunklen Alkoven, wo auch zwei große Quespodonen warteten.

»Was wollt ihr?« fragte er.

»Wir haben Verwendung für deine Fähigkeiten, Barde«, antwortete der Mann von Gilead. »Unsere Brüder sind von dem ebenen Weg abgekommen und werden zu Sklaven des Lasters. Ihr Leben ist ausschweifend und sündig geworden.«

»Zweifellos«, pflichtete Alladale sofort bei. »Aber was kann ich dagegen tun?«

» *Das Buch von der Reise* sagt uns: ›Süße Klänge sollen ihre Herzen läutern und ihre Gedanken erheben.‹ Und auch: ›Die Hand, die über die Saiten streicht, weist die Richtung zu dem ebenen Weg.‹ Lasse ab von deiner Knechtschaft und setze deine Fähigkeiten ein, wie Rudstrom es gebietet.«

»Seid ihr alle Rudstromiten?« fragte Alladale.

»Wahrlich sind wir das«, sagte der Mann von Gilead. »Noch sind wir wenige, aber wir werden mehr werden. Wir werden alle unsere Brüder auf den ebenen Weg führen. Die Vorzeichen sind günstig. Das Buch der Verwünschungen sagt uns: ›Verflucht sei der Planet, da sich die Werke des Stolzes erheben, und Schande komme über die Erbauer von hohen Mauern!‹ Und: ›Schande komme über die Bauer von Steinhäusern!‹« Der hellhaarige junge Mann erhob die Hand und sagte feierlich: »Siehe, es kommt die Stunde, da ein jeder sich entscheiden muß.«

Alladale brachte es nicht übers Herz, den gläubigen jungen Mann darauf hinzuweisen, daß die Schande sich reichlich Zeit gelassen hatte, ehe sie über die Xhanchilion gekommen war. Er erwiderte die Segensgeste und erklärte knapp: »Ich muß darüber nachdenken.« Dann trat er aus der Nische und machte sich auf den Rückweg zu Loriise. Sie hatten viel zu besprechen und sehr wenig Zeit. Nicht mehr lange, und es würde in Xhancholii heiß hergehen.

Es war bemerkenswert, wie schnell Loriise, eine Frau, die zu Unterwürfigkeit erzogen war, die Situation erfaßte und zu einer Entscheidung kam. Die Nacht war noch nicht zur Hälte verstrichen, als sie auf ihrem Weg zu den Bergen an der zweiten Pyramide vorbeikamen. Sie ritten jeder einen *Haxopoden* und führten sechs weitere mit sich, die Nahrung und Wasser trugen. Mit vereinten Kräften würden die Tiere das Schiff wieder in eine Startposition aufrichten. Wenn das nicht gelang, würden sie die beiden Flüchtlinge sicher zu den Wüstenstämmen befördern. Was auch geschah, sie konnten jetzt nicht mehr umkehren.

Loriise schwieg während des ganzen langen Rittes; sie wirkte in sich gekehrt. Ihre Schwangerschaft war jetzt deutlich zu erkennen, trotzdem schonte sie sich nicht. Sie ritten siebzehn Nächte lang in scharfem Tempo und begannen dann den Aufstieg ins Gebirge.

Sie kamen langsam voran. Der ewige Wind hatte alle Wegmarkierungen auf dem kahlen Felsgestein vor langer Zeit ausgelöscht, und Loriise, die den Gebirgspfad nur aus alten Liedern und Legenden kannte, konnte bald nur noch raten. Der Weg führte sie ständig höher, und die Luft wurde dünn und kalt. Sie kamen immer langsamer vorwärts und stolperten halb betäubt die steilen Hänge hinauf, die kein Ende zu nehmen schienen.

Die *Haxopoden* hielten sich gut, bis sie die höchsten Regionen erreichten. Den kleineren Tieren reichte die dünne Luft aus, wenn sie ihnen die Sattel abnahmen, aber zwei der großen Lasttiere brachen zuckend zusammen, atmeten blutigen Schaum aus ihren Doppellungen aus und schlugen mit den langen, spatenfüßigen Beinen wild aus. Alladale erlöste die Tiere von ihren Qualen, und sie zogen weiter. Sie führten die restlichen *Haxopoden* an den Zügeln die ungeschützten Felsensimse entlang und ließen den größten Teil ihres Proviants von den Tieren hinter sich herschleifen.

Ganz oben taumelten Menschen und Tiere in einer alptraumhaften Karawane über das rauhe, kahle Plateau. Ein heftiger Wind schlug ihnen entgegen, der selbst die schweren Reitmäntel durchdrang, so daß sie nach kurzer Zeit bis auf die Knochen durchgefroren waren. Ihre Herzen schlugen unregelmäßig, in ihren Köpfen drehte sich alles vor Schmerz, und der feste Boden schien unter ihren wackligen Füßen zu schwanken. Ihre Gesichter waren von dem ständigem Wind wundgerieben, und ihre Lungen brannten von dem kalten Feuer, das sie mit jedem Atemzug in sich aufnahmen. Sie verloren jegliches Zeitgefühl und Orientierungsvermögen. Oft wurde Alladale von schrecklichen Träumen aus dem Schlaf gerissen, in denen er ewig in dieser rauhen, finsteren Leere umhertappte, und konnte dann trotz seiner Erschöpfung nicht mehr einschlafen.

Sie legten jetzt nur noch kurze Strecken zurück, jeweils bei Morgen- und Abenddämmerung. Nachtsüber kauerten sie eng umschlungen in Felsspalten oder hinter vereinzelten Sträuchern, um sich vor dem Wind zu schützen. Bei Tag lagen sie unter einem behelfsmäßigen Schutzdach.

Eines Morgens bemerkte Alladale, daß der Horizont viel nähergerückt war. Er ließ die Zügel des *Haxopoden* los, den er hinter sich her zerrte, und begann zu laufen. Der Schmerz in seinen Lungen, der mit jedem Atemzug aufflammte, kümmerte ihn jetzt nicht. Am Rand des Plateaus sah er den Pfad, schmal und schwergängig, aber eindeutig abwärts führend. Er warf sich zu Boden und blickte hinab. Dort unten war wieder Wüste, und in der Ferne, verschwommen, aber als solche zu erkennen, wartete die Oase.

Sie ruhten sich drei Tage aus. Das Schiff war mit den Reittieren schnell zu erreichen, und Alladale machte sich Sorgen um Loriises Gesundheit. Neben der Wasserstelle errichtete er ein Schutzdach und sammelte einen Vorrat der süßen, blauschaligen Früchte zu ihrem Verzehr. Loriise wirkte immer noch geistesabwesend. Als er sie fragte, wie sie sich fühle, sagte sie nur: »Gut.«

»Wann kommt das Kind?« fragte er. »Ich möchte nicht, daß du es draußen im Weltall, ohne jede Hilfe, zur Welt bringst.«

»Ich werde nicht im Weltall gebären«, erwiderte sie und fügte, als sie seinen besorgten Blick bemerkte, hinzu: »Unsere Körpervorgänge sind nicht wie bei anderen Rassen.« Mehr war nicht aus ihr herauszubringen.

Als sie den Landering erreichten, begann Alladales Arbeit. Er schirrte die *Haxopoden* an, damit sie das Schiff Millimeter um Millimeter vorzogen. Er hastete indessen hin und her, schaufelte Treibsand beiseite, korrigierte ständig die Zugrichtung der Tiere und sauste in den Kontrollraum hinauf, um die Positionsanzeiger zu überprüfen. Nach vier Nächten unermüdlichen Arbeitens war das Schiff startklar. Er warf einen letzten zufriedenen Blick auf die Instrumente und ging dann in das verlassene Raumhafengebäude, wo er ihnen eine Unterkunft eingerichtet hatte, und sagte Loriise Bescheid.

»Flieg allein. Ich muß hierbleiben«, sagte sie.

»Du kannst nicht hierbleiben, Loriise. Du wirst in dieser Wüste umkommen! Komm mit mir.«

»Nein. Mein Kind muß auf Xhanchos geboren werden, und ich kann niemals fort von hier. Ich habe genug Essen und Wasser, um zu den Wüstenstämmen zu gelangen.«

»Willst du für immer bei ihnen bleiben?« fragte er, sich ihrer Schilderung des rauhen Lebens des Wüstenvolkes entsinnend.

»Eines Tages wirst du nach Xhanchos zurückkehren. Dann sind die Kämpfe vorbei, und wir werden wieder in Xhancholii leben«, erwiderte sie. Sie nahm seine Hand und schaute liebevoll zu ihm auf. »Wenn ich dir gesagt hätte, daß ich Xhanchos nicht verlassen kann, wärest du meinetwegen in der Stadt geblieben und getötet worden. Ich mußte dich fortbringen. Die Eroberer werden sich gegenseitig umbringen, Alladale. Es ist immer so. Die anderen Frauen wissen das, und sie warten einfach, bis der Tag kommt, da sie von den Plünderern ihrer Stadt befreit sein werden. Aber ich konnte nicht wie sie empfinden.«

Er zog sie an sich. »Loriise, ich liebe dich. Ich habe dich nie als Sklavin oder Siegesbeute angesehen, sondern als meine Frau. Wir reiten gemeinsam zu den Wüstenstämmen.«

Sie löste sich von ihm und schüttelte den Kopf. »Nein. Sie würden einen Anderweltler nicht aufnehmen. Sie mußten zuviel von ihnen erdulden. Du mußt Xhanchos verlassen, Alladale. Es gibt keinen anderen Weg.«

Er dachte an den alten Widersacher, die Zeit, der sie ungeachtet aller Gelöbnisse voneinander trennen würde. »Es kann lange dauern, bis ich zurückkehre. So lange, daß unser Kind vielleicht älter ist, als du und ich es jetzt sind. Du wirst es vielleicht nicht einmal erleben.«

Sie wiederholte, was sie schon einmal gesagt hatte. »Unsere Körpervorgänge sind nicht wie bei anderen Rassen. Wir altern langsam und leben lange. Geh jetzt, aber komm zu mir zurück, Alladale. Ich werde mich nicht verändert haben. Komm zurück zu mir und unserem Kind.«

Er startete bei Sonnenaufgang.

6 ABERMALS BARDE UND FLÜCHTLING

Trubla schien ein ebensogutes Reiseziel wie jedes andere zu sein. Dieser Planet war weit entfernt, aber nicht so weit, daß eine einsame, von bedrückenden Erinnerungen begleitete Reise unerträglich gewesen wäre. Alladale entsann sich an Gerüchte über einen Kampf zwischen den Dynastien auf dieser Welt und die Etablierung eines neuen Herrscherhauses. Solche Ereignisse waren für einen Barden und Hymnenmacher in der Regel eine günstige Gelegenheit. Neue Regierungen hatten stets ein starkes Bedürfnis nach Mythen und Legenden, die zur Legitimierung ihrer Herrschaft herhalten sollten, und eine Lobeshymne, zum Beispiel, schien die Last einer neu gewonnenen Krone auf geheimnisvolle Weise beträchtlich zu erleichtern. Gariv hatte ihm ein solches Anliegen vorgetragen, überlegte er, und von anderen Herrschern war vermutlich dasselbe zu erwarten. Also auf nach Trubla – für ein, zwei Jahre, nicht länger, sonst verlor die Sache ihren Reiz –, und dann zurück nach einem friedlichen Xhanchos, zu seiner Frau, seinem Kind und einem seßhaften Leben.

So schlimm war die Sache im Grund nicht. Gewiß, er würde Loriise vermissen, aber diesmal durfte er hoffen, ihre Beziehung dort – oder fast dort – wieder anzuknüpfen, wo er sie unterbrochen hatte. Loriise würde nicht tot oder durch die Launenhaftigkeit der Zeit zur Greisin geworden sein – und dann furchte er die Stirn und stellte sich vor, welche Komplikationen sich ergeben mochten, wenn sie so langsam alterte und er – Er schob den Gedanken beiseite. Warum sich diesen Tag vermiesen, indem er sich den Kopf über zukünftige zerbrach. Vielleicht war etwas in der Luft oder dem Wasser von Xhanchos, vielleicht auch in den köstlichen blauschaligen Früchten, das den Alterungsprozeß verlangsamte. Das war durchaus möglich. Und wenn nicht, blieb immer noch die Sternengeschwindigkeit. Bislang war er nicht schlecht damit gefahren. Nach dem GSK war er siebzig, achtzig, vielleicht sogar hundert Jahre alt, aber nach subjektiver Zeit war er fast noch ein Jüngling.

Etwa nicht? Er überprüfte diese These, indem er zum erstenmal seit langem wieder in den Spiegel sah. Der Bart, der ihm beim Durchqueren der Wüste gewachsen war, wies eine Anzahl weißer Streifen auf. Höchstens ein halbes Dutzend, und verfrüht, natürlich; aber da waren sie, deutlich sichtbar und ein halbes Dutzend zuviele. Das ist der Streß, sagte er sich. Die Hitze, der Durst, die karge Kost, all die schwere Arbeit, der Kampf – sowas kann über Nacht passieren. Das wußte jeder. Und Gariv und Gurdur hatten ihn stets »Junge« oder »Bursche« genannt. Nichtsdestoweniger rasierte er sich gründlich.

Sein größtes Problem neben der Einsamkeit war, die Zeit totzuschlagen. Um seine trübsinnigen Gedanken zu verscheuchen, nahm er die Linlovar und ging die ganze Palette von Fingerübungen durch, und dann stellte er eine Bilanz seiner sämtlichen Lieder, Legenden und Geschichten auf, die er seit dem Aufbruch von Bellaterra gelernt oder selbst komponiert und gedichtet hatte. Er erinnerte sich an ein paar alte, unbenutzte Logbücher, die Tib am Anfang ihrer Reise irgendwo hingesteckt hatte. Er stöberte sie auf und schrieb alles nieder, was ihm einfiel; selbst jene Zeilen und Bruchstücke von Zeilen, die nebelhaft in seinem Gedächtnis herumirrten. Wenn ihm das langweilig wurde, was ab und zu vorkam, überarbeitete er, was er zu Papier gebracht hatte, polierte dies auf, feilte das aus, bis sein Werk ihn zufriedenstellte. Mit dieser Arbeit beschäftigt, machte die Reise ihm keinen Kummer. Als er auf Trubla landete, hatte er drei dicke, vollgeschriebene Logbücher unterm Arm.

Die Trublaner waren direkte Nachkommen irdischer Pioniere aus der Frühphase der Massenauswanderung. Sie waren ein gedrungenes Volk von kleinerem und breiterem Wuchs als Alladale, blondhaarig und blauäugig, und ihr Gefühlslcben und Mienenspiel bewegte sich in einem engen Rahmen. Die Frauen waren für seinen Geschmack zu stämmig (er dachte an Loriise, schlank wie ein junger Baum und fast so groß wie er), und die Männer ließen gern öffentlich die Muskeln spielen, prusteten sich mächtig auf und fluchten aus Leibeskräften. Sie wurden nie handgreiflich, aber wenn man sie so hörte, konnte man es mit der Angst bekommen.

Wie es sich für einen guten Barden ziemte, quartierte Alladale sich in einem belebten Gasthaus ein, wo er gesehen und gehört werden konnte und seinerseits Gelegenheit hatte, sich mit den hiesigen Sitten und Gepflogenheiten vertraut zu machen. Die trublanische Geschichte war ein Verwirrspiel. Weil alle Bewohner dieser Welt von den ersten Siedlern abstammten, war die Thronfolge häufig Gegenstand gewalttätiger Auseinandersetzungen, und wer als Sieger daraus hervorging, pflegte die Vergangenheit so abzuändern, daß sein Herrschaftsanspruch legitimiert wurde. Nach neun Kriegen zwischen den Dynastien in sechs Jahrhunderten waren die historischen Fakten unwiederbringlich verloren.

Alladale fand rasch heraus, daß seine Informationen überholt waren. Der letzte Kampf, der zum Umsturz der S'snpuaris führte, hatte vor etwa vierzehn planetarischen Jahren stattgefunden – rund eine Dekade GSK. Der derzeitige Herrscher, Krankl, war der sechste der sdrat'saisch-bizanischen Könige. Er hatte sein Amt bereits seit drei planetarischen Jahren inne, eine Rekordzeit für diese Welt. Krankl war ein schwerfälliger, kraftloser, dickbäuchiger Mann, hatte lange, dünne Haare und ein kaum erkennbares Kinn. Seine dicht zusammenstehenden, schlitzförmigen Augen ruhten oft argwöhnisch auf seinem ältesten Sohn und Thronerben Fegg. Krankls Namensliste war doppelt so lang wie die von Gariv, und Alladale war überzeugt, daß er nicht einen davon verdient hatte. Die meisten waren ohnehin nicht von der Art, die man sich verdienen konnte, Ehrentitel wie »Hellster Stern im Universum« oder »Unerschütterlicher Turm der Erleuchtung«. Andere, wie »Mächtiger Arm und Schmied des Schwertes der Vorherrschaft«, wirkten bei einem Mann wie Krankl gänzlich fehl am Platz.

Die Bewohner der Kronstadt hatten ihm andere Titel verliehen: »Krankl, der Unbarmherzige« war der vielleicht noch am wenigsten haßerfüllte. Alladale erkannte bald, daß Krankl diesen und seine anderen inoffiziellen Titel mehr als verdient hatte. Die Zahl der Gefängnisse war unter seiner Herrschaft verdoppelt worden, und jedes war zum Bersten voll. Er hatte neuartige Folterkammern bauen lassen, sie mit der besten Ausrüstung versehen und machte in eigener Person regelmäßige Inspektionstouren. Sechzehn spektakuläre neue Hinrichtungsmethoden waren auf seinen Befehl hin ersonnen oder wiedereingeführt worden. Die Zahl der Schwerverbrechen war vervierfacht, die Haftstrafen waren neu festgelegt und Gerichtsverhandlungen abgeschafft worden. Krankl erklärte dazu öffentlich, er werde alle staatsgefährdenden Elemente und Feinde der Krone vernichten, um für seine treuen Untertanen einen sicheren Trubla zu schaffen. Ein älterer Herr, der der Bekanntgabe zuhörte, bemerkte, Krankl werde vermutlich alle seine Untertanen vernichten, um für sich selbst einen sicheren Trubla zu schaffen. Der Mann wurde ebenso hingerichtet wie jener hohe Minister, der Krankl Berechnungen vorlegte, aus denen hervorging, daß die Bevölkerung sich bei der gegenwärtigen Zahl der Exekutionen binnen zweier planetarischer Jahre halbiert haben würde.

Alladale entschloß sich angesichts dieser Nachrichten zu einer Änderung seiner Pläne, doch er handelte nicht schnell genug. An dem Tag, als er das Gasthaus verlassen wollte, trafen vier Palastwachen ein, die ihn zu Krankl eskortieren sollten. Der Monarch hatte gehört, daß ein renommierter Barde in der Kronstadt gastierte, und beorderte ihn an seinen Hof. Ein königlicher Befehl konnte unmöglich ignoriert werden, und zu erklären, er sei nicht der richtige Alladale, dürfte hier wenig Sinn haben. Trubla gehörte offensichtlich nicht zu den Welten, wo verständliche Erklärungen auf Verständnis stießen. Alladale Hymnenmacher begleitete die Eskorte.

Der Königspalast fügte sich genau in das Stadtbild: ein niedriges Steinbauwerk mit wirren Verzierungen, die von dem denkbar schlechtesten Geschmack zeugten, fleckenlos sauber und baufällig. Als sie näherkamen, bemerkte Alladale lange, seltsam-geformte Fahnen, die in einer leichten morgendlichen Brise wehten. Er fragte seine vier Begleiter danach, doch diese gaben durch nichts zu erkennen, daß sie ihn gehört hatten. Als sie das Haupttor passierten, schaute er hoch, um die Fahne direkt über sich genauer zu inspizieren. Er blieb wie angewurzelt stehen und kämpfte gegen eine seismische Erschütterung seiner Eingeweide an. Die Fahnen waren Menschenhäute.

Die beiden Wachen, die hinter ihm marschierten, stießen ihn vorwärts. Er ging weiter, schwitzte am ganzen Körper, und seine Gedanken überschlugen sich in wilder Panik. Er mußte fort von Trubla, und zwar so schnell wie möglich. Das Schiff neu ausrüsten, Xhanchos ansteuern, sich ein paar Jahre in der Oase verstecken. Das würde zwar heiß sein, unbequem, manchmal auch qualvoll, aber besser als dies. Nicht einmal Xhanchilion zogen Menschen die Haut ab. Sie ließen sie vielleicht zu Tode schuften oder warfen sie in den Pulverisator, aber sie waren nicht unnötig grausam dabei.

Im Palast wurde Alladale einer gründlichen Leibesvisitation unterzogen und dann an einen Protokollbeamten weitergereicht, der ihn in den höfischen Umgangsformen unterwies. Wichtig waren vor allem eine unterwürfige Haltung, servile Gesten und komplizierte Anredeformen. Zu seiner Erleichterung erfuhr Alladale, daß es einem Anderweltler erlaubt war, Krankl schlicht mit »Euer Galaktischer Supremat« zu adressieren, statt, wie die Einheimischen, die ganze Liste von Titeln aufzählen zu müssen. Der Beamte, ein junger Mann, der an heftigen nervösen Gesichtszuckungen litt, informierte ihn, die Strafe für das Weglassen eines Titels sei der Tod durch Verbrühen in kochendem Wasser – es sei denn, Krankl war geneigt, eine härtere Strafe aufzuerlegen.

Endlich wurde er in den Thronsaal geführt. Alladale tat sein Bestes, Eindruck zu schinden. Seine Insignien, die ihn als Künstler auswiesen, machten ihn zur farbenprächtigsten Gestalt im Saal, denn die Trublaner trugen allesamt eintönige, graubraune Gewänder. Er ging hoch aufgerichtet und gemessenen Schrittes auf Krankls Thron zu, machte eine elegante, schwungvolle Verbeugung, verharrte in dieser Stellung während der vorgeschriebe-

nen Zeit, verneigte sich dann etwas weniger förmlich vor den drei
reizlosen Frauen, die auf einem tiefergelegenen Podium zur Linken von Krankl saßen, und dann ein drittesmal vor dem boshaft
grinsenden kleinen Fegg, der am Fuß des Podests rechts von
Krankl kauerte.

»Genug! Dieser alberne kleine *Kekket* verdient keine Verbeugung«, knurrte Krankl und schleuderte einen halbvollen Wein-
kelch nach seinem Sohn. Fegg wich dem Wurfgeschoß aus, und
zwei Höflinge sprangen sofort auf, um den Kelch aufzufangen,
ehe er zu Boden fiel. Sie stießen jedoch zusammen, und der Kelch
schepperte auf die Steinplatten. Im Thronsaal herrschte augenblicklich Totenstille. Krankl wandte sich den beiden schlottern-
den Höflingen zu, funkelte sie wortlos an, dann grinste er hinter-
hältig und erklärte: »Ich bin geneigt, Milde walten zu lassen. Da
es Ungeschicktheit war, die zu eurem Versagen führte, will ich
euch eine Entschuldigung für alle künftigen Ungeschicklichkei-
ten gewähren. Jedem von euch wird ein Fuß abgeschlagen. Ich ge-
statte euch, selbst zu entscheiden, welchen Fuß ihr zu verlieren
wünscht.« Er bedeutete den Wachen, den Befehl auszuführen,
und richtete seine Aufmerksamkeit dann auf Alladale. »Der be-
rühmte Alladale Hymnenmacher kommt also nach Trubla. Sag
mir, Barde hältst du dich für würdig, deine Kunst in Gegenwart
von Krankl, Verkörperung aller Harmonie und süßer Sänger der
Sterne, auszuüben?«

Das war ein unbekannter Titel, den Krankl sich vermutlich
eben erst verliehen hatte. Alladale machte eine Verbeugung und
verschanzte sich hinter einigen höflichen Phrasen. »Die Entscheidung liegt bei Euch, Euer Galaktischer Supremat. Ich erwarte
Eure Befehle.«

Krankl sah sich selbstzufrieden im Thronsaal um und sagte:
»Wir geruhen, uns ein Lied anzuhören. Ein kurzes Lied, Barde.
Wir wünschen nicht, gelangweilt zu werden.«

Nach weiteren Kreuzverrenkungen schlug Alladale einen sanften Akkord auf der Linlovar an und begann das Lied von der Alten Erde zu singen, das er von Gariv gehört hatte. Er trug es in ab-
gewandelter Form vor, kürzer und prägnanter, ergreifender und
eindringlicher als das Original. Als er endete, war kein Laut zu
vernehmen. Alle Augen waren auf Krankl gerichtet, um seine Reaktion abzuwarten. Die Verkörperung aller Harmonie und süßer
Sänger der Sterne senkte den Kopf, führte die Hand an die Stirn,
blinzelte übertrieben heftig und wischte sich mit einer gezierten
Bewegung des kleinen Fingers über einen Augenwinkel. Sofort er-

hob sich ein Schniefen und Schneuzen unter den Höflingen. Die drei Prinzessinnen auf ihrem dreifachen Thron starrten Alladale mit offenen Mündern an. Die jüngste begann zu schluchzen. Krankl wandte sich an die anderen und knurrte: »Weint, sonst gibt es Hiebe, hört ihr? Weint! Alle!« brüllte er, und im ganzen Thronsaal heulte und wimmerte es. Als Krankl genug davon hatte, hob er die Hand, um den Aufruhr zu beenden, und winkte Alladale an den Fuß seines Thrones heran.

»Du hast das Herz von Krankl, Quelle des Erbarmens für alles Leben, bewegt, Barde. Sag mir, kannst du ein ebenso gutes Kampflied?«

»Meine Worte können einen alten Quipliden dazu bringen, ein Dutzend Skeggjatten zu bekämpfen, Euer Galaktischer Supremat«, sagte Alladale mit einer tiefen Verbeugung. »Und zu besiegen.«

»Und Geschichten? Ahnenlegenden?«

»Ich bin in beidem unübertroffen, Euer Galaktischer Supremat.«

»Dann höre deine Belohnung, Alladale Hymnenmacher«, verkündete Krankl. »Fortan sollst du Barde dieses Thrones sein. Ich gewähr dir die Gnade, dein Leben und dein Können der Zelebrierung meiner Herrschaft und der Großtaten jener erlauchten Ahnen zu weihen, deren Erhabenheit in mir ihren Gipfel erreicht hat.«

Alladale war wie gelähmt. Diese Form der Sklaverei war schlimmer als die auf Xhanchos. Sie fesselte nicht nur den Körper, sondern auch Geist und Geschick. »Aber ich – ich bin dieser – Ehre nicht würdig, Euer Galaktischer Supremat«, stammelte er. »Ich hätte nie gedacht – ich wäre nie –«

»Natürlich bist du unwürdig, Barde, aber ich bin geneigt, über deine Unwürdigkeit hinwegzusehen. Du darfst mir von Zeit zu Zeit Gesellschaft leisten und in den Genuß meiner inspirierenden Gegenwart kommen. Stelle mich zufrieden, und du wirst gut belohnt werden.«

Nachdem Alladale entlassen war, fragte er den an nervösen Zuckungen leidenden Protokollbeamten, ob Krankl schon einmal einen Barden gehabt habe. Er erfuhr, daß er der vierte war, dem diese Ehre zuteil wurde. Zögernd erkundigte er sich nach dem Schicksal seiner Vorgänger. Der Beamte antwortete, er könne sie am unteren Tor finden, in der Bettlermenge. Sie seien leicht zu erkennen, weil ihnen die Hände fehlten.

Zwei angespannte aber ereignislose Tage vergingen. Alladale wurde eine kleine Zimmerflucht im Schloß zugeteilt, und man gab ihm Gewänder, die er bei Hof zu tragen hatte, ein Siegel, das ihn als Barden auswies, eine umfangreiche Sammlung trublanischer Musikinstrumente, auf denen er üben sollte, und eine Leibwache.

An seinem dritten Tag als Barde des Thrones von Trubla wurde er an den Hof zitiert, wo man ihm mitteilte, er solle Krankls jüngster Tochter, der Prinzessin aller Welten und größten Schönheit im Universum, Linlovarunterricht erteilen. Der Unterricht sollte noch am selben Tag, nach dem Mittagsmahl beginnen.

Mit einem flauen Gefühl im Magen (das er seit dem Tag seiner Beförderung verspürte), aber doch einigermaßen erleichtert, daß Krankl sich nichts Verrückteres für ihn hatte einfallen lassen, begab er sich zu den königlichen Gemächern. Zwei furchterregende Matronen führten ihn hinein, um dann ihre Wachtposten zu beziehen, als er und die Prinzessin, die Fruda hieß, sich mit ihren Linlovars einander gegenübersetzten.

Fruda war ein angenehmes und folgsames Mädchen; weniger angenehm fürs Auge – oder Ohr –, aber lerneifrig und lobeshungrig. Sie sagte kaum etwas, aber ihre wenigen Bemerkungen legten die Vermutung nahe, daß sie anstelle eines Verstandes einen süßen dicken Pudding im Kopf hatte. Sie lächelte sehr oft ohne erkennbaren Grund. Am Ende der ersten Lektion hatte Alladale ihr ein paar einfache Griffe und eine leichte Melodie beigebracht, und als er sie höflich für ihr Talent und ihre rasche Auffassungsgabe lobte, bat sie ihn, am Abend wiederzukommen und den Unterricht fortzusetzen. Er konnte ihr den Wunsch nicht abschlagen. Sie war ihres Vaters Liebling.

Am Abend nahmen sie wie zuvor ihre Plätze ein, umgeben von gestrengen Aufpasserinnen. Fruda lächelte wieder; diesmal schelmisch und häufiger denn je. Nach einiger Zeit begannen die Anstandsdamen einzunicken. Bald darauf schnarchten sie. Fruda warf ihre Linlovar beiseite und breitete die Arme aus. »Komm, Prinz des Rosigen Morgengrauens, und hol dir deine Belohnung!« rief sie verzückt und schloß die Augen. Alladale seufzte, stellte seine Linlovar ab und holte sich seine Belohnung. Seine schauspielerischen Fähigkeiten ließen ihn die Sache durchstehen.

Als die Anstandsdamen allmählich in Tiefschlaf versanken, wurde Fruda immer enthusiastischer und gab wildes, überspanntes romantisches Zeug von sich. Am ausgefallensten und ärgsten war ihre Idee, ihr Prinz müsse sie schwungvoll hochheben und in ihr Schlafzimmer tragen. Dabei wäre es viel einfacher gewesen, wenn sie ihn sich unter den Arm geklemmt hätte und gemächlich den langen Flur entlanggeschlendert wäre, überlegte Alladale, als er mit der einfältig grinsenden Prinzessin auf den Armen vorwärts taumelte. Fruda, die sein angestrengtes Schnaufen für den heißen Atem der Leidenschaft hielt, flüsterte: »Ich bin dein, Eroberer von den Sternen! Besitze mich, töte mich, mein Prinz!«

Beim Unterricht am nächsten Tag taten ihm Rücken und Arme so weh, daß er kaum die Linlovar halten konnte und sich vorwiegend auf Liedtexte beschränkte. Dem Muskelkater hatten sich Schuldgefühle hinzugesellt, und er bemühte sich, sein Gewissen zu beschwichtigen. Er hatte Loriise nicht wirklich betrogen, sagte er sich. Die Sache hatte ihm gewiß keinen Spaß gemacht, und wirkliche Untreue setzte voraus, daß man seinen Spaß hatte.

Die Anstandsdamen waren hellwach, und ihre Augen funkelten wie die von hungrigen *Snargraxen*, doch Frudas ständiges Lächeln verhieß einen weiteren anstrengenden Abend. In seiner Verzweiflung schlich Alladale unmittelbar nach dem Unterricht in einen langen braunen Mantel gehüllt aus dem Palast und machte sich auf den Weg zum Raumhafen. Er hatte sich eine Geschichte ausgedacht, die ihn an alle Wachen vorbeibringen würde, und wenn er erst einmal an Bord war, würde er ... Am Ziel angelangt, blieb er abrupt stehen und starrte betäubt auf einen leeren Fleck. Sein Schiff war fort. Er suchte den ganzen Raumhafen ab, überzeugte sich ein dutzendmal von der Richtigkeit der Landering-Nummer und erkundigte sich schließlich diskret nach dem Verbleib des zuletzt gelandeten Schiffes. Es war tatsächlich fort. Heute morgen, erfuhr er, war es auf einer diplomatischen Mission zu einem der inneren Systeme gestartet. Er war wieder einmal gestrandet. Er kehrte zum Palast zurück wie jemand, der das Schafott besteigt. In der Nacht, als Frudas romantische Sehnsüchte befriedigt waren und sie lächelnd in den Armen ihres ermatteten Eroberers von den Sternen lag, versuchte Alladale ihr ein paar konkrete Antworten zu entlocken. Zunächst seufzte und schmollte sie nur, aber er ließ nicht locker. »Ich bin ein einsamer, verzweifelter Mann, mein kleiner Mondstrahl, und auf diesem ganzen Planeten habe ich nur dich, der ich vertrauen kann. Ist das Gerücht wahr? Hat man mir mein Schiff genommen?«

»Aber mein Prinz braucht doch kein Raumschiff«, sagte sie und sah spröde zu ihm auf. »Er ist jetzt und für alle Zeiten ein Mitglied des Hofes von Krankl. Würde er seine hilflose Liebesdienerin im Stich lassen und zu einer anderen Welt fliehen?«

»Keine Macht in der Galaxis könnte mich von dir trennen,

mein Schneeflöckchen. Aber wenn es jemand versuchte –«
»Ja? Was würdest du dann tun?«

Er sagte mit klirrender Stimme: »Ich würde mir einen Weg durch ein Heer von Kriegern hauen und dich zu den fernsten Sternen entführen! Wenn ich ein Raumschiff hätte.«

»Wenn ein Mann in den Dienst der Krone tritt, braucht er keine Besitztümer mehr. Alles, was er hat, wird Eigentum meines Vaters, der darüber verfügt, wie es ihm beliebt.«

»Selbstverständlich«, pflichtete Alladale bei und hütete sich, mehr zu diesem Thema zu sagen.

Bei ihrem Abschied am Morgen überraschte Fruda ihn mit einer frohen Botschaft. Sie war vollkommen sachlich, verzichtete auf alle Titel und alles Getue. »Wir können uns eine Weile nicht mehr treffen, Barde. Ich lasse es dich wissen, wenn ich dich wieder will«, sagte sie, immer noch lächelnd.

»Stimmt etwas nicht?« fragte Alladale.

»Mein Vater hat die Verhandlungen mit den freien Händlern abgeschlossen. Sie reisen heute ab. Er will von dir unterhalten werden, und da mußt du jederzeit zur Verfügung stehen.« Sie kicherte und zog sich die Bettdecke übers Gesicht. »Wenn er dich rufen ließe – und *hier* fände –«

Alladale schwante Fürchterliches. Er hatte seine Berufung in Frudas Gemächer als indirekte Aufforderung des Monarchen verstanden, für frisches Blut im königlichen Geschlecht zu sorgen. Jetzt erstarrte sein Rückgrat zu einer Eissäule, als er sich vorstellte, wie Krankl mit dem Anderweltler verfahren würde, der seine jüngste Tochter verführt hatte.

Er war es gewohnt, in Minutenschnelle reisefertig zu sein. Mit seinen Künstlerinsignien auf dem Rücken, einem Beutel Zahlwürfel am Gürtel, den Logbüchern unterm Arm und der Linlovar über der Schulter, besaß er alle weltlichen Güter, deren er bedurfte. Er steckte nur die *Rillif* ein, ein winziges Instrument, das oszillierende Töne hervorbrachte. Allerdings waren seine Chancen, von Trubla fortzukommen, um so größer, je mehr er den freien Händlern bieten konnte.

Ein Ring mit einem großen grünen Diamanten funkelte an Frudas Finger – ein nettes Trostpflästerchen für ein gestohlenes Raumschiff, einen Auftritt auf Befehl und Dienste persönlicherer Art, dachte er. Süße Abschiedsworte murmelnd, ergriff er Frudas massige Hand, streichelte und küßte sie, drückte sie fest und verließ dann winkend das Zimmer.

Wie sich herausstellte, genügten seine Zahlwürfel für die Passage. Die freien Händler waren sehr entgegenkommend, nachdem sie mit Krankl, dem hellsten Stern im Universum, zehn planetarische Tage gefeilscht hatten. Er war überzeugt, daß sie ihn auch umsonst mitgenommen hätten, aber er fühlte sich wohler, wenn er seine Reise bezahlt wußte.

Der Ring war ein hübsches Andenken. Es befriedigte ihn auch festzustellen, daß er nichts von seiner alten Geschicklichkeit eingebüßt hatte. Seine Hand war so flink und sicher wie eh und je.

Die freien Händler wollten nach Skorat, um mit einem der dortigen Kriegsfürsten ein Handelsabkommen zu schließen. Sie waren bereit, Alladale bis dahin, aber kein Lichtjahr weiter mitzunehmen, und er nahm das Angebot dankend an. Der Skorat stand auf seiner Wunschliste nicht sehr weit oben, aber er war nicht Trubla.

Nach dem Erlebnis auf Trubla hatte er vom Leben am Hof und der Gesellschaft von Königen ein- für allemal die Nase voll. Dachte Alladale zumindest. Aber nachdem er einen langen planetarischen Monat von einer muffigen Gaststube zur nächsten gezogen und immer nur vor grobschlächtigen, verschwitzten *Brinter*hirten aufgetreten war, änderte er seine Meinung. Schließlich war er ein großartiger Künstler, ein Barde von Königen. Zudem hatte er Nachrichten, die für Nikkolope, die Königin von Thak, von höchstem Interesse sein dürften und ihm eine stattliche Belohnung einbringen konnten. Er lenkte seine Schritte in Richtung Thak. Er wählte den direkten Weg. Nachdem er seine Kleidung hatte reinigen, wiederherrichten und gründlich auslüften lassen, begab er sich zum Königspalast, nannte seinen Namen und ersuchte um eine Audienz bei der Königin. Der Wachmann reagierte augenblicklich. Er führte ihn zu dem Wachoffizier, und dieser geleitete den Barden persönlich in einen kleinen Raum tief im Innern des Palasts, wo er ihn in der Obhut zweier Wachen zurückließ. Als Alladale sich höflich mit den beiden zu unterhalten versuchte, schimpfte der eine ihn einen stinkenden, dreckigen, wasser-schlürfenden Sohn eines fünfbeinigen *Brinths* und schwor, ihm die Zähne einzuschlagen, falls er noch einmal den Mund aufmachte.

Das gab ihm zu denken. Er hatte genug von der Galaxis gesehen, um nichts mehr, auch nicht die unglaublichsten Zufälle, für möglich zu halten, aber er fand, daß sich das Schicksal in seinem Fall von einer besonders schlechten Seite zeigte. Geriet er hier auf Skorat in dieselbe Zwangslage, der er auf Trubla gerade erst entronnen war? Warum geht immer alles schief? fragte er sich traurig. Schließlich waren seine Wünsche bescheiden genug: ein Publikum, vor dem er auftreten konnte, Gelegenheit zum Lernen und künstlerischem Schaffen und ein ganz normales Leben. Aber immer kam es anders. Er saß und wartete, brütete vor sich hin und hatte es auf ein ansehnliches Maß an Selbstmitleid gebracht, als seine Besucher eintrafen.

Plötzlich ging die Tür weit auf, und Alladale stockte der Atem beim Anblick der herrlichsten Frau, die er je gesehen hatte. Er sprang auf und machte instinktiv eine tiefe Verbeugung vor ihr. Ihre Schönheit kannte keine Grenzen, entzog sich jeglicher Beschreibung; sie erfüllte den kleinen Raum wie ein liebliches Lied.

»Ich, Nikkolope, Königin der Stadt Thak, verlange zu wissen, mit welchem Recht du unter falschem Namen zu meinem Palast kommst und um eine Audienz ersuchst«, sagte sie. Ihre Stimme war so weich und zugleich so schneidend, daß sich ihm der bildliche Vergleich eines hervorragend gearbeiteten Messers aufdrängte, das in rasch wechselnden Ausfällen aufblitzte.

»Der Name wurde mir von einem Mann verliehen, der sich Gariv von Skorat, Herr der Stadt Thak und Gemahl einer gewissen Nikkolope nannte, Euer Majestät«, erwiderte er mit einer eleganten Verbeugung.

»Wo ist dieser Gariv?« fragte der Mann an ihrer Seite scharf. Er war eine eindrucksvolle Erscheinung, hochgewachsen und muskulös und stattlich in seiner hochmütigen, drohenden Haltung. Hätte er den Raum allein betreten, wäre schon sein Eintritt ein bemerkenswertes Ereignis gewesen, aber neben Nikkolope verblaßte er zur Unsichtbarkeit. Alladale bemerkte ihn jetzt erst.

»Warte, Sounitan«, sagte die Königin. Dann befal sie Alladale: »Beschreibe den Mann, der behauptete, Gariv von Skorat zu sein.«

»Ein kraftvoller Mann in mittleren Jahren – größer als ich und ein hervorragender Kämpfer – dichtes, schwarzes Haar mit weißen Strähnen, ein ebensolcher Bart – eine Narbe auf der Brust –«

»Beschreibe die Narbe«, sagte Nikkolope.

»Sie begann knapp unterhalb der rechten Schulter und verlief quer über die Brust zu den linken unteren Rippen. Sie war gezackt, wie wir Blitze darzustellen pflegen, Euer Majestät.«

Sie wandte sich an ihren Begleiter. »Eine solche Narbe zog Gariv sich zu, als er um meine Hand kämpfte.«

»Das genügt nicht. Wir müssen mehr wissen.«

»Ganz recht«, erwiderte sie und wandte sich wieder Alladale zu. »Wer war dieser Hymnenmacher, dessen Name dir verliehen wurde? Weshalb gab Gariv ihn dir?«

Alladale erzählte die Geschichte, die er sich auf dem Weg nach Thak zurechtgelegt hatte: Er habe durch eine lange Krankheit das Gedächtnis verloren und sei als Garivs Mitgefangener in einem Sklavenlager auf Xhanchos erwacht. Gariv habe von seinen Künsten erfahren und sich mit ihm angefreundet. Wegen seines Muts beim Aufstand der Sklaven habe Gariv ihm den Namen seines gefallenen Barden gegeben und ihm befohlen, eine Schlachthymne für den Sturm auf Xhancholii zu machen.

»Und was ist aus diesem Gariv geworden? Ist er in der Schlacht gefallen?« fragte Nikkolope.

»Nein, Euer Majestät. Er führte die Freie Armee gegen einen übermächtigen Feind zum Sieg. Allerdings befürchte ich, daß er nun tot ist.« – »Ein Attentat?«

»Vielleicht. Als ich Xhancholii verließ, waren die Sieger zerstritten. Einige wollten eine freie Republik schaffen, andere eine religiöse Ordnung. Gariv und einige Gefolgsleute beabsichtigten, einen Militärstaat zu errichten. Und die überlebenden Xhanchilion warteten darauf, daß die Eroberer sich gegenseitig umbrachten.« – »Ich bin überzeugt, die überlebenden Xhanchilion waren Frauen.«

»Die meisten, Euer Majestät. Mehrere Frauen der Gagaal wurden verschont, um den Anführern der Freien Armee zu dienen.«

Nikkolope lachte höhnisch. »Zweifellos hat die schönste von ihnen Gariv in seinem Bett gedient. Ist das richtig?«

»Es ist richtig, daß er die schönste zu seiner Dienerin machte, Euer Majestät«, entgegnete Alladale unbehaglich.

»Das sieht ihm ähnlich. Aber du sagtest, er sei jetzt tot?«

»Ich vermute es, Euer Majestät. Als ich Xhancholii verließ –«

»Deine Vermutungen interessieren mich nicht, Hochstapler«, unterbrach ihn Nikkolope. »Ich will den Tatbestand wissen. Du bist gekommen, um mich von Garivs Tod zu unterrichten?«

Alladale zögerte einen Augenblick nachdenklich. Er wußte, was Nikkolope hören wollte, und sah keinen Grund, etwas anderes zu sagen. Gariv konnte die Verschwörungen gegen ihn kaum überlebt haben. Und selbst wenn er seinen Feinden entkommen war, würde er Xhanchos nie verlassen können. Faktisch war er doppelt tot. »Jawohl, Euer Majestät. Gariv liegt tot auf Xhanchos«, erklärte Alladale.

»In diesem Fall muß ich einen Prinzgemahl wählen und ehelichen«, sagte Nikkolope kühl. »Thak ist schon zu lange ohne einen König.« Alladale hatte seine Zweifel an dieser Bemerkung. Ein

König war überflüssig, wenn eine solche Frau auf dem Thron saß. Nikkolope war nicht die leidende und trauernde Witwe, sondern eine Herrscherin, deren Wort Gesetz war. »Was dich angeht, Hymnenmacher«, begann sie, unterbrach sich dann und musterte ihn eine Weile, um schließlich fortzufahren: »Du wirst heute abend bei Hof sein und uns unterhalten. Wenn du den Namen Alladales verdienst, so magst du ihn behalten, bis ich deine Hinrichtung anordne.«

»Meine Hinrichtung, Euer Majestät?« fragte er.

»Du hast die Nachricht vom Tode eines Königs überbracht. Die Strafe dafür lautet Tod. Er wird schnell und ehrenvoll sein, Barde, das verspreche ich dir. In der Zwischenzeit freue dich deines Lebens und zeige deine Künste. Wenn du uns gut unterhältst, will ich dein Leben bis zum Abschluß der Hochzeits- und Krönungszeremonien schonen.«

Alladale gestikulierte unsicher. »Es wird nicht leicht sein, das Leben zu genießen und mein Bestes zu geben, wenn ich weiß, daß ich sterben muß, Euer Majestät«, sagte er so ruhig er konnte.

»Du redest wie ein Anderweltler«, bemerkte Sounitan.

»Ich *bin* ein Anderweltler.«

»Alle Menschen sterben, Barde. Die Tapferen und Glücklichen fallen im Kampf; die Schwachen und Feigen sterben zitternd in ihren Verstecken; die Unglücklichen werden hingerichtet. Aber sie sterben alle. Auf Skorat fürchtet ein Mensch den Tod nicht. Er kostet jede Minute seines Lebens aus, auch die letzte. Das gilt für Männer und Frauen gleichermaßen. Merk dir das«, sagte Nikkolope und rauschte mit Sounitan aus dem kleinen Zimmer. Alladale wurde gestattet, sich innerhalb des Palasts frei zu bewegen.

Am Abend gewann er den Beifall des Hofes. Selbst der hochmütige Sounitan pochte vor Begeisterung auf die Lehne seines Sessels, um seiner Zustimmung zu einem skeggjattischen Kampf-Zauber Ausdruck zu verleihen, und als Alladale die Kriegshymne der Freien Armee sang, bekamen die ältesten Krieger leuchtende Augen. Zum Abschluß des Abends, als er mit einer langen, ergreifenden, fünfstimmig erzählten Geschichte über einen Vater, der im Kampf versehentlich den eigenen Sohn erschlägt, fertig wurde, stand Nikkolope auf und gab bekannt, dieser Barde heiße von nun an Alladale Hymnenmacher, und sein Leben solle für ein planetarisches Jahr, von der königlichen Hochzeit an gerechnet, geschont werden. Die Anwesenden beklatschten soviel Großmut. Alladale war zwar nicht gerade überwältigt, aber die Aufschiebung seines Todesurteils ermutigte ihn doch ein wenig, und er drückte seine Gefühle in einem witzigen Vers aus. Die Königin war immer noch in Spendierlaune und ließ ihren Waffenschmied kommen, um ihn ein wunderschönes Schwert holen zu lassen, das sie Alladale zum Geschenk machte. Er hielt es hoch, damit alle es sehen konnten, und improvisierte ein Dankeslied in einem alten skeggjattischen Versmaß:

> »Ein Atemhauch gegen die Sturmbö,
> Regen gegen die wogende See,
> Ein Funke neben der heißen Flamme,
> Sterne neben meiner schönen Königin,
> Dies sei das Schicksal aller Schwerter,
> Wenn sie auf meine Klinge treffen,
> Dem Geschenk von Königin Nikkolope
> An ihren Hymnenmacher.«

Alle applaudierten. Nikkolope hörte sich das Lied an, und als er endete, hob sie noch einmal die Hand, um eine weitere Bekanntmachung anzuzeigen. Die Höflinge verstummten, und sie erklärte: »Alladale Hymnenmacher hat sein Leben gewonnen. Lasset alle meine Worte hören, auf daß sie sie ehren.«

Alladale dankte ihr überschwenglich, und als sie sich zurückgezogen hatte, hob er einen Krug dunklen, scharfen Weins und trank auf das Wohl der gütigsten und herrlichsten Frau in der Galaxis. Während der nächsten Tage wurde Alladale häufig in den Palast gerufen, um vor verschiedenen Gruppen von Hofbeamten und Edelleuten Garivs Tod zu bezeugen. Was anfangs, bei seiner ersten Begegnung mit Nikkolope noch eine Vermutung gewesen, war jetzt geschichtliche Tatsache: Gariv war unwiderruflich tot. Von diesen Zeugenaussagen abgesehen blieb Alladale sich selbst überlassen, und er nutzte die Zeit, die leeren Seiten seiner Logbücher zu beschreiben, überarbeitete alte Stücke und experimentierte mit der Linlovar.

Durch Zufall hatte er entdeckt, daß sich das kleine, oszillierende Musikinstrument von Trubla auf verschiedene Weise an der Linlovar befestigen ließ und je nach Lage ungewöhnliche Effekte hervorrief. Einige davon waren höchst beunruhigend. Eines Abends saß er unbemerkt in einer dunklen Ecke des Thronsaals, die *Rillif* in der Schalldose der Linlovar angebracht, und klimperte müßig vor sich hin. Nach einiger Zeit fiel ihm auf, daß die Stimmung im Raum sich merkwürdig verändert hatte. Sie war jetzt drückend, düster, feindselig. Unmittelbar vor ihm stritten zwei Freunde heftig miteinander. Als er aufhörte zu spielen, schienen sie wie aus einem Trancezustand zu erwachen, sahen sich verlegen um und lachten. Er experimentierte an diesem Abend nicht weiter. Auch behielt er die Entdeckung für sich. Bei anderen Gelegenheiten, zum Beispiel in Wirtshäusern, erzielte er häufig unberechenbare, manchmal sogar gefährliche Effekte. Mehr als einmal kam ein Stuhl auf ihn zugeflogen oder mußte er einem Knäuel von Raufenden ausweichen. Aber sobald er zu spielen aufhörte, wurden die Besessenen wieder normal. Nach weiteren Experimenten fand er heraus, daß er durch Lageveränderungen der *Rillif* in der Schalldose ganz unterschiedliche Gefühle hervorrufen konnte: Angst, Abscheu, Heiterkeit, nahezu alle denkbaren Gemütsverfassungen bis auf Liebe. Was er auch probierte, er fand keinen Weg, die *Rillif* zur Stimulierung der zarten Gefühle einzusetzen. Das enttäuschte ihn. Er wußte sehr wohl, daß die Menschen Gefühle wie Haß und Zorn in der Regel ganz gut von selbst entwickeln konnten; dazu bedurften sie nicht der Hilfe eines Barden. Woran es mangelte, waren Liebe, Mitleid und Güte, und ein Mann, der diese Emotionen zu erwecken verstand, durfte sich zu Recht für den größten Künstler halten. Manchmal konnte er allein durch sein Können Erfolge auf diesem Gebiet erzielen, und darauf war er stolz; aber es wäre schön gewesen, einen verläßlichen Trick parat zu haben, auf den er notfalls zurückgreifen konnte. Er seufzte und schob seine Entdeckungen in einen hinteren Winkel seines Gehirns, um später darauf zurückzukommen.

Als königlicher Barde stand es Alladale frei, nach Belieben auf Skorat herumzureisen. Feindlich gesinnte Könige mochten versuchen, ihn Nikkolopes Hof mittels Bestechung abspenstig zu machen, aber niemand würde es wagen, Hand an einen Liedermacher zu legen. Ein Barde galt als eine Art Heiliger, was auf Skorat, einer ausgesprochen kriegerischen Welt, von großem Nutzen war. Der Planet besaß eine einheitliche Kultur, eine gemeinsame Sprache, einen allgemeingültigen Moralkodex und gemeinsame Mythen, aber politisch herrschte ein ständiges Chaos. Die neunzehn Königsstädte führten aus diesem oder jenem Grund – wegen entführter Frauen, strittiger Weiden oder Wälder, wegen Jagdrechten, ja selbst wegen grammatikalischer Streitfragen – fast unablässig Krieg gegeneinander, und die Hunderte winziger Fürstentümer taten eifrig mit, mal auf dieser, mal auf jener Seite, in einer kaleidoskopischen Aufeinanderfolge wechselnder Bündnisse. Aber der Besuch eines Barden bedeutete augenblickliche Waffenruhe. Todfeinde saßen dann Seite an Seite auf derselben Bank, tranken aus demselben Kelch und lauschten den Liedern und Erzählungen von hundert Welten.